八公分的味道

黄孝纪 著

SPM
南方出版传媒
广东人民出版社
·广州·

图书在版编目（CIP）数据

八公分的味道 / 黄孝纪著. —广州：广东人民出版社，2021.9
ISBN 978-7-218-15252-3

Ⅰ.①八… Ⅱ.①黄… Ⅲ.①散文集—中国—当代 Ⅳ.①I267

中国版本图书馆CIP数据核字（2021）第183133号

BA GONGFEN DE WEIDAO
八公分的味道
黄孝纪 著

出 版 人：肖风华

责任编辑：钱飞遥
装帧设计：河马设计
责任技编：吴彦斌　周星奎

出版发行　广东人民出版社
地　　址：广州市海珠区新港西路204号2号楼（邮政编码：510300）
电　　话：（020）85716809（总编室）
传　　真：（020）85716872
网　　址：http://www.gdpph.com
印　　刷：广东鹏腾宇文化创新有限公司
开　　本：787毫米×1092毫米　1/32
印　　张：9　　字　　数：200千
版　　次：2021年9月第1版
印　　次：2021年9月第1次印刷
定　　价：45.00元

如发现印装质量问题影响阅读，请与出版社（020-83716848）联系调换。
售书热线：（020）85716826

自序/故乡从未远离

如今想来，能够出生于湘南山区的一个普通乡村八公分村，并在那里成长，熟悉那里的山水田园、烟火人家，熟悉那里的青砖黑瓦、一草一木，熟悉那里的耕作农事、风俗民情，熟悉那里的世态演变、人间寒暑……让我这一辈子无论身处何方，都有着一份无法割舍的乡土情怀，有着一份萦绕于心的牵挂和眷恋，真是莫大的幸运。

童年和少年时代的乡村生活，无疑是最让我难以忘怀的。那时正处于二十世纪七十年代初期到八十年代中期，作为偏远闭塞的村庄，在我有记忆的时候，这里已鲜见政治风云的喧嚣，人们差不多过着日出而作日落而息的日子，农耕生活十分宁静。这时期的家，物质条件无疑是清贫简朴的，点的是煤油灯，后来有了电灯；我们穿的是补丁衣裤，一年难得做一身新衣服；一年四季除了天寒地冻的日子，一家人多是打着赤脚走路；吃的也是简单的粗糙饭菜，食材几乎都是自产的稻米、小麦、红薯以及辣椒、豆角、萝卜、白菜种种蔬菜，但经了母亲柴火的烧煮和烹调，样样又是那样可口好吃。我也没什么新奇的玩具，陀螺、滚铁环、铁管枪，诸如此类，都是自己亲手做的。我也参与力所能及的劳动，捡柴、扯猪草、摘蔬菜、挖红薯、莳田、割禾……乡村的农活事务，样样都干。我与大自然也是没有距离的，置身于没有污染的天地之间，在江水里游泳，在山间采撷野果和野菜，全然与自然造化融为一体。在这样一方山水田园之中，能够与父母和姐姐们在一起，看日起日落，在瓦檐下过着俭朴纯真的日子，心情愉快，无忧无虑，还有什么比这更好的呢？

不过，随着年岁的增长，父母也经常告诫我："养儿不读书，不如养个猪。"他们都是不识字的，对于我这个家中排行最小又是唯一的儿子却寄寓了莫大期望。母亲对我的学习，管束尤为严厉。他们希望我能考上中专、大学，吃上国家粮，跳出农村，不要再干祖祖辈辈都赖以为生的繁重农活。对于读书学习，其实我也一直是十分喜爱的，成绩向来就很好。正因为如此，我顺利读完小学、初中，又顺利考上中专，实现了父母心中的夙愿，也开始踏上远离家乡的人生路途。

我二十岁，两年中专学习一晃而过，毕业后，我被分配到永兴县城一家建材厂工作。刚上班时，家里特地杀了一头猪，给我买了一辆"松鹤"牌载重自行车，我将它骑到了县城。我最初在厂办公室上班，后来下了车间。工厂效益不好，时断时续地放长假，这样我拿到手的工资极少，许多时候连吃饭都困难。许多个星期天，我骑着这辆自行车，往返于县城和家乡之间，一天的辛苦来回，仅仅为了让母亲从村里借几块十几块钱给我带到厂里吃饭。放长假的日子，我有时连续数月回到家乡，帮着年老的父母干农活。有时，我也借了车旅费，坐火车或长途汽车去广东，融入打工者的潮流中，盲目地去四处寻求贩卖我年青体力的谋生机会。在此穷愁逆境之中，我竟然热爱上了诗歌，并且不切实际地设想把写成的诗作出版成书，以期改变命运，终究也不过是一场竹篮打水而已。我后来甚至为了吃饭，先是把新自行车跟别人换了旧自行车，最后连旧自行车也卖掉了。当父母有所觉察，问起自行车的去向时，我只得支支吾吾，搪塞过去。这样的三四年时间，因为有父母在，家乡也成了我的收留之地。我的父母甚至改变了当初的想法，要我回乡当农民算了，种田作土，有口饭吃。

当经济开发区的建设热潮从沿海城市刮到湘南山区县城之时，我的命运得以有了转机。因为我所学的城镇规划的专业，我被人想起，从广东的临时建筑工地被召回，到了久别的县城。换了工作单位，生活稳定了下来，我在县城结婚生女，有了属于自己的家。父母也常来县城小住，每次来，他们都要带上四时的应季菜蔬，用蛇皮袋子挑上一担，并跟我讲述近期村里发生的事情或变故。尽管他们已经年迈，家乡的那份田土仍然在耕种，那片油茶山岭也被父亲挖垦打理得郁郁葱葱。每到莳田、割禾和采摘油茶的时节，我会请了假，带着妻女回到家乡，干那熟悉的农活。

母亲比父亲小十八岁，却在二○○一年暮春橘子花开的时候，先父亲而逝。尊重她生前的遗嘱，我把母亲葬在了我们自家的油茶岭上。隔四年，端午节过后十天，父亲也突然逝去。我将父亲葬在了母亲的身旁，了却了他的心愿。从此，家乡那栋度过我少年时代的瓦房，关门落锁，烟火消失。家乡成了故乡，我成了故乡的游子。

二〇〇六年，我离开县城，来到郴州的一家报社做记者。在头一年，武汉到广州的武广高速铁路线动工修建。按照规划，铁路线南北贯穿我的故乡八公分村，包括我家建于二十世纪八十年代初的那栋瓦房在内的上百栋房屋需要拆迁，异地重建新村。那时，村里有人劝我，我已经在故乡没有田土，家也在外面，不如将房屋拆迁款领了，把新村安排的宅基地卖了，不要在村里新建房屋了。但我觉得，如果没有一栋属于自己的房屋，日后从他乡回到故乡，我在何处落脚？我和我的后代，恐怕再也不属于这个地方了。我在新村建了一层院落，在众多林立的楼房里，是最寒碜的一处。之后每年，我都要回几次故乡，给父母扫墓，岁终年末之际，打开这栋常年尘封的房屋，贴上红春联、红福字，放一挂鞭炮，在父母的遗像前焚几片纸钱，点几炷香。

我总是那样地不安于现状，又或许，像驿马一样的在他乡奔波，是我今生的命定。二〇一一年，我辞去记者的工作，独自来到远隔千里的浙江，从事一种全新的职业。长途劳顿，奔波于他乡与故乡之间，渐成习惯。不觉间，于今已几年有余。

或许离开故乡越远，回望来路才越发清晰，对时代的演化，对故乡的沧海桑田，对自己的人生况味，也体察越深。从二〇一二年起，我的诸多业余时间，都放在了"八公分记忆"系列散文集的写作上，并一直凭着毅力坚持。

我想，我是幸运的，能够出生在乡村，历经了人民公社的大集体时代，又历经了大集体解体分田到户，既亲历了乡村生活的艰难时期，也感受到了改革开放初期农业兴旺的喜悦。如今，随着时代的演进，工业化进程的加快，乡村发生巨变，农民少以靠耕种田地维持生计，也令我满怀唏嘘。作为故乡的游子，作为一个时代的亲历者，我有义务书写故乡，书写我的出村庄记，把我和故乡在时代巨变下的点点滴滴记录下来，还原一个中国南方乡村的真实样本。

纵然身处他乡，故乡一直在我心中，从未远离。

黄孝纪

2021年9月3日，写于郴州

目　录

I

第一章

瓜叶生长

母亲的菜谱

·

金子芋头

村里有几句骂人的话，"你是个芋头脑壳""你是个芋头""你个蠢子芋头"，意思大体上是一致的，骂人脑袋不开窍，有点迂，有点笨，有点不通人情世故。细细想来，这话说得很形象，芋头大致圆状，表面有凹有凸，有眼有孔，跟人的脑袋确有几分形似。只是，与脑袋形似的物件果蔬何其多也，为何单拿芋头来骂人愚笨，估计已经很难考究。而且，我的家乡有两种叫作芋头的菜蔬：一曰水芋头，种在稻田池塘岸边，或者干脆成行成垅种满一丘水田，秆子麻麻点点紫绿修长，大叶如盖如荷，秋后成熟，一颗往往能挖出一大串，大大小小，粘满泥巴，黑古溜秋，犹如包公脸蛋。一曰金子芋头，也就是村外人说的土豆，种在旱土里，碧绿一片，开白花，农历三四月青黄不接的时候，正是它成熟的季节，一挖一大窝，光光滑滑，不粘泥带土，个个金黄，宛如金子，故得此名。村人骂人究竟所指何种芋头，因无实据，故不妄加推测，或者，二者兼指也未可知。

曾有很长一段岁月，大约是我十八岁参加高考离开农村之后，到三十多岁之前，我对金子芋头用"深恶痛绝"一词，可以说是毫不夸张。我在外面吃饭，绝不吃金子芋头，要是我请客，或者别人请我，我首先申明，请别点金子芋头，我小时候实在是吃厌烦了，胃口都吃伤了。我在县城的家里，是绝对不会买金子芋头的，因为我看着就会来气。

金子芋头形状其实并不难看，甚至可以说煞是可爱。小时候，跟随母亲到土里挖金子芋头，一颗一颗捡拾金珠般地把金子芋头放进竹箩筐里，心情也很愉快。只是到了吃饭的时候，我就恹恹地不高兴了。那个时候，家里很少能吃到米饭，一日三餐，母亲都是煮一大锅子干菜和金子芋头，金子芋头切成两半，也不刮皮，也不放油，也不放辣椒灰，因为油罐子和辣椒灰罐子早就是空的，就单放一点盐。装一碗，我往往就挑干菜吃，那金子芋头的气味实在太大了，粉粉泥泥的真难以下咽。我的姐姐们也爱挑干菜吃，只是她们会让着我。早上和中午吃剩的金子芋头，晚上热一热再吃，或者就干脆吃冷的，我一看着，哭相就到脸上来了。有时我赌气不吃，闹着要吃饭，这会激怒母亲，她捶胸顿足："你个死崽，去拿把刀到我身上割块肉煮给你吃！"其实，母亲偶尔借了米来煮饭，总是先让我吃饱，她一个人只吃金子芋头，很少吃饭的。在我童年和少年的记忆里，以金子芋头果腹的日子，每年都要持续一两个月，也让我小小的胃，过早地对金子芋头产生了难以忘却的反感。

多余的金子芋头，母亲先蒸熟了，切成薄片，在竹帘子上摊开晒干。青辣椒采摘的时候，青辣椒炒干金子芋头片，是家里的一碗常菜，相比干菜煮金子芋头好吃多了。偶尔的日子，母亲也会奢侈地油炸小半碗干金子芋头片，黄澄澄的，嚼起来又硬又脆，还有点硌牙，已是难得的美味。

离开农村老家，我再次吃金子芋头，早过了而立之年，母亲也已经去世。一次在一家餐馆，偶然上了一盘清炒金子芋头丝，色泽可爱，清香撩人，我试着吃了一小口，竟然鲜嫩爽脆，十分可人。从此也改变了我二三十年来对金子芋头的偏执的印象，我的家里也渐有了金子芋头的身影。

义乌市的城郊，这段时间正有新出产的金子芋头上市。我住的小区的游园路旁，每到午后就有当地的农民大爷老太，沿路摆着新鲜的菜蔬叫卖，价钱也较菜场和超市便宜。下班路过的时候，我常在这里买一些菜蔬。前几天，一眼看到一位大爷的面前堆放着新鲜的金子芋头，个大又光鲜，金子芋头的深绿的苗子码放在一边，顿生一种久违的亲切。我挑了几个，买了。先后做了两个菜：清炒金子芋头丝、金子芋头方块炖排骨，竟然都吃得一点不剩。

我想，下次再买几个金子芋头，做一碗儿时母亲煮的干菜和金子芋头来吃，只是不知道义乌这个地方，有没有一如我儿时家乡的干菜卖？

水芋头

水芋头，自然，与水的关系颇为密切。

春暖花开的时候，村前的广阔的水田，一眼望去，满是星星点点的紫红的繁花——那是经了一冬生长的正茂盛蓬勃的草籽花（学名紫云英），散发着浓郁熏人的芬芳。一头一头的水牛黄牛，在挽衣卷裤赤脚裸臂的男人长竹竿的挥舞下，拖着木犁，在一块一块四四方方如毯似缎的田野，自外向里，或者由里向外，一圈一圈转着圆圈。犁头过处，深深浅浅的草籽花一片一片接连不断地倒伏下去，埋在光滑翻转的泥块下。经不住诱惑的牛，不时歪过头去，粗粝灵巧的大舌头一弹，割下一大嘴花花绿绿鲜嫩的草籽花，一面嚼，一面不紧不慢向前走，粗壮的腿脚每跨一步，都踢出一片飞溅的泥水。男人不时吆喝两声，在他的身后，翻转的泥块不断向后延伸，宛如拖出一根螺旋状的粗大泥索链子来。不时有燕子或别的飞鸟，叽叽喳喳，在残花凌乱的泥索链子间起起落落。

水田翻耕之后，沿着四周的田埂，村人用锄头挖来一团一团的泥巴，筑一圈一尺来宽高出水面比田埂略低的泥埂子，这个活村人叫作"帮田埂"。太阳照耀，春风吹拂，帮出的田埂渐渐硬实。村人挑来猪栏淤，提来水芋头种（村里叫作"芋头婆"），在帮田埂上每隔半臂宽挖一小孔，施肥，放种。田野禾苗嫩嫩绿绿，由浅入深，渐长渐高，水芋头的苗子也探出了头，慢慢舒展枝叶，如一面面绿色的小碟，在春风里招摇，在雨水下盛珠了。

早稻收割的时节，田野一片金黄。水芋头正长得旺兴，绿意益然，枝繁叶茂，如亭如盖。有时候，我们在割禾时口渴了，就从田埂上摘一片大芋头叶，到水井旁，或者有泉眼的地方，一番牛饮之后，再包一大包泉水来给亲人喝。喝完水后的大叶，我们或随手丢弃，也可以盖在头上，烈日下能遮阴，暴雨下能挡雨。

水芋头的生长期比较长，要晚稻收割后才挖芋头子。此时的田野空空旷旷，晴日朗照，稻田里已经放干了水，半干半湿，播下的草籽已露出了浅浅的嫩芽，在枯黄凌乱的稻草的枝叶之间，零星着一片片稀薄的绿色。帮田埂上的水芋头，已呈成熟衰败的景象，有的茎叶完全枯死，有的还顶着大大小小的叶子，或静默，或在秋风里摇晃几下，稀稀落落，远没有了盛夏时节的繁荣和风致。有时候，我就跟着父亲和母亲，来田野里挖水芋头。父亲双手举着三齿锄，对着一蔸一蔸的芋头苗挖下去，一翻一拖，水芋头根须断裂，噼啪有声，倒伏在田埂下。我和母亲便逐一磕磕水芋头上粘连的泥土，扯掉根须，噼噼啪啪摘下围绕着大芋头婆上毛茸茸的芋头子，丢进箩筐里，芋头婆连着茎叶，则另放一个筐子或竹筛。

水煮芋头汤是很好吃的一个常菜。刨芋头皮时，常会双手发痒，这个活一般都是母亲包干了，她不让我们干，说我们的手皮嫩，她的手皮老皮厚。切好的芋头片加清水煮熟，芋头和汤都渐渐变成了紫色，放点葱花油盐，便觉浓香扑鼻。几大碗端上桌，我们用瓷调羹往各自的饭碗里舀汤舀芋头，叮当有声。芋头片粉粉软软，芋头汤溜溜滑滑，伴着白米饭，我呼噜呼噜能吃下几饭碗。

很多时候，我们家是在大水锅里用铝皮脸盆蒸饭，顺带放一圈清洗后的芋头。柴火猛烈，沸水咕咕，热气四窜。饭蒸好了，芋头也早就蒸熟了。用筷子夹出芋头来，放在洗碗盆里晾晾，或者用冷水浸泡一下，拿出一个来，稍用力一挤，白白圆圆的芋头子就蹦进了菜碗，留下一张裂开的黑瘪皮壳，满手黏滑。我们常趁热拿几个芋头吃，剩下的切片氽汤，水滚即成。

芋头婆大多是囫囵蒸煮后，剥皮切片，密密麻麻摆满在簸箕上晒干或烘干，放进红剁辣椒坛子里腌着。腌透的芋头婆也是一道十分可口的美味，红红辣辣的，软软粉粉的，又咸又香，是父亲佐酒的佳肴，是母亲喝茶的伴嘴，也是我们饭碗里日常的菜食。

大约十几年前，永兴县城沿河两岸时兴夏日里吃夜宵，一长溜地摆满桌席，芋荷秆炒鸭这道菜盛极一时。不过这种芋荷秆是从菜市场买来的，粗大修长，通体碧绿，疏松得有如泡沫海绵，估计是外来的物产，与我们本乡水芋头的芋荷秆相比，无论在色泽大小，还是硬实度方面都有较大差异。我们家乡水芋头新鲜的芋荷秆据说麻舌头，因此，在村里，很少有人做这道菜。在我小时候，家里挖水芋头的时候，芋荷秆连同大叶都是剁碎了煮潲喂猪。不过也有的人家，把芋荷秆切碎了晒干，乌黑乌黑，用来炒鸭子吃。

今年五一节，我回义乌的时候，在郴州火车站旁边的一家特产店里，买了一瓶桂阳坛子鸭。吃饭时拧开盖子，掏出一调羹，喷香红辣的豆酱里，有一小块小块的干鸭子肉，有一片一片黑黑软软的干芋荷秆，浇在热热的白米饭上，顿觉满口生津，以为是天下至味矣。

白萝卜

"萝卜白菜，各有所爱。"这是家乡的大俗话，这两样我都喜爱，这里先说说萝卜，以后再说白菜。在我的家乡，萝卜又有好几个品种：白萝卜、红萝卜、盘子萝卜、大头萝卜、春不老，为免杂乱，姑且单说白萝卜。村人平素口中所称的萝卜，就是指白萝卜。要是其他品种的萝卜，绝对会口说全称，毫不含糊。

时令到了晚稻收割之后，村人就忙着点萝卜种了。分田到户之前，村里点萝卜种子大致有三类地方：水田、旱土和葱堆子。水田、旱土都是成丘成片点种，是生产队集体的。葱堆子是在秋收后的村前水田里，每户人家在各自生产队的统一划分下，挖田泥巴筑成一个长方体的泥堆，露出水面一尺许，比一铺床略大，远远望去，一丘丘水田里，如同摆满了麻将牌，这属于每户人家单独所有，用来种萝卜白菜葱蒜芹菜菠菜各种菜蔬，到了来年的春耕，经过一番犁耙，再恢复原状，种植水稻。生产队解体，葱堆子不复存在，各家都是自行在自己的水田和旱土里点种萝卜，全凭了各自的意愿。总而言之，仅仅过了几天，萝卜冒出新芽，无论水田、旱土，还是葱堆子，仿佛钉上了成千上万颗绿色的小圆扣。

萝卜苗长成手巴掌高，偷萝卜的事情就自然而然在村里发生了，这样的事情，几乎要伴随着萝卜的整个生长周期。偷萝卜大多是妇女和孩子干的，扯猪草的时候，瞧瞧四周没人，提着篮篓冲到萝卜地里，一顿猛扯，赶紧走人，一面匆匆地把猪草掩盖在篮子的上面，装着没事的样子，心里其实害怕得很——村里的规矩，逮住了偷萝卜的人，不但丑名声一下就闹开了，让人没脸面抬头，还要罚款。那时候，村人的日子都过得穷，偷萝卜喂猪是其次，一家人煮来吃才是第一要务。初生的萝卜苗实在是一碗好吃的青菜，切碎了，或者水煮，或者煮一锅萝卜菜芋头汤，青青翠翠的，看着就想端碗举筷。

大半萝卜长成的时候，水田、旱土、葱堆子，触目所及，绿油油的萝卜菜十分可爱。萝卜也多拱出了泥土，白皮的，红皮的，略带点青皮的，如拳，如球，如棒，密密匝匝。尤其是葱堆子上的萝卜，经了精心的浇灌，长得格外粗壮，馋人眼目。村人扯了自家的萝卜，用竹篮子提了，在池塘边洗，在水圳边搓，一面叽叽喳喳说着话，面含笑容。

家家吃萝卜，日日萝卜香。一个漫长的冬季，萝卜一直陪伴着我们的菜碗饭碗。我的父亲母亲多次在吃萝卜的时候说，萝卜吃了好，夏天秋天吃进肚里的辣椒的火毒，要吃一冬的萝卜才解得下来。母亲煮萝卜，通常把一个萝卜"啪啪"剁开两边，"嚓嚓嚓嚓"快刀切片，这个时候，我常担心那把锋利的菜刀会切着她按着萝卜飞快退缩的手指。一砧板白晃晃的萝卜片切好了，母亲眼角含笑，手指丝毫无损——我那颗小小的悬着的心，也放了下来。接下来，萝卜片倒入菜锅，加水淹过萝卜，盖上木锅盖，柴干火烈，不多久，萝卜的香味伴着热气塞满了整个屋子。萝卜片煮烂后，加上油盐辣椒灰，撒一把切碎的芹菜，有时放一点黄豆酱油，一拌和，色泽诱眼，香味更加浓郁，馋人肚肠，咕咕有声。除了水煮萝卜片外，母亲也经常变化着另外的花式：刨成长长的细丝，做水煮萝卜丝，有时加一把红薯粉（村人俗称"和结"），做成和结萝卜丝；剖开的萝卜纵切成条，再横切成块，大小若拇指，长长方方，状如石墩，做成水煮墩子萝卜。偶尔的日子，萝卜里如能加一些新鲜的猪肉或者是油豆腐，那就是上上的美味了。

腌酸萝卜的坛子，每家每户都有大大小小的几个。我家的酸萝卜，母亲每年都会做两种样式：一则是整篮的萝卜囫囵放进酸水坛子密封浸泡，过些时日就变酸了，酸酸脆脆，做菜的时候，拿出一两个酸萝卜来，切片，拌和其他的菜一起炒，比如酸萝卜炒蛋、酸萝卜炒鸡杂，都是下饭下酒的好菜。杀猪过年的时候，酸萝卜炒猪肚猪大肠不但是全家人所喜爱，更是村里的一道名菜。再则，就是用盾刀（长柄，刀如盾形，刀口朝下），在木盆里将洗净的萝卜"滴滴答答"快速盾剁成粒状，大小如米粒，如豆子，如小指尖，拌上盐，腌在干爽的坛子里，这种酸萝卜，酸酸咸咸，水润润的，村人叫水萝卜。我上初中高中的几年里，就常用玻璃瓶子带了水萝卜住校，作为日常吃饭的菜。有时候放学回家，拿一张小渔网，在村前的水圳里，捞一些小鱼小虾子，烘干了，放点茶油煎炒，和上水萝卜和腌剁辣椒，真是好吃得不得了，用村人的话，叫作"吃得舔鼻子干"。

冬季日闲夜长，三餐之后，炉火上总要搭上一个篾烘笼，烘红薯，烘萝卜。萝卜剖边切条，烘成干萝卜条。烘制好的干萝卜条，装进薄膜袋子扎紧，日后要做菜的时候，抓一把出来，浸泡了水，切成丁，过年过节的时候，炒肉片，炒猪耳朵，炒油豆腐。平素的日子，炒个鸡蛋鸭蛋鹅蛋，放上辣椒灰葱花，有红有白的，也实在好吃。甚至到了来年夏天，青辣椒炒干萝卜丁，也是家人的喜爱。干萝卜条的另一大去处，就是放进腌辣酱坛子里，做成腌萝卜条，这真是一道一辈子都吃不厌的可口的美味。我母亲每天有起床烧水喝早茶的习惯，尤其是在冬天的雪晨，一家人洗漱之后，围着炉火坐着，桌上放着烘得流糖的红薯，一大碗红红辣辣的腌萝卜条，每人一饭碗浓浓的滚茶，喝着茶，吃着红薯，夹一根腌萝卜条嚼得蹦脆有声，有说有笑，真是心无旁念，不知今夕何夕。

母亲还会烘烤甜萝卜，选取一批个头适中的萝卜，洗净后直接放进篾烘笼，经过几天翻来覆去的烘烤，萝卜成了皱巴巴的，仿佛一个个小老头的脸，还间杂有烤糊的黑焦皮。这些烤萝卜，可以直接拿了吃，甜丝丝的，也用来切片炒做菜。我的父亲年纪比母亲大很多，牙齿脱得早，母亲就把剖边的萝卜蒸熟后烘成半干半软，拌上辣椒酱，做成一种烂萝卜。我父亲在喝点红薯小酒的时候，夹一块烂萝卜，常吃得眉开眼笑。

到了冬至节，村里人家几乎都会挂几扎冬至萝卜，扯了萝卜来，不需清洗，直接一扎一扎地连苗子一并挂在竹子蒿上，挂在檐口下、厅屋里，任凭风吹日晒。春节期间，冬至萝卜炒牛肉，味道赛过冬笋。

春暖花开，水田里，旱土里，一片一片的萝卜开出黄黄的白白的萝卜花，姿态曼妙，香气熏人。开花的萝卜，大多做了稻田的春肥，有的留下来长老收获种子。萝卜尽了一生的天职，又在等待着下一个轮回。

瘦萝卜胖萝卜

如果在萝卜的国度里也有种族之分的话，白萝卜称得上是最大的种族，红萝卜、盘子萝卜、大头萝卜、春不老，只能算是"少数民族"了。在村里，种植的萝卜品种，大致就这五个。前面已经专门写了一篇散文谈白萝卜，这次就把其他四个"少数民族"一并说一说。有意思的是，这四个"少数民族"里，红萝卜身材修长，精精瘦瘦，堪称"瘦萝卜"。而盘子萝卜、大头萝卜、春不老则都是肥头大脸，给它们一个"胖萝卜"的称号，当之无愧。

小时候，我不知道红萝卜的学名叫胡萝卜，它的祖先原是外国血统。只是觉得这种萝卜很特别，浑身通红，又长又瘦，而且苗子也是标标直直，叶片细碎如丝，宛如绿色的野鸡尾巴，尤其好看。村里人家种红萝卜，不会种得太多，一般也就在葱堆子或者自己的菜园里，种那么一小片，或者一厢两厢土。红萝卜的种子虽然是一次性撒下的，但并不一齐全部长大，拔红萝卜的时候，母亲总是根据苗子的长势和密集程度，拔几棵个头大的，偶尔也会连同泥巴，带出一两棵筷子大小的红萝卜来。不过总的来说，大个子拔走了，小个子伸展一下身子腿脚接着长，这样一片红萝卜，隔几天拔几个，也能吃上几个月。当然，这片红萝卜地，也是越拔越稀，到最后，简直就成了癞子的头。

红萝卜做的菜肴，品种似乎不多。平素的日子，多是切片清炒。切成丝，和上豆芽粉丝油豆腐丝，煮成烩菜，往往是村里办酒席人家上的第一道大菜。红萝卜颜色喜庆，过年离不了它，红萝卜片子炒瘦肉，炒猪舌头、猪耳朵、猪尾巴，炒油豆腐、炒蛋，好看又好吃。

我对盘子萝卜情有独钟，有很多年，我家里并不种这种萝卜，只有快过年的时候，母亲从舅舅家拿几个来。这种萝卜状如圆盘，厚厚扁扁的，大的比菜碗口还大，洗净后，浑身通白，就盘子底下长有几根粗短的根须，虽然已经切掉了茎叶，丢在床底下，也能收藏很久不烂，甚至还能长出新嫩的叶芽。这种萝卜母亲叫洋萝卜，顾名思义，可能也是外来品种。盘子萝卜形状可爱，拿在手里很沉，切片做菜肉质厚实，味道又好，与新鲜猪肉同煮，更是妙不可言。

与白萝卜、红萝卜撒籽点种不同，大头萝卜的秧苗长出一拿长的时候，需要带着根土移苞，种植到深秋拔了辣椒树翻垦后的菜土里，一个小土坑栽种一株。之后，在生长期内要不时浇灌。到了来年暮春暖阳的日子，大头萝卜的茎叶已经有一两尺高，春风里像一面面猎猎的旗，是收获的季节。数日之间，全村人仿佛一齐听了号令，家家户户男女老少，都在自己的菜土里挖大头萝卜。一担一担挑到池塘边、小河边、水圳边，妇女们拿了菜刀和铜饭勺，削根、切头、刮皮，细细地清洗白白胖胖的大头萝卜和绿油油的菜缨子，晾晒在江边的草地上或者禾场上。

这几天，水煮切碎的大头萝卜根，是每家必备的菜肴，口味绝佳。初步晒干水分的大头萝卜剖成四爿，切成一指厚大小均匀的片子，再晾晒或在篾烘笼上进一步收干水分，即可加盐装缸装坛腌制。晾晒后的大头萝卜的缨子，也绝无半点浪费：切出一指长的缨子头，划开几刀，与大头萝卜片一同腌制；剩下的茎叶，扎成小捆，另外装缸装坛，腌制成略带酸味、颜色黝黑的水腌菜。

腌制好的大头萝卜、新出的霉豆腐、红红厚厚的辣椒灰，一拌和，那色泽，那香味，要多诱人就有多诱人，夹一块送嘴里一咬一嚼，爽，脆，嫩，香，甜，辣，咸，那个好吃，难以言说，无人不爱。我后来参加工作在永兴县城居住的那些年，凡是腌大头萝卜做得好的宾馆饭店，生意都格外红火。

端午节前后，新鲜的青辣椒出来了，从坛子里抓一把白板的大头萝卜，细刀切成薄片，同炒，是我家在夏天常做的一个菜。若是能佐以干鱼虾泥鳅，更是佳肴。水腌菜也能吃一段很长的日子，多是切碎了水煮，微酸，好吃又开胃。

春不老的名字，现在看来，倒是取得很有点诗意，不过小时候，只是觉得这名字奇奇怪怪。春不老的种植方式和收获季节，跟大头萝卜差不多是一致的，叶子呈长卵形，紫绿色，个头比大头萝卜还大，还圆，也是紫色的皮。只是做菜的味道不好，一般人都不喜欢吃，因此，村里有的人家并不种植。即便种植了，也多是用来喂猪。当然，也有人用来做腌菜，但那是极少数。

青辣椒红辣椒

虽说现在在城镇生活，一年四季都能从菜场、超市买来青辣椒，但这些辣椒往往都是大棚反季节种植的，有的据说是从海南岛那些热带地方运过来的。这些外地的辣椒，或者大如灯泡皮球，空空洞洞，一层寡皮；或者瘦如干柴铁丝，皮黑又硬，长过半尺，做起菜来，都不好吃。但一两天不吃辣椒，又食欲不振，想得很。因而也就总是得买这种外来的辣椒聊以应付口齿舌胃之思，也更盼着端午节快快到来。端午节来了，家乡的土辣椒陆续上市，外地辣椒渐无人理睬，不经意间就消失了踪影。

小时候在村里，我们可以说是瞪着辣椒树一天一天长大，开花，结辣椒。春天栽辣椒，我总是羡慕那些粗壮高大的辣椒秧子，要是我家有这样的好秧子，我特别高兴，因为相比那些瘦小的矮秧子来说，这些秧子长得快，结辣椒也早。那时，无论是扯猪草还是捡柴火，我们一帮小伙伴每日都要从山边菜园走过，哪块土里的辣椒秧子还是黄病恹恹的，哪块土里的辣椒秧已经开叉成树形了，绿叶繁茂，长得又旺又高，我们都清清楚楚。有一天，突然发现一棵辣椒树竟然开花了，一朵白色的小花，像一个小小的五角星，带一个稍微弯曲的绿柄，挂在碧绿的枝丫间，有如一颗亮眼的明星。这个令人鼓舞的信息，我们立马传遍村头巷尾。数天之间，开花的辣椒树越来越多，有的甚至已经结出了小辣椒，绿油油的，像米粒，像豆子。辣椒一天天长多长大，有的辣椒树上，已经挂着一个两个食指粗壮的辣椒了，油光碧绿的，辣椒尖尖着丁地。这样的青辣椒，可以摘下来做菜了。谁家能最先吃到新长成的辣椒，总是一件令人羡慕的事。

不消几日，家家户户就陆续吃上了自家菜园摘来的新辣椒。又恰逢端午佳节，新鲜的青辣椒炒蛋、青辣椒炒现宰的水鸭子，是每一户人家过节这天的必备菜肴。过节炒菜的时候，整个村子街前巷尾，都散发浓郁的辣椒鸭肉香气。吃了端午节的辣椒炒鸭子，也意味着河水暖和了，村里大人孩子从这一天开始就可以下河洗澡了，这真是一个良好的开端。

天气越来越炎热，阳光灿烂，白云在蓝空下如絮如流。此时的乡村，是一年中生命力最旺盛最热闹的时刻。河水泛着银波，稻田里禾苗正在抽穗扬花，山色葱茏，树荫稠密，到处蛙噪虫鸣，飞鸟起起落落，万物欣欣而向荣。菜园里的辣椒树，已长得齐腰高，一棵棵，一行行，枝繁叶茂，密密匝匝，挂着一丛丛大大小小的青辣椒，进入了稳产盛产期。每天早上，我的母亲提一个菜箩筐，要从菜园里摘来满满一箩筐辣椒豆角诸般菜蔬。熬过了三月四月这段最缺菜少食的艰难时光，我们的菜碗里又日渐丰盈起来。

摘来的青辣椒，大多粗细长短如成人中指，也有健壮短粗的有如拇指，甚至比两个拇指还粗大，我们叫这种辣椒为泡子辣椒。颜色或者碧绿，或者乌青，油滑光洁。家乡的辣椒肉质厚，籽多而白，辣味适中，并不是五爪朝天辣椒那样辣得舌头如烧似割，涕泪泗流，呼号连天。

有了青辣椒，所有的菜肴都生动了起来。豆角切成指节长，与切片的青辣椒同炒，这碗菜家里几乎天天都有，我总是百吃不厌。辣椒炒苦瓜、辣椒炒丝瓜、辣椒炒茄子，时鲜又味美。夏日里，村前的小河里，总会被人下几次药，我们叫"癫江"。"癫江"通常是几个好事者一合计，下半夜下了药。黎明时分，沿江两岸的村庄都沸腾了，大人孩子，背网提篮，在河边两岸奔来跑去，或网捞，或直接冲下河去抓捕昏头转向沉沉浮浮的大鱼小鱼，不亦乐乎。这近乎狂欢的场景，要持续到中午之后，随着河水的流动，药力渐渐消散。这样的日子，家家户户都能闻到辣椒炒鱼的菜香。捕青蛙，掏螃蟹，放干水圳捡田螺，捉泥鳅黄鳝鱼虾，是我们这帮顽童最热衷干的活，也无疑让母亲切的青辣椒有了更丰富多彩的味道。吃不完的青辣椒，母亲每隔几天，会趁着赶圩的日子，用菜箩筐挑一担走十几里山路去卖。偶尔从圩场买回一些小儿巴掌大的咸鱼头，或者形状如刨木卷一般的干豆渣皮，炒了青辣椒，也是美味可口的佳肴。到了"双抢"流大汗出大力气的辛苦日子，母亲也会破费一下，从圩场上称一斤两斤肉来，切成片子，和了青辣椒一同炒，真是无上妙品。只是在我童年和少年的岁月里，这样的妙品实在是太少了。

腌酸辣椒正当其时，母亲挑了乌青硬实多籽的青辣椒，往往要陆续腌制两三个菜坛子，能吃到来年的春上。红辣椒也渐渐多了起来，色泽鲜艳明亮，十分可爱。家里的红辣椒，多是用来做剁辣椒。每隔些日子，积攒了一箩筐的红辣椒，剔去品相破烂的，洗净，晾干水分，倒入洗碗木盆，盾刀剁碎，加盐，装进坛子，坛沿上加水，盖上坛子盖，腌起来。有时，母亲腌剁辣椒的时候，也会拿几个或青或红的泡子辣椒纵划一刀，往刀口里塞一点盐，一道腌上。有时也一同腌上一些别的菜，比如晒蔫的豆角、切成梳子状晒得半干的刀板豆、蒸熟后压扁晒干的茄子。腌剁辣椒几天后就能吃，用瓢子从坛子里掏半碗出来，红红的，辣辣的，可以直接作下饭的菜，也可以炒鸡蛋鸭蛋，炒干鱼干泥鳅。不腌剁辣椒了，母亲会拿了针线来，把刚摘来的红辣椒，一个一个穿过绿柄，串成一串一串，挂在竹竿上墙壁上晒干，日后用来捣辣椒灰。

三伏天气，久旱不雨，田土干裂，苗木枯萎。每天的早上或傍晚，村人都会从水圳里、池塘里，挑水灌菜园、浇辣椒，以求得辣椒树不至于干死，能继续开花结实。八月十五中秋节，村人再一次吃辣椒炒鸭子，不同于端午节的是，这次炒鸭子用的是即将谢幕的红辣椒和新出的子姜。辣椒树日渐干枯零落，很多辣椒树已经死亡，叶子尽落，只在光裸的枝头残存几个又小又瘪的干辣椒。秋深霜降，一夜之间，辣椒树叶一片死黑。村人拔了辣椒树，摘下瘦瘦小小稀稀拉拉的最后的辣椒。这些辣椒是如此的细小，以至于难以下刀。我的母亲常是抓一把这样的辣椒，去柄，洗洗，丢进燃着柴火的菜锅里，放上油盐，用菜勺子压一压，把辣椒压烂压碎，加点水，稍焖片刻，出锅，就是一碗喷香诱人的压秋辣椒。

自此以后，新鲜辣椒的味道只能在记忆里回味。不过好在还有酸辣椒、腌剁辣椒、辣椒灰，让我们惯于吃辣椒的嘴巴，还能够坚持好些日子。

长豆角短豆角

天气晴暖的时候，村前通往山外的黄泥巴路上，有成年的男子和妇女，竖着挑了两大捆乌黑又细长的木棍，一摇一晃，咬着牙，显得十分沉重，三三两两，陆续从山外回来。这种从十几里路外一个叫梁远的深山里砍来的小杂木棍，笔直修长，大小匀称，大约有一个半成年人高，村人称之豆角木。是春天里种植豆角的时候，专门用来交叉插在菜土里，供刚刚钻出泥土的豆角幼苗，攀援，生长。

村里的菜园，在村南村北各成一片，由各家方整的菜土连缀而成，仿佛村庄的两扇翅膀。村人点豆角种，插豆角木，都颇有讲究：自家的一块菜土，沿四周边缘点一圈豆角种，也间杂点一些苦瓜丝瓜的种子。种苗拱土时，交叉斜插豆角木，四方围合成一圈疏落的豆棍墙，只在一处留一个仅容一人进出的开口。里面，种植辣椒、茄子、苋菜、葱、姜等诸般菜蔬。豆角苗见风就嗖嗖地长，几天工夫，就成了矮矮的一丛，绿意盎然。豆角苗弯曲嫩白的长细须在风中摇摇摆摆，探着了豆角木，绕上几圈，便稳稳地抓住了，茎叶随之恣意向上攀爬生长。豆棍墙的绿色越来越高，越来越浓，待到初夏，一眼望去，菜园里满是一道道纵横交错的绿墙了。

豆角开花，绿墙上仿佛停了无数的小蝴蝶，张开白色紫色的翅膀。整日有蜜蜂菜蜂在花叶间起起落落，窜来钻去，嗡嗡嘤嘤。不时有大翅膀的黄蝴蝶黑蝴蝶白蝴蝶，飘飘而来，也不停留，随着一阵清风，又飘然地滑过绿墙顶，飞向旁边的菜园去了。豆角多是成双成对地生长，起初像两根蝗虫的触须，从花夹子里伸出来，翘向天空。触须渐长渐粗，向下弯曲成漂亮的弧线。一阵风，一阵雨，一阵阳光，绿墙上便挂满了粗粗细细或碧绿或紫黑的长豆角，层层叠叠。

长豆角可以生吃。小时候，我们每经过菜园，常忍不住手要摘上几根嫩的放嘴里咬一咬嚼一嚼。长豆角做菜也十分好吃。折成手指长的一截一截，大火水煮，放猪板油加盐即可，无须其他佐料。做成，汤呈紫黑，豆角软烂，既可做菜，也可当饭饱腹，豆角籽尤其味美。豆角切成指节长，青辣椒切片，同炒，夏日里也是百吃不厌，辣辣爽爽的，吃得满头满脸汗珠如涌，菜汤浇饭，绝不含糊。清早摘的新鲜长豆角，在禾场上整齐铺开，烈日下晒一整天，到了傍晚，一根一根蔫蔫的，软软的，扎成小扎，退去热气后，腌进新鲜的剁辣椒坛子，做成腌咸豆角，或者放进酸菜坛子里腌制酸豆角。过一两天，腌制的咸豆角就能吃，掏半碗出来，豆角上粘了剁辣椒，一根根又红又翠，十分可爱。夹一根吃，又脆又咸，既能下饭，也能佐茶。要是我父亲吃的话，还会眼睛略为一闭，深深地抿上一口红薯土酒。酸豆角做菜，花色尤其多：青辣椒炒酸豆角，青辣椒炒酸豆角和蛋，和干鱼，和干虾子，和干泥鳅；过年油水足，酸豆角炒猪耳朵、猪大肠、猪肚子，都是开胃的好菜；来年三四月青黄不接，从坛子里捞几根久浸发黄的酸豆角，就能直接当菜下饭。

娥眉豆手指粗细，手掌长短，两端略弯，通体碧绿，有如一道女子的长眉，故有此名。娥眉豆的茎叶也是缘着豆木攀爬，叶圆如卵，结时绿叶间丛丛垂挂，十分可爱，因此村人也多种植，只是它的开花盛产期远较长豆角短。这种豆肉质饱满厚实，多是水煮了吃，也有斜切成丝与青辣椒同炒。

到了农历八月，长豆角已经进入了尾声。菜园的豆木上，很多长豆角的茎叶已经枯死，豆木墙的绿色稀稀拉拉，长豆角也是东一根西一根挂着，又瘦又短，完全是一副营养不良的模样。但这个时候，扁豆却正长得旺兴，枝繁叶茂，繁花串串，蝴蝶蜜蜂趋之若鸷。扁豆又叫八月豆，花和豆荚有白色和紫色两种，一株扁豆若是任其生长，能爬满一面高数米宽十余米的高土坎，砍一根高大的枯树枝插在它的根部，茎叶繁花蔚然如树。曾经有很多年，我家每年在菜园边的高坎子下种上一株两株扁豆，我每次去采摘，都能摘下半小箩筐，能吃上好几天。扁豆去蒂钩脊皮后，切成两截三截，多与青辣椒同炒，若是和上新宰杀的鸭子肉，味道极为鲜美，也是远近村庄的一道名菜。扁豆晒蔫，腌入剁辣椒坛子，食时咸辣脆嫩，颇有风味。

2015年5月10—27日写于义乌

原载《湖南文学》月刊2015年第11期

瓜叶生长

　　春末夏初，几场风雨之后，那些被村人随意撒落，被风随意吹落，从鸟嘴里随意掉落，深深浅浅埋藏在泥土里，谁也不经意的各色瓜菜的种子，仿佛一群捉迷藏的顽皮孩子，一齐听了号令，从各处钻了出来：村里空坪的土堆子、朽烂的木头下、倒垃圾杂物的废弃地、厕所猪栏的茅草檐下、沟坎边、小径旁，甚至河堤、塘岸。肥嘟嘟的种子的嫩茎和豆瓣，长出一个个大大小小的丫字。丫字渐长渐高，慢慢变换了模样，分明能辨认出：苦瓜秧、茄子秧、水瓜秧、南瓜秧、冬瓜秧、丝瓜秧……

苦瓜

　　搬到新瓦房的第一个春天，我终于有了用武之地。

　　瓦房坐西朝东，前临小径和径边小溪，小溪下面是我家建房打土砖挖出的一眼小方塘，原是分到我家的稻秧田。站在大门口，田野广阔，视线无阻，直达江对岸的村庄和山峦。南面是一排生产队的饲养场，土砖瓦房，养着几头水牛和黄牛。西面是一人多高的陡坎，坎上是一片园土和本村的晒谷场。父亲利用我家西墙与陡坎之间狭窄的余地，搭建了一个简易的土砖猪栏，养了一头黑白相间的小土猪，上面盖着稻草和杉木皮。北面是我家宅基地建房后余下的一块不太规则的小空地，我们用石灰砂石打成了小禾场。打开北墙的侧门，雪白的光线顿时从禾场上涌入，把堂屋照得更加明亮。禾场外是一连串碧水荡漾的鱼塘，把我家的瓦房隔在村子南端。

春节刚过，我就迫不及待跑到江边砍了一把杨树枝条，插在房前的溪岸和禾场边的塘岸，又陆续从野地里挖了几棵小苦楝树栽上。暮春的时候，杨树的上上下下全是碧绿的小叶，清风吹拂，哗哗作响。苦楝的枝头，也一丛丛地开满了长柄的绿叶，煞是可爱。跟村里的顽童一样，我那时也十分喜爱种菜，野地里各种瓜秧有的是，随便拔几根来，拿个二齿小锄，在房前屋后空隙地挖几个小坑，每个坑栽一根，培上土，就能成活了。这样，我在溪岸和塘岸种了几株苦瓜。我的母亲没有反对，相反，她面含笑意，眼里盛满了鼓励。她甚至说，或许我的手头好，能结出很多苦瓜来。

这里水分足，泥土乌黑松软，苦瓜长得快，不消几日工夫，就伸出了嫩嫩的细须，探向旁边的杨树开始攀援。之后隔些日子，我的母亲拿了长柄淤勺，从便桶里舀一点小便，兑水后，浇在苦瓜的根部。这几株苦瓜长势旺盛，在我上学放学之间，一齐比赛似地铆足了劲头开枝发叶，向上追逐，在瘦小的杨树之间，犹如挂上了绿色的帷幕，蓬蓬勃勃。

苦瓜开花的时候，盛夏如期而至。当纷披的绿叶间才刚发现第一朵小黄花，满怀着欣喜，正要走近来细赏，似乎只在眼睛凝视梭巡之间，几棚枝叶的帷幕上原来已是花朵无数，一朵朵色泽鲜艳，重重叠叠的深绿大叶间，像黄色的小喇叭，像星星，或向上张开着，或朝下垂挂着，连着细丝般颤巍巍的长柄，在风中摇曳，引得菜虫和小蜂嘤嘤飞舞。

苦瓜渐渐有了形状，仿佛一条条小蚕，色泽微白，略带弓形，隐隐约约悬挂在枝叶间。那个时候，不知是怎么回事，我们这些山村的孩子，无论男女，身上总爱长出一个个红包，额头、脸部、胸脯、四肢、背上，随处稍不留意就长出这样一个东西，越长越大，如锥似角，大过指头，又红又肿又痛，鼓鼓胀胀。以后红包尖尖上有了白点子，抠开白点，一挤，一大包脓血鼓了出来。那时也没有什么药，村里的土方法，摘一片苦瓜叶，一坨口水往叶背面一吐，一抹，贴在烂处，免得苍蝇叮咬，烦不胜烦，又能消肿止痛。有时摔烂了手脚，溃烂发炎，也是如法炮制。苦瓜叶成了村人的一味良药。

用不了多久，就有苦瓜能够摘下做菜吃了。长成熟的苦瓜两头略尖，中间圆圆鼓鼓，浑身长满了犹如豆子花生般的小肉粒，油滑光洁，通体浅绿偏白，模样可爱。苦瓜剖开后去籽，斜切成片，多与辣椒同炒。如今人到中年，我变得爱吃苦瓜，苦瓜清炒、苦瓜炒肉片、苦瓜炒鸡蛋、苦瓜炒干鱼，诸般菜肴，都是美味。可是小时候，家贫，哪能常有鱼肉蛋吃？便是偶尔有之，也一定不会和上苦瓜同炒，免得因了苦味，糟蹋了这么难得的珍馐。因为味苦，我小时候并不喜爱吃，尽管父母说夏天吃苦瓜，能解暑消毒。不过，每天能从苦瓜藤上摘下几只苦瓜，看那白白胖胖的样子，我还是十分喜悦。

有时候，在高处，或者浓叶遮盖的地方，偶然发现一根两根大苦瓜，下端已经变成黄色，裂开，里面露出一颗颗血红饱满的苦瓜籽。我会特别开心，摘下来，掏出红籽丢进嘴里吸吮，黏黏糊糊的，甜！

正午时分，太阳正烈。几棚苦瓜晒得枝叶蔫垂，奄奄一息。瓜叶下的溪岸和塘岸上，落下一圈黑黑的阴影。我家的几只母鸡公鸡，趴在阴影里，松散着翅膀，张着喙喘气，或者单腿独立，半闭着眼皮小睡，偶尔发出几声咕咕咕的低鸣，或喔喔喔的长嘶。蝉在附近的高树上此起彼伏长吟，杨树苦楝一动不动，旷野无风，空气沉闷。

到了傍晚，我们从溪塘里舀水浇在苦瓜根部。不一会，几棚苦瓜又水灵灵的样子，恢复了精气神，绿意盎然，蓬蓬勃勃，潇潇洒洒。

茄子

老实说，写下这两个字，我咽了一把口水。茄子这东西，我太爱吃了，即便现在，亦是如此。

义乌的茄子，让我没有太多好感，主要是形容丑陋。超市卖

26

的，菜贩子卖的，长过尺许，黑古溜秋，状如驴鞭，有些还是明显
倒腾了多次，软塌塌蔫歪歪的。本地乡人种的，多是拇指粗细，弯
弯钩钩，沙皮癞脸，奇丑无比。但我夏日里尤爱买了茄子来吃，除
了这些，也没有选择的余地，可以说是没有办法的办法。倘若是在
我的家乡，或者是时光能倒流二三十年，回到我乡下的家里去，这
样的茄子，我恐怕是要不屑一顾。

　　住进新瓦房后，房子宽敞了，亮堂了，但出恭却有了不便。我
家的茅厕原本在村子的北端，这下新瓦房建在了村子南端，每天早
上一家人出恭，都要鱼贯而出，依次从村南走到村北，再从村北走
到村南。有时候着急，我就跑进别人家的茅厕。我的父母合计就近
新建一个茅厕，经过说合，与人交换了一处菜园，在我家新瓦房的
南面，走一二百步，向内拐一个弯即到，在水田边。

　　菜园呈长条状，在一处高地，前临水田，后靠陡坎，左右都是
别人家的园土。我们在陡坎脚下的菜园一角挖了一个坑，用石灰三
合土筑坑边和坑底，挑来土砖杉木和稻草，几天工夫就建成了，
前高后低的斜坡，门口朝东，对着菜园和水田，挂一床破旧的草
席。这是这片菜园子里唯一的一个茅厕，显得有点另类和突兀。

　　菜园四周插了豆角木，像打了一把一把的大叉，密密匝匝，
形成一个长方形的围挡，只在靠近茅厕墙体的地方，留了一个口
子，便于进出。里面，菜土的一大半种了辣椒，靠近茅厕的一小
半种了茄子。茄子是母亲栽的，挖一个小坑，从筛子里抓一把猪
粪柴灰泥土之类拌成的黑乎乎的底肥，丢进坑里，手指抓一个小
窝，弓着腰，双手栽下一株茄子秧。栽完后，每株淋一点安蔸

水，告成。当豆角和丝瓜的藤蔓枝叶恣意攀爬时，围挡成了绿色的帷幔。

我每天早晨蹲在茅厕里，迎着阳光，从草席的破洞里，看着茄子秧一天比一天长高长大，最终长成了枝繁叶茂的茄子树。茄子叶色泽沉重，深绿偏紫，大而肥硕，仿佛涂了一层油脂。有时，我甚至敞开茅厕门，看阳光洒在面前泛着露水的一大片茄子树叶上，变换着五颜六色的亮光。不时有麻雀低飞而过，有如扔出去的一粒石子，蛙在旁边的稻田里鸣叫。当紫色的枝干间挂了一朵朵拇指粗的紫白色的小花，走在土行间，茄子树已能藏得住我的屁股，盛产期到了。

我们这地方的茄子基本都是同一个品种，手掌长短，个大，圆而结实，纯紫色，偶尔夹带些花白的皮纹，看着就让人心花怒放。这茄子切开后肉白而籽多，往往一个两个，就能做一大碗辣椒炒茄子的菜来。

辣椒炒茄子真是一道开胃又下饭的好菜。我的母亲有两种炒法，往往轮流上阵。一种是茄子切片后与辣椒蒜子同炒，柴干火烈，油烟呛鼻，加盐炝水后出锅。一种是茄子剖边后竖切成粗条状，先放在碗里与饭一道蒸熟，或者放进菜锅里加水煮熟捞出，油锅爆炒辣椒蒜子，再倒入茄子，翻炒加盐炝水即可。两种做法各有妙处，又香又辣又软和，盐味适中偏咸，妙不可言，配上滚烫的白米饭，我常赤膊吃得满头满脸满身大汗淋漓，鼻尖上嘴上汗粒如豆。似乎饭菜只在嘴里一搅和，就到肚子里去了。口腔嘴唇如火，呵呵气，吃得也就更快了，咋呼咋呼。母亲多次说，我吃饭的样子，肯定是牛变的。如今三十多年过去，我这种夏天在家穿着短裤赤膊吃饭全身如洗的习性依然没有改善的迹象，尤其是吃辣椒炒茄子的时候。

母亲做的腌榨茄，也是一道十分可口的美味。有时候，菜园里的茄子一下子摘得多，母亲挑一些茄子，剖边后竖划几刀，连着皮。蒸熟，在烈日下晒干，腌进剁红辣椒坛子里。腌透的榨茄，吸足了剁辣椒的水分，又咸又软和。掏半碗出来，夏日里吃茶，吃饭，都是香香辣辣的佳肴。

盛夏烈日，菜园晒得开裂，茄子树辣椒树晒得蔫头蔫脑。暑假里，母亲每天下午安排我挑一担水桶，到门前的溪圳里挑水，浇灌茄子树辣椒树，整个菜园都要灌得透湿。母亲则每隔几天，从茅厕里舀了大粪，掺水后，一勺一勺淋在一棵棵茄子树辣椒树根部。

辣椒树长得乌青，青辣椒红辣椒串串垂挂；茄子树长得深紫，大茄子小茄子个个滚圆。

水瓜

我恐怕有二十多年没看到过瓜勺了吧。年少时，是经常用的。

关于水瓜的记忆，似乎多与水联系在一起。分田到户之后，村里的鱼塘多了起来。除了村前那几口面积广大的深水池塘外，有的人家在秧田里蓄水，或者打土砖挖泥形成水凼，大大小小，深深浅浅，放了鱼，就成了自家的鱼塘。我家新瓦房门口这一眼长方形的小鱼塘也是这样来的。每天从田埂河边割些鱼草，或者从村前水圳清澈的流水里拔一些状如海带一样的又长又细的丝草，扔进鱼塘里，便有草鱼潜艇一般不时从水中浮上来，张开墨黑的大嘴望水面浮草一咬，拖下一根水草迅速沉了下去，水面水草晃荡，荡漾一串波纹，时而激起响声。在这样的鱼塘的一角或者一岸，夏日里，必定会有一两棚长得蓬勃茂盛的水瓜，枝叶弥漫，一片碧绿。

父亲赤着膊，把蓝布单裤的裤腿卷到了大腿根，下到了门前溪岸下的小方塘，裤子顿时湿了，水浸着了屁股。父亲返身从岸边拿了剁尖的杉木粗棒和斧头，朝鱼塘里走去，在距离溪岸约莫半丈远的地方，把木棒插进鱼塘里，挥着斧头一下一下敲打，水面上露出长长的一截。这样的木桩，相隔着打了四根。之后在木桩上横竖绑扎长长短短的木棍，搭着溪岸，成了一个瓜架。水瓜是攀爬的行家里手，溪岸上挖一块谷箩筐大的土，倒上两粪箕猪栏淤做底肥，栽一棵两棵，就足也将整个瓜架爬得满满当当。水瓜的叶片肥大，叶柄粗长，密密匝匝，宛如撑开了一顶顶绿伞。

水瓜开的是白色的花，花柄细长，一枝一枝从密叶间举出来，在夏日的阳光里十分亮眼。水瓜崽子渐渐长大，白花萎缩下垂，有的恰巧搁置在瓜架上，有的则穿过空隙，悬在了瓜架下，状如白色的小葫芦。

瓜架下阴凉，成了小动物们的乐园。大鱼小鱼聚在这里浮游，青蛙泥蛙鼓着一双大眼蹲着，偶有响动，嘣的一声，跳进水里，吓得鱼群一阵惊窜。也常见到蛇蜕下的花花白白的干皮，挂在瓜架上，或者粘连在岸边的草叶上。虫子、蜻蜓、菜蜂、蚊子、水蜘蛛，悉数成了瓜架下的常客。那时候，我们闲着没事就爱钓青蛙泥蛙，竹竿的长线上绑一只拍死的小麻蛙，小心地走近瓜架，伸出竹竿，手不停一抖一颤，诱饵在水面轻轻地拍打，一上一下，如同跳跃的昆虫。一只大蛙禁不住诱惑，一蹦跳，饿鬼般的大嘴就死死咬着了死去的小同类。猛力挥竿，大蛙尚未明白怎么回事，就飞出了瓜架，到了半空，摔在了地上，逮了。有时是绿皮的青蛙，有时是黑皮的泥蛙，成了辣椒碗里的好菜。

小葫芦成了大葫芦，浅绿偏白，一只一只搁置在瓜架上，或者悬吊在瓜架下，模样可爱。摘下一只来，用黄铜饭勺刮去粗皮，切片或切丝清炒，清爽软嫩，甘甜可口，是农家夏日的日常菜肴。

大而老的水瓜，索性就让它们继续在瓜架上长老，直长到叶枯藤死。这样的水瓜，摘下来挂在堂屋的屋梁上，任凭柴火烟熏，慢慢风干变硬，色泽枯黄。硬透的水瓜锯成两半，掏空里面干枯的瓜瓤，就成了两个瓜勺。煮潲舀糠，喂猪舀潲，灌园舀水，碾米舀谷，装豆子，装花生，用途广泛，无家不有。

深秋藤老叶稀，不再开花结瓜。砍断水瓜粗大的根茎，扯下瓜蔓瓜叶，扔进鱼塘里，成了鱼窝鱼食和塘泥。瓜架在水面上倒映着横竖相间的黑影，随着波纹荡漾，等待着来年又一场生命的繁盛。

南瓜

"我清拐子手头好，今年南瓜结得多。"说这话时，母亲一脸的笑纹，语气里满是自豪。小时候我的名字叫清河，"清拐子"是家人对我的昵称。村里的习俗，在小孩子名字后面加上"拐子"这个后缀，叫起来，亲昵之情就跃然嘴上了。听到母亲这样夸奖，我心里也是喜悦满满。

我家小禾场旁边是一口池塘，别人家的。池塘的西岸是一片斜坡和长满野蔷薇的空地，其上就是村里一块块纵横交错的三合土晒谷场。在小禾场与池塘一角相接的地方，茂密的草丛间，一条斜斜的小泥径，通往上面的晒谷场。泥径与塘岸相夹的这块杂草杂树丛生的斜坡，曾有几年时间，我家每年都要种上一株两株南瓜。记得有一年种了两株南瓜，一株是母亲栽种的，一株是我闹着要亲手栽种的。歪打正着的是，两株南瓜都长势良好，藤粗叶肥，爬满了整个斜坡和空地。可是母亲栽的那株竟然极少开花，也不结瓜。而我栽的却异乎寻常瓜花多，南瓜多，又长得特别大。母亲把其中的原因，归结为我的手头好。

在乡下，像南瓜这样茎叶花瓜都能做菜的夏日菜蔬可不多。

南瓜的攀援能力似乎无休无止，从根部出发，不断生长分化一根根藤蔓，向四周蔓延，碧绿多毛的叶柄笔直中空，比手指还粗，顶着蒲扇一般的深绿大叶。每条藤蔓的尾部，毛茸茸的嫩茎向空中斜斜地翘着，嫩叶卷曲，丛须细长，仿佛伸着脖子吐着芯子的游蛇，正张望着下一步攀爬的路径。母亲有时轻手轻脚跨进南瓜地里，踩在枝叶间的空隙，挑一些嫩藤蔓摘下来，说这样就能阻止它总是长藤叶，多结瓜。摘下的嫩南瓜藤是一碗好菜，剥去藤茎绒毛丛生薄如蝉翼的表皮，清洗后，切成手指长短，猪油清炒，清爽脆嫩。

南瓜花是菜花中的巨人，盛开时，如同金黄的喇叭，大过碗口，花柄粗长，高高地举在绿叶丛中，甚是抢眼，也是村中顽童喜爱采来把玩的物件。南瓜花有雌雄之分，整日里有虫爬蜂飞，传授花粉。雄花可以采来做菜，摘去花托花蕊，两朵叠套在一起，水焯后拧干压扁，撒上盐，用米筛盛了，放置烈日下晒成干瓜花。偶尔的日子，母亲把积攒的干瓜花油炸了，黄澄澄的，又香又咸又酥脆。雌花不久就结了一个个南瓜崽，圆圆绿绿的，像绿珠，像乒乓球，还带着花。瓜花渐渐萎缩掉落，留下一圈黑色的肚脐眼，南瓜崽慢慢低下头，沉了下去，隐藏在藤蔓绿叶之下。

我那时养成了打扫卫生的习惯，每天早晨一起床，拿了高粱扫把，逐一将每间卧房、堂屋、厅屋、街檐、禾场，都要清扫一遍，尘土扫进撮箕，提了倒在南瓜的根部。漱口洗脸的凉水，也常倒在这里。南瓜叶长得乌青油亮。

几番风雨晴日，南瓜长得如钵，如盆，看着真是一件开心的事。一个个，或匍匐，或侧身，墨绿墨绿的，或在枝叶间完全袒露，或只露出部分油光的青皮，或者深藏不露，要走进去摘瓜时，才意外发现，给人惊喜。一个青南瓜，往往要分几餐才吃得完，切成肥皂般大小的方块，青皮黄瓤，煮一大锅，既是菜，又能当饭，汤汁甘甜。

记得很多个夏夜，碧空如洗，明月当空，蛙鸣虫吟，凉风习习，我们一家人搬了桌凳摆在小禾场上围坐吃饭。此时，远山如黛，稻田空蒙，河坝上的水声一阵阵传来。溪岸和塘岸上的高高的杨树，在风中有节奏地摇晃，树叶哗哗作响。溪水轻漾，浅声微语，流淌着碎银般的月光。池塘边的南瓜丛里，不时有大蛙嘣的一声跳进水，响声沉重，激起串串波纹，月影晃荡，仿佛一根伸缩自如的白银大弹簧。我们夹着南瓜，吃着饭，嘴巴吧咋有声，时不时说上几句。这个时候父亲总要端着小酒盅，喝上一点红薯土酒，解解一天的疲乏。俱往矣，这样的场景，再也不会有了。

瓜叶慢慢变得泛黄，秋天到了。地里的大南瓜在烈日下渐渐长老变红，一股一股，凹凸有致，鼓鼓圆圆。割断瓜蒂，红南瓜大如厚实的磨盘，抱起来，每个少说也有十几斤重，在父母床底下堆得满满当当。此时，瓜叶间，偶尔也还长着几个小小的青南瓜，但这些秋后的小瓜不会长得很大了，我们把它们叫作子南瓜，往往摘了来，切成丝清炒。

红南瓜能保存很久不坏。即便到了深冬大雪的日子，要吃红南瓜了，从床底下抱一个出来，切出几股，刨了皮，切块煮汤，其味甚甜。南瓜籽粒粒雪白饱满，摊在灶台上烤干烤熟，连壳一并嚼了，脆香。

冬瓜

关于冬瓜的记忆，总是跟那些劣质的土地联系在一起。比如山边的一块斜坡，溪河边的一段堤岸，池塘的一个角落，村边宅旁的一处空地，一处断墙，一处坍塌的废园，或者一段田埂，一坡菜园的陡坎。无论如何，在我们这个相对山多田少的村子，村人很少占用一块水田或者一块园土，慎重其事地搭建一棚两棚瓜架，种上冬瓜。那样的话，会挤去水稻红薯花生辣椒这些作物的一大片土地，村人会心痛得不得了。

曾经有几年，我家的冬瓜就种在一处水田的岸边。这里离我家瓦房也就两三百步远，一条源自村后山沟的小溪，折折叠叠地流下来，穿过村边的园土和这片水田，再经过一个突然断落的一丈多高的陡坎，水流重重地跌落进下面圆环状的深潭，水声哗哗，白沫飞溅，打着漩涡，汇入大坝处宽阔的河面，坍塌的碾米机房遗址旁边。溪的南岸高，是个陡坎，坎上密布野藤野蔓，叶如指尖，夏日里我们每天到大坝边下河洗澡要从这里经过，时有四脚蛇拖着长尾巴伏在坎子边，听到人声步响，哗啦窜进石缝土洞里。北岸低而宽，连着水田，这段宽宽的溪岸也就成了田埂，生长着水杨柳一类的灌木丛。雨水季节，尤其是山洪暴发的时候，黄汤漫漫，泥沙俱下。而到了夏秋干旱时，这溪里水流细小，砂石裸露。不少人家在这溪岸上种一些辣椒茄子丝瓜一类的蔬菜，我家的冬瓜棚就搭在我家水田所属的这段溪岸上。因了水利之便，冬瓜的藤蔓恣意爬着，蔚为大观，在棚架上盘茎错节，分叉开派，又毛茸茸地探头探脑，在虚空里高蹈，最终低下头，向着溪面拉伸。

开花的时候，瓜棚上一片金黄，在层层叠叠巴掌大的绿叶映衬下，色泽鲜艳又明亮。冬瓜花不大，花瓣张开时，像一枚大光洋，又像一个小小的托盘，围着中间的花蕊。花下是一个冬瓜幼崽，状如指节，滚圆，周身密布白色的毫毛。花叶间蝶飞蜂吟，时起时落，甚是热闹。母亲曾多次告诫我，冬瓜崽不能去碰它，更不能提着枝叶动它，否则就死了。其实很多幼小的冬瓜，即便我们不去碰它提它，隔一些日子，就自行死了，干枯变黄，掉落。更何况冬瓜茎叶到处是毛，谁会刻意去玩这玩意，给自己招来奇痒。

冬瓜长大的过程似乎有点慢慢悠悠。从指节长到量米筒，再长成一截大木桩，直至深绿的表皮上布满白霜，一直要长到秋末，藤叶干枯。早稻早就收割了，晚稻也要收割。从瓜棚上摘下一个一个或卧躺或悬垂的大冬瓜，哪怕一只竹筛里放一个，挑一担也有三四十斤重。挑回家，放置卧房的一角，垒着。

那时候，我的母亲经常要赶圩场，卖花生，卖豆子，卖红辣椒，但绝对不会卖冬瓜。这东西又大又重，村村有，家家有，费力卖不了两个钱，估计卖不卖得出去都是个问题。大冬瓜肉质肥厚，雪白，水嫩嫩，一旦切开，就难以保存。母亲大多是刮皮后切片煮汤，有时也把冬瓜切成方形的大块，仿佛厚厚的肥肉，在背面横竖密刀划开，先是油煎，后再水焖，加切碎的红辣椒蒜子，放黄豆酱油，香辣脆嫩。吃不完的冬瓜，母亲切成豆腐状的方块，不去皮，晴好的日子放在禾场上晒，落雨下雪的天气，就放在篾火笼里烘。晒蔫烘蔫的冬瓜，放进剁辣椒坛子里腌着。腌冬瓜很好吃，像一块粘着红辣椒的肥肉，瓜肉软，瓜皮脆，香香辣辣。腌久的冬瓜，入口即化。我的父亲年纪大，掉了好些牙齿，尤其喜欢吃这东西。

雪风天，大冬瓜容易烂。偶尔，父亲抱出一个冬瓜，翻转来，有一截已经软塌塌的，手一触动，就烂了，露出一个巨大的溃疡。看到这样的光景，我年少的心也暗地一颤：可惜了！

丝瓜

一年三百六十五日，一日三餐，在我们村里，在我家里，都离不开丝瓜。吃完饭，饭碗菜碗筷子调羹，叮叮当当收进木碗盆里，拿了竹筒水勺子，从水缸里舀几勺清水，倒进碗盆里，顺手拿了一截洗碗渣，哗啦哗啦刷洗碗筷。洗碗渣是村里的方言，取一根邦邦硬干枯发黄发黑的老丝瓜，木杵敲打，去掉表皮和籽，就成了纤维状松软的东西，依然是丝瓜的形状，却如海绵一般富有弹性，手感粗糙，色泽黄白，剪下一截，用来洗碗，就是洗碗渣。余下的，待这个洗碗渣烂了以后再用。周而复始，年复一年。

丝瓜称得上是攀援的冠军，苦瓜水瓜南瓜冬瓜，都比不上它。它的藤蔓细长，勾须强劲，叶片大如手掌，总是昂扬着头，时刻保持着向上攀爬的姿态。菜园四围的豆角木，几天工夫就能爬到顶，这样的高度对它来说，根本就是小儿科。池塘边田埂边的瓜棚，也是不足挂齿。它理想的伴侣是高树，白杨、苦楝、梧桐，一切乡间的乔木，只要能够让它依靠，它就能紧紧抓住，不断地向上攀援。我家的菜园，屋旁栽了白杨苦楝的池塘岸边，每年都要种上若干丝瓜，任凭它们自由自在攀附生长。开花结瓜的时候，高树枝头金黄的花朵，肥绿的大叶，碧玉条一样的丝瓜，在风中摇曳，令人频频仰望。

我们这里的丝瓜有两个品种。一种是长长圆圆的，浑身光滑，这种丝瓜大的能长得像粗壮的胳膊，村人也有叫香瓜的。另一种则是呈棱锥状，下头大，上头略小，周身长有竖棱条，手感粗糙，身量粗短，我们也叫线瓜，也叫八棱瓜。两种丝瓜都很好吃，相比而言，前者偏软和一些，后者稍脆硬一点。刮皮后斜切成块，无论清炒，还是炒辣椒，都是美味。

村旁河边大坝，原先有一个磨坊，四合院，中间一块三合土晒坪。房子北侧有一个黑咕隆咚的巨大的水轱辘，引水渠里的水流冲击水轱辘缓缓转动。村里通电以后，水轱辘停止了，渐渐生苔朽烂，取代它的是电动碾米机、磨粉机、制面机。盛夏烈日，院子晒坪上的木架子，晒满了一排排长长的挂面，有如定格的瀑布，气味浓郁。偶尔的日子，母亲量几升自家产的小麦，来这里换一些面条。那时的汤面，可是难得的好饭，要家中有客人才做的，切一根两根丝瓜，一同煮。端上桌，色香诱人。我们一般不敢多夹，要尽量让客人吃。

中秋节，杀鸭子过节。大碗里盛了清水，加点盐搅匀，接了鸭血，凝成血旺子。血旺子横竖几刀，划成方块，入锅与丝瓜片一同氽汤，其味甘美。

时令进入秋天，无论菜园、瓜棚，还是高树上，都要特意留许多丝瓜，让其长大长老，直至藤枯叶死，发黄变干。老丝瓜摘了来，几个扎一串，挂在堂屋的梁上，或者墙体木钉上，任其烟熏风吹，变干变黑。也有高枝上的老丝瓜，即便站在凳子上，甚至在长竹篙上绑着镰刀，依然够不着，也就只好无奈地摇摇头，由它高高在上，孤零零地在半空招摇。

说不定哪一天，下大雪了，刮大风了，或者藤蔓朽烂了，"呱嗒"一声，长长的老丝瓜重重摔了下来。碰见的人，捡了，笑眯眯地拿回家，能做几个洗碗渣，用上一段时日。

2015年8月15—23日写于义乌

原载2015年第12期《时代文学》（下半月）

野菜正好

笋子

这是几十年前的童年时代的光景。

家乡没有南竹,野生小竹子倒是不少。村前小河的两岸,小溪边,园土的高坎上,这些地方的小竹子长得尤其茂盛,一篷一篷的,小指粗的竹竿高高窕窕,密密实实,尖长的叶子绿得发黑发亮。对门岭的油茶山,每年摘下油茶之后,就有农人整天地垦荒,挖翻茅草,挖断小野树,挖出粗壮蜈蚣般的光亮竹根。只是到了来年春天,几场春雨过后,茅草、小野树、小笋子,又哗啦啦地长了出来。

长笋子的日子,自然是孩子的最爱。三五成群地,在村边宅旁的野竹丛里梳理,只要笋子露出了头,甭管粗细长短,一概拔了，嘻嘻哈哈，多带了玩耍的成分。真正扯了满满一篮筐一篮筐的笋子，扛在肩膀上，一路络绎回村的，是每家的主妇。那些日子，我的母亲就常约了几个伴，上午提了一个空篮筐上了山，要下午才回来。这些笋子大小长短均匀，比竹筷还长，比手指还粗，村人叫作红花笋，是黄泥巴山上长出来的，笋根部往往还带着黄泥色。

剥笋是每天的必修课。做菜之前，母亲从篮筐里拿一把笋，我们就一同剥起来。母亲两个大拇指的指甲又黑又厚又长，她剥笋子很快，用指甲像刀子一样沿着笋划开一道竖缝，稀里哗啦，三五几下，就剥去了笋壳叶，剥出一条翠嫩光洁的笋子来。有时，她从笋尖往下剥，用食指卷着笋壳叶，几卷几卷，一边就剥光了，然后，又是几卷几卷下来，另一边也剥光了。她的粗糙的手指是如此灵巧，简直就是一把刀子。我剥笋则缓慢笨拙得多，一圈一圈从下往上剥，每一片笋壳叶都是完整的，缩卷成小喇叭，剥得拇指甲生痛。有时，一些粗大的笋壳叶，我还特意放在一边，铺开来，反折几道，撕成小栅栏，松手后，笋壳叶自然卷缩，就成了一把小伞，这是村里孩子爱玩的一项小手工。

剥好的笋子，切成指节长，绿玉一般，清炒，放一点红辣椒灰，色泽明丽，清香可爱。和猪肉同煮，更是佳肴。那时节，溪河水田，鱼虾泥鳅颇多，往往捉了来，油煎，和了小笋子同炒，也是美味。小笋子切成细末，与鸡蛋鸭蛋同炒，更是我向来喜爱。

扯来的新笋子不能放太久，否则易坏。往往全剥了，滚水焯后，晒干。一小扎一小扎，用细苎麻线绑好，白白亮亮的。到了盛夏，干笋子泡水后浸软，切指节长，与青辣椒同炒，真是好吃得不得了。

雷公菌

那时候的雷公可真狠，脾气大得很。

尤其是在经历了一个长冬的沉闷之后，在一个寂黑的春夜，突然之间就起了惊雷，霹雳一声巨响，电光闪耀，震天动地，随之大雨倾盆。它犹如一个刚从牢笼里释放的囚徒，愤怒着，奔跑着，咆哮着，东冲西突，仿佛要把满腔怒火向着天空和大地倾泻。在这样的雷雨春夜，年幼的我常躲在被窝里吓得心惊胆战。母亲多次告诫我，打雷的时候不要做声，千万别张嘴对着耀火（土话，闪电）舔舌头，否则要遭雷劈。我曾惊问原因，母亲说，只有妖怪成精了，才舔耀火吃，雷公看到了，就要打。

到了天明，雷停雨收，太阳东升，草叶碧绿，山明水秀，我们又活泼起来，全村人也活泼了起来。村边的草地上，山石间，很多人提着小竹篮子，俯身在捡拾雷公菌。经过一夜雨洗的青草，干净翠嫩，叶尖上顶着一颗颗滚圆晶亮的水珠。一块块的雷公菌，乌黑柔软，皱皱的，牵牵连连，依附在青草上。我们一一拾起来，放进篮子里。回到家，倒入盆中，拣去草叶草茎和泥土砂石，清洗干净，母亲就能做一碗时鲜的水煮雷公菌，吃起来十分柔软。

说起来也很奇怪，这道天赐恩物的无根无叶的野菜，似乎只是在春夏雷雨夜之后才生长出来，在人迹罕至青草茂盛空气清新之处，越发长得肥大娇嫩又密集。或者正是这个原因，才博得了"雷公菌"的美名。

二十岁参加工作时，我正是一个文艺小青年。一个微雨拂面的春天，我回到乡间，在村前的木桥边，看到青青草色之中，有一片熟悉的雷公菌的身影，犹如盛开着的黑色花朵。一下触动了我的心怀，当天写下了这样一首十四行诗：

雷公菌

是羡慕下界的纯朴明媚，
还是厌倦虚空寂冷的天庭？
在黑沉沉的春夜里，
伴着雷电交加的暴风雨降临。

像一朵朵黑色的玫瑰，
悠然开在辽阔的绿原。
我们把你拾来，在晨阳里，
感谢你，善良的天使！给了我们美味的菜食。

你本是凡间的仙物，却甘愿依附泥土，
与山溪作伴，与草木为伍，
不屑进入上流人的圈子。

我们好久不曾谋面了。今天，

在微雨拂面的木桥边，我又见到了你，倍感亲切。

我要献给你，我由衷的敬意！

蕨

"一子尖尖，二子拳拳，三子像把伞，四子划龙船……"

儿时，我们的嘴巴上，常挂着一首"十子"的谜语儿歌，谜底都是村野常见之物。其中的"二子拳拳"，指的就是蕨，村里的土话也叫大叶撸箕。

常听母亲说起，昔日困难时期，村人家家户户都到山上挖蕨根，捣烂，做蕨根粉、蕨根粑粑充饥。蕨根粉我没吃过，但蕨是经常看到的，只要上了山，随处都能碰见。这种丛生的小植物，茎叶扇开，状如凤尾，十分漂亮。它的根部，常有拳曲的嫩茎长出来，毛茸茸的，这就是可以采来做菜的蕨。

或许是父辈们当初吃蕨根吃得厌了胃口，在我童年、少年时代，几乎没有关于吃蕨菜的记忆。我最早吃上蕨菜，是参加工作，在永兴县城居住生活之后。

永兴是一座山清水秀的小山城，生活节奏缓慢，十分宜居。环城周边的山岭，多生长毛竹和小竹子，清明前后，县城的街边和几个菜市场，每天都有山民挑了大笋、小笋子和蕨在卖。小笋子多是剥了壳叶，一扎一扎绑扎好，一扎一斤，上下差距不大，论扎卖。蕨也是如此，扎成修长墨绿的一扎，层层叠放在箩筐里，顶端是拳曲的嫩芽，有如灰白熟睡的毛虫，又像欲开未开的花苞。

永兴人似乎很爱吃蕨，周边山岭野生小竹和蕨类植物又多又密，住在城里的人，也常常呼朋引伴去山上扯笋采蕨，既作春日之游，又得天然食材。受其影响，我家也尝试买了蕨来吃。水焯后，用凉水清洗绒毛，切成小段，放猪油清炒，清香四溢，吃起来脆嫩，便觉乃是美味。有时加酸辣椒同炒，也十分好吃，又开胃口。这个季节，县城的饭馆酒店，也多备这一道时鲜野菜。

有几年，县城周边的乡镇村组，掀起了栽种冰糖甜橙的风潮。甚至在城的每个单位，都分配有承包山岭、烧荒种植的任务。冰糖甜橙成了全县推广种植的代表性果木。那一座座长满了野生小竹子和杂树的山岭被成片放火烧毁，火光冲天，浓烟弥漫。过后雇人挖山撩壕，种上冰糖橙苗木。山山岭岭，顿时成了黄皮秃头。甜橙树一天天长起来，小竹子和蕨类植物一天天少下去。

若干年后，冰糖甜橙长得高高大大，枝繁叶茂，县城周边的山岭又覆盖了浓绿。每到甜橙开花的那段日子，整个县城清香飘拂，沁人心脾。只是昔日清明前后，那种山民挑着剥好的小竹笋和刚采下的鲜蕨，络绎来到县城，沿街边摆摊贩卖的场面已然不再了。那种全民出城扯笋采蕨的盛况，也成了永远的历史。

栀子花

这段时间，正是栀子花开的时候。

我所寓居的义乌市区的住宅小区，每天早上，有老妪和老翁，拿了小板凳，坐在小区街边固定的位置，在地上铺一块彩色的塑料布，从篮子里把刚摘来的新鲜蔬菜，水灵灵的，摆在塑料布上卖。这是一群住在小区的居民，他们的身份已从农民转变成了市民，但依然改变不了农民的勤劳本性。小区街道旁边的绿化带、暂时未曾开发的空地，都被他们见缝插针开垦成了菜园，四时不断，随着季节种上各种蔬菜。这几天，我常看到地铺上，有食品薄膜袋子装了一掬洁白的栀子花在卖。想必，这是他们起了大早，从街边或公园摘了来的。

便自然地想起了那首抒情的《栀子花开》的歌曲来，并在嘴里一遍遍无声地吟唱，有了一种深深浅浅的惆怅。昔日在乡村生活采摘栀子花、以栀子花做菜下饭的情景又倏然来到眼前。

那时候的家乡山岭，可不像如今这般荒芜又没有生气。山上有葱葱郁郁的树木，有四季都能听到的流泉的声音，有老鹰，有喜鹊，有乌鸦，有猫头鹰，有各种飞禽走兽，有不息的鸟语花香，虫吟天籁。当然，还有大片大片的野生栀子花的绿色小灌木。

栀子花在我的家乡，有一个入乡随俗的名字，叫作黄珠子花。大约是它的果子成熟之后，就如同一枚金黄色的珠子。记得常常是初夏雨后，它们仿佛一夜之间就全部约定齐了，在绿色的山林里开出一树树繁星似的喇叭状的花朵来。栀子花开的信息，也似乎在雨夜的酣梦里就通知了村人。新开的花朵，洁白如雪，清香四溢，摘下即可生食。一大早，无论山谷还是山腰，都有大人和孩子提着竹篮采栀子花的身影。

每天一篮子一篮子的栀子花，成了这个时节家家户户的时鲜菜肴。母亲做鲜栀子花这道菜，通常变换着两样做法：一是水焯后清炒；再就是炒一升米，炒至焦黄喷香，到石磨上磨成米粉。做菜的时候，将栀子花放入锅中水煮，加油盐，水沸后，倒入米粉，用筷子迅速搅拌成糊状，装碗，就成了香喷喷的米粉栀子花。当天吃不完的新鲜栀子花，沸水焯后，铺在簸箕上或禾场上晒干。等到端午节后，新鲜的辣椒也出来了，抓一把干栀子花泡水切碎，炒青辣椒，也是村人一道不错的美味。

山野未曾采摘的栀子花，到了深秋，长成了状如指节的金黄色的黄珠子，采来浸泡红薯土酒，色泽金黄，香气浓郁。

菌子

最近一次吃到野生菌子，也是多年前在报社做记者的事了。

那次去一个偏远山区采访，在林区小镇一家简陋餐馆吃午饭时，上了一道野生干蘑菇炒肉的菜，是那种红皮的蘑菇，我一眼认了出来，就是我小时候在村里后山常捡的那种。

我们村子有两片茂密的枞树山，原本都是禁山，一片在村后，是后龙山，另一片在村北，叫下首山，两山掌管着这个村的风水命脉。山上主要生长着高大的枞树，以及其他原始状态的各种知名不知名的高大乔木和密集的灌木。

进入夏天高温季节，晴闷的雨后，是上山捡菌子的好时光。两片枞树山里，满是提着小竹篮捡菌子的大人和孩子。菌子多种多样，有针状的，有斗笠状的，有平伞状的；有红色的，有黑色的，有黄色的，有棕色的，有淡蓝色的；有长地上的，有长朽木上的……千奇百怪，令人眼花缭乱。母亲招呼我们：针状的、黑色的，不要捡；荷树下面长的菌子也不要捡，有毒。我们捡的菌子，主要是那种枞树菌：长在高大的枞树下，从铺满枯黄枞毛的地面拱出来，平伞状，棕色，有着麻点子，肉质洁白。还有就是那种红皮的菌子和浅蓝色的菌子。菌子捡回家后，母亲要一一检查筛选，把有毒的菌子剔除。

时鲜的菌子是一道特别鲜美的菜肴，不过，稍有不慎，也会引起中毒，甚至出现毒死人的惨剧。几乎每年这个时节，都会从村人的言谈中，听到某某村庄有人吃了毒菌子的消息。不过值得庆幸的是，那么些年来，我们村庄从未发生过这样的事情。

有一种菌子，村里几乎人人都认识，并且都知道无毒又好吃，那就是茶树菌。我们村庄，田土少，山多，而且除了这两片枞树山外，全部是油茶山。茶树菌就生长在油茶山上，运气好的时候，一棵高大的油茶树下及附近的空地，往往能捡到几个茶树菌，令人十分开心。这种菌子，表皮泥土色，伞下洁白，菌伞大的胜过巴掌，杆子高挑，比拇指还粗。

菌子多的年成，母亲晒一些干菌子，用袋子装好。等到过节过年买猪肉的时候，发一把干菌子炒肉，味道更是美妙。

大约是刚刚分田到户的那年，两片枞树山遭到了村人疯狂的砍伐，各自将砍倒的大树抱回家，元气大伤。以后，建房的人家日益增多，村下首的那片枞树山更是绝了迹。到如今，连年荒芜火烧，偌大的村庄，连绵的山岭，泉流枯竭，油茶树也几近于无。村庄的山岭，哪还有野菌子呢？

薤白

这是我尤为喜爱的一种草本植物，在村里，它有一个土邦邦的名字，叫作野波荞。

春天里，村庄的旱土，河畔溪岸，山边沟渠，到处都能看到它娇嫩的身影，碧绿细长的针叶，像丛生的藠头和香葱。一株薤白往往长有三五片针叶，茎部大的，有竹筷粗。在上一年翻垦过的疏松园土里，粗大的薤白尤多，拔出来，根部就是一粒滚圆的白珠子，大如指头，犹如微缩版的独头蒜。扯猪草的时候，我们十分喜爱这种香气浓郁的薤白。

薤白做菜很好吃，尤其适合炒蛋，黄绿相配，香气四溢，看着就咽口水。煎泥鳅鱼虾，当然更是美味。不过，我的母亲经常说，这菜不能多吃，吃多了，糊眼睛，视力下降，这是她为此并不常做这道菜给我们吃的理由。其实，我吃了薤白炒蛋、薤白煎鱼煎泥鳅，吃了还想下次再吃，并不觉得眼睛模糊、视力有任何变化。

到了盛夏，薤白长出箭杆子，状如蒜苗，顶端结一个紫色的花球，球的表面是一粒粒小小的圆珠。不久便开出紫色的小花，异常漂亮。

相比与它同属的植物，薤白的生命是短暂的。它生在春天，夏天过后就进入了生命的迟暮。记得有一首远古的挽歌，名为《薤露》："薤上露，何易晞。露晞明朝更复落，人死一去何时归。"相传，汉初，高祖召田横，其不愿臣服，自杀。门人伤之，为作此歌。意思是，薤上零落的露水，是何等容易干枯。露水干枯了明天还会再落下，人的生命一旦逝去，又何时才能归来？感叹人生苦短，奄然而逝。

2016年6月5—7日写于义乌

原载2017年第12期《雪莲》月刊

野果记

茶耳

最近一次吃到茶耳，是今年的清明节。

那是一个雨后微晴的上午，空气湿润，田野碧绿，鸟声清脆。我扛着铁锄，锄把上挂一个竹篮。篮子里盛着一卷黄纸，一把香，两对蜡烛，半瓶酒，一只大碗，碗里躺着一块方形的熟肉，一枚鸡蛋，一条熟鱼。我的儿子奎，在旁边跟着，拿一根小棍子，忽而敲打路旁的小树，忽而惊叫一声，在野竹丛里拔了一根笋子。这情形，就像数十年前，我跟着我的父亲一样。如今，我的父母躺在山上，他们的儿子和孙子来给他们上坟。

田野依然还是那片田野，只是杂草萋萋，空旷而荒芜。山依然是这片山，名称还是叫油茶山，前些年发放的林权证上写着我的名字，十五亩。可是，十年前，一场突发的山火，将村庄里最后这片茂密的油茶林烧了个干干净净。那之后，榨油坊在风雨飘摇中倒塌了，昔日盛产茶油的村庄，再也没有一滴茶油。村庄四周，山峦光裸，杂草丛生。这样的景象，常让我怀疑，这不是江南，是西北。

白色的子弹头高速列车，从山前的高架桥上呼啸而来，呼啸而去，发出巨响。近两三年来，据说要美化高铁沿线景观，村里的新房子，外墙统一贴黄色的瓷砖，窗户和屋檐盖上暗灰色的塑料琉璃瓦，家家户户扮成着装齐整的暴发户的样子。便是青砖黑瓦的旧屋，也刷了黄色的涂料，仿佛一张二皮脸，让人看着别扭，又难受。山岭也在搞什么流转，有挖土机在山上来来去去挖沟，战壕一样。末了，胡乱栽了一些桉树苗子。

山野又恢复了宁静。桉树死的死，活的活，水土服不服，全凭自然造化。年轻的人进入城市打工，留下老弱妇孺，还有谁会在意败落得不成样子的山水田园？

父母的坟在山前的一个当阳坡，需从水泥公路靠山脚一侧的陡坡小径走上去。我拐上山，一面招呼奎儿。就在这时，我的眼前突然一亮，一棵小油茶树！半个人高，几根手指粗细的枝条，笔直从杂草丛里长出来，顶端吐露一丛丛白嫩的新芽，有的已舒展，有的还卷着。这该是那场山火过后幸存的一截油茶树根或一粒油茶籽的后代，我犹如见到阔别多年的亲人。

"这是什么？"奎儿突然问我。"茶耳！茶耳！"我大声叫着，满含激动。在一枚深绿叶片的叶柄处，长着一丛粉红的茶耳，色彩明亮，肉质饱满肥厚，泛着光泽。每一片茶耳，都布满脉络分明的纹理，宛如叶片。

"这个可以吃的。"我告诉奎儿，一伸手，摘了下来。"我小时候，这山上好多茶耳，还有茶泡，像乒乓球一样，白白的，里面是空的，很甜很好吃。"我这样自言自语地说着，也不知道奎儿听不听得懂，还是全然就没有在意。我摘了一块大的茶耳，给奎儿吃。我自己也摘了一块，放入口中嚼起来。

"苦的。"奎儿说，"不好吃。"

是的，是有点苦，而且还有点涩。可是，从小生长在城市里、十二岁才第一次看到茶耳的他，哪里会知道，茶耳需要蜕皮变白才甜的道理呢？

凉粉果

村口的大树荫下，一担木桶从老汉肩膀上放了下来，略显沉重。此时，烈日当空，蝉吟如嘶。两个桶子里，各盛了大半桶透明的冻状物，像嫩嫩的豆腐脑，又像下雪天鱼汤肉汤成了冻的模样。

"凉粉！卖凉粉……"

喊声一声短，一声长。便有赤脚的村童和大人，从家里抱了大碗饭碗，或跑或走，赶了过来。花几分钱，喝上一碗，凉滑清爽。加点白糖，更是甘甜舒畅。树荫下顿时成了热闹的欢场。

这种凉粉，价钱低廉，村里村外，都有人会做。在三伏天"双抢"的日子，常有人做了卖点小钱。所用的材料，一是吃不完挑不尽的透亮的井水，再就是从野外采摘来的凉粉果。我们这里，凉粉果另有一个名字，叫作"乒乓"。

村边有一座石拱桥，全是长条的青石砌成。桥边两岸各有一棵大树，一樟一榈，需一两人才能合抱。两树的虬枝向着江面和石桥的上空蔓延，形成巨大的阴翳。盛夏烈日，我们这些村里的男童从对岸的山上捡柴回来，常在这里歇脚歇凉。

拱桥的青石台阶已踩得油光放亮，石阶两端爬满了密密匝匝的藤蔓，叶子如卵，深绿肥厚，藤蔓悠长，一串串，一缕缕，牵牵扯扯，向着江面垂挂，在江风中摇荡。很多时候，这些藤蔓上，结着一个个拳头状的青果，就是乒乓。只是这些乒乓多数在我们俯身够不着手的地方，悬在半空，让人眼馋。

其实，乒乓在山里也很多，尤其是突兀阴凉的山石峭壁上。乒乓形状可爱，看着诱人，却不能直接当果子吃。砸开，里面有一包花蕊一样的东西，散发一股莫可名状的气味。而且还有白色的浆液，黏手。掏空后，就是一层厚白的壳子。我们常是攀爬石壁摘下来，玩耍一阵，丢了。

就像当年麻雀铺天盖地，喜鹊成群，古树繁茂，河水深广，仅仅二三十年光阴，这一切景象都已不再。乒乓这种本来十分寻常的藤蔓野果，也在我的视野里消失得无影无踪。

三年前，我来到浙江余姚工作，寓居在姚江边的花园新村。这是一个建于二十世纪八九十年代的旧小区，规模很大，有上百栋房屋，已是十分陈旧。这里房前屋后，种了很多无花果树，果实繁多。我每天从巷子里进进出出，夏日里，偶尔摘下一粒渐成乌紫的无花果。剥开时，那包花蕊，那股气味，我依稀有着似曾相识的感觉，脑海里便会闪过乒乓的身影。有一天，我路过一处残破的矮围墙时，见围墙上自里面爬出一些藤蔓，叶片深绿肥厚，竟然挂着两个拳头一样的青果。我一眼就认了出来，这是乒乓！

当时，我有点兴奋。我真想告之以人，这是我童年时玩耍过的乒乓。可是，在这个异地他乡，我能告诉谁？在这个张口说着诸如"阿拉""侬"浙东方言的地方，谁又能听得懂，我这偏远湘南山区所谓"乒乓"的方言，是指何物？

"惊风乱飐芙蓉水，密雨斜侵薜荔墙。"凉粉果藤蔓的学名——薜荔。

泡节

就如同小时候村人习惯叫我的野名"鼎罐"，我听着耳顺又自然。要是突然有人叫我的书名孝纪，我定要受惊一般，头一愣，眼一瞪，傻乎傻乎的，以为叫谁呢？要一阵子，才能呆站着缓过神来——原来是在叫我。便陌生地答应一声，"哎。"泡节也是这样，要是依照它的学名叫覆盆子，我还真要怀疑这种再熟悉不过的野果，是什么从未见过的东西哩。都怪我这乡下人没文化，小时候还真是没听说过这怪模怪样的名儿。

泡节的种类繁多，大小颜色各异，植株的形态也迥然不同。有树泡、乌泡、大泡，还有蛇泡。山林间，溪圳边，河岸旁，田埂上，房前屋后，几乎所有的野地，无处不在。

树泡是数量最多的一种。这种手指大小、笔直修长、浑身长刺、叶圆如卵的丛生树状落叶植物，具有特别强大的生命力。割了它，数月之间，又能长得高过人头，密密匝匝。它是村人一年四季砍割不尽的燃料，用来烧火煮潲。

春日里，尚有料峭寒意，树泡已开满繁花，小巧玲珑，洁白夺目。新叶也刚初绽，碧绿可爱。山野间，道路旁，是一道赏心悦目的风景。

树泡的果实要到初夏成熟才甘甜好吃。似乎一夜之间，漫山遍野的树泡，一齐挂满了红艳艳的泡节，像一粒粒红指头，星星点点，密密麻麻。远远看去，宛如绿叶间一片片绯红的云彩。无论大人还是孩子，泡节是每个人都爱吃的美味。这个时候，上山摘泡节已是全村性的集体行动，尤其是幼童和少男少女，端着口杯、大碗，或者小竹篮子，每天专事在山林间穿梭。摘泡节实在是一件令人兴奋的事，看到一大片树泡，每一株的枝头都红红的，沉沉的，颗粒又大又新鲜，恨不得全部收入囊中，一时真不知从哪里开始下手好。边摘边吃，大快朵颐，全然不顾针刺划破衣裤和手脚。下山时，每个人的肚子里，每个人的容器，全是装着满满的泡节。每个人的嘴巴、脸面、手掌、手指，甚至衣裤，都沾着泡节的红汁水。

若是诗人文士，饱尝美味之余，取一粒又大又红的泡节细细观赏，想来也定然是人生快事。他必定会捏着泡节略带卷曲的、淡黄浅碧的、五角星般的、纤毫细密的、尖细的花托，在眼前左看右看。他必定会轻轻地把泡节放在他红润的手掌心，他突然会想起，这粒饱满的、珠光润润的大自然的杰作，正像他某位痴情的女子的红润指头，又像他见过的某一粒鬼斧神工的红宝石。泡节表面布满的细密圆融的微珠，他定然会联想起血粒、珠露、丹砂，这一类美妙的词儿。说不定，他会信口吐出一串诗歌妙句。

相比树泡的笔直高踽，乌泡是一种藤本植物，匍匐和谦恭是它的本性。乌泡喜湿喜阴，陡坎上、溪沟边，一丛丛，密密麻麻，叶大如掌，密布绒毛，藤条长满小刺。乌泡的泡节是成串生长，每一串有数十粒，从青翠长到红艳，从红艳长到乌黑。乌泡也十分甜润，但吃过乌泡的嘴脸，就像个戏台上画着红红紫紫的大花脸，手掌手指的汁水痕迹也难以洗干净。

大泡，顾名思义，显然是泡节中颗粒最大的一种。大泡植株比较矮小，成丛成片生长在溪岸江边土坎，山林中也常看见。它的叶片也与树泡和乌泡显著不同，一根叶梗上往往互生了几片小叶。大泡开白花，花大，结泡节也大。成熟的红大泡，颗粒滚圆，大过拇指。摘下来，圆润干爽，里面是空的。它的结果期和成熟期，要比树泡更晚也更长。

我们一直被父母警告，不能吃蛇泡。蛇泡是草本植物，生长在阴湿的地方。蛇泡的泡节也是红艳艳圆滚滚的，在我看来，是恐怖和死亡的化身。据说蛇泡是与蛇有关的，吃了就会死。因此，每次看到红艳艳的蛇泡，我都退避三舍。

石榴

"七月半，石榴红艳艳。八月十五，石榴落土。"这是从小就耳熟能详、顺口就能说出的村野谚语。明天恰巧就是中秋节，而且单位上刚刚发了一箱红皮石榴，每一个都比拳头还大。剥开一个来，红红的石榴籽，粒粒饱满，晶莹剔透，密密麻麻，紧紧匝匝，宛如红宝石。吃进嘴里，汁水甘甜。这种石榴，在我的家乡，叫作寿石榴。只是小时候，村里并没有这种石榴树，我也只不过偶闻其名，并没有真正看到过。我十分熟悉的，是野石榴。

周边的油茶山上，野石榴树繁多。这是一种矮小的灌木，枝条瘦长，不时长几个尖刺，叶片细仄，像倒立的长三角。平素的日子，我们上山捡柴，看到它们都是绕行，免得扎到手脚。等到结了青石榴，才渐渐亲近热络起来。野石榴个头都不大，像扁圆的青豆子，一粒粒，或单独，或成丛，密密麻麻，把枝条压成弯弯的弧形。偶尔也有个头大的，像算盘子，若是红红的成熟了，一个人发现了，往往默不作声，并不高声大叫告知同伴，生怕被一抢而光。

青石榴味苦又涩，我们常是忍不住手，选个大的，摘了，咬一口，伸伸舌头，吐了，扔掉。据说青石榴是一味良药，能助消化。有时，我们也按照父母的吩咐，摘很多，装进衣兜里带回家，晒干。

与寿石榴相反，野石榴的籽不能吃，硬硬的，像黑色的小石子。能吃的，是它的皮肉。从苦涩，到半苦半甜，再到甜脆，要两三个月时间。即便到了成熟的时节，野石榴也并不全是浑身通红。很多长相难看，癞皮癞脸。这也成就了另一句谚语："癞子石榴也有一边红。"我母亲的嘴里，就常说这句。大约是自励的话，相信再差再苦的命运，也有微甜的一角。

山野里，还有一种野果，也冠以石榴的名号。不过，它的前面加了一个字，叫作地石榴。村里的后龙山和下首山，生长着高大的枞树以及各种各样茂密的乔木和灌木。夏日里，我常跟随母亲到后龙山和下首山扒枞毛，一根根，像长长的细针，枯黄溜光，从枞树上落下来，散落在灌木叶上，隙地上，重重叠叠。扒成一堆堆，用箩筐挑回家，是生火的好引子，更是煮饭煮潲的好燃料。在散落枞毛的阴凉的地面上，地石榴连片生长着，藤蔓牵连，叶片状如指甲，开着一朵朵紫色的小花，同时又夹杂着一粒粒圆豆般的小果，青的，红的，黑的。黑色的地石榴，摘下送入口中，轻轻一嚼，其味甘美，皮籽汁水，俱咽肚中。

我是上初中后，从外村经过时，才认识寿石榴。树形高挑，其花硕大如火，甚是美艳惊人。其果如拳，十分诱人。

前几年，我家村中旧宅因高铁新线路被征收。在新村安排的一块宅地上，我另行建了一层平房并一个院子。我特意从县城里买了两棵寿石榴苗子，栽在院子里。如今，两株石榴树都已枝繁叶茂，高过了围墙和房屋。只是，一年中，我一般只在清明和春节期间才回去看上一眼。两棵石榴树，要么绿叶满枝，要么一叶皆无，从未见到过开花和结果。我曾询问邻居，他说，花也开，果也结，他们摘收了。

又是中秋佳节，正是石榴红艳成熟的时候。想来，故乡的两棵石榴树，又该硕果累累了吧。那山野之间，是否还有残存的大如算盘子的红艳艳的野石榴呢？

鸡打阿

这名字有点古怪，估计离开本乡，即无人能懂。以至于我这个一向比较偏爱土语方言的人，偶尔也会寻思一番：怎么先祖取了个这样让人摸不着头脑的名字啊？要说金樱子，大约稍有点植物常识的人都知道。鸡打阿，就是金樱子。

这是让人有点恐怖的蔷薇科植物，原因在于它那长长的藤条上，密布弯曲锋利又坚硬的钩刺，身上挨一下，准会皮开肉绽，血痕深长。不禁让我想起当年刚刚开蒙上小学的一件事。

小学在本村宗祠旁边，就两间瓦房，只有一年级和二年级。那年我七岁，像一头撒野惯了的牛犊，被戴上了牛轭，来小学报了名。老师是本村的黄孝清。报名后，我们一群野孩子在教室旁的石板路上冲冲喊喊。我随手捡了一根不知是谁丢在地上的鸡打阿的藤条挥舞起来，恰巧永光从我身边冲过去，藤条挂着了他的脸。永光顿时大哭大叫起来，脸上几条血印子，渗着血珠。黄老师跑出来，罚我站在墙壁边，厉声训斥。我低头搓着光脚丫，羞愧难当。

村里村外，鸡打阿的身影十分寻常。有时，一些人家栽了果木或瓜菜，还特意连根挖了鸡打阿的植株来，围着栽一圈，用来挡人，挡鸡鸭牲畜。

有些年，村里禁山，禁止捡油茶树柴火。抓住了，罚谷罚款。暑假里，我们一般年少的同伴，整天就是到山上砍鸡打阿的藤条，用棕绳捆了，柴枪一担挑回家，扔在平地上晒干。这是一件棘手的活，我们没有手套，就穿两只烂鞋。野岭荒山，鸡打阿长得如蓬似盖，高过人头，每次靠近，左手拿一把木叉先叉住要砍的几根，右手挥刀，刀叉并用，用力夹起来，退几步，码在地上，堆成堆子。藤条勾勾挂挂，常把我们的手脚脸面撕得血印模糊。很多时候，勾刺扎进肉里，拔都拔不出。回家后，拿了补衣针，龇牙咧嘴，忍痛挑刺，挑得皮开肉绽，眼泪直落。

春天里，鸡打阿的藤条开着一朵朵白花，香气浓郁，远看十分漂亮。结的果，也叫鸡打阿，浑身密布尖刺，犹如微缩版的腰鼓和刺猬。

深秋时节，果实变黄变红。小心折下一个红红的鸡打阿，丢在地上，踩在鞋底下反复搓。搓了尖刺的鸡打阿，牙齿咬开两边，抠去里面的毛籽，嚼皮肉，又甜又香。

曾有一段时间，村里的供销社收购切开晒干的鸡打阿。家家户户都有人拿了剪刀上山采摘，楼上的晒台、屋旁的石板、禾场，常常能看见晾晒的成片干红的鸡打阿。也有人用这些鸡打阿浸自酿的红薯酒，据说喝了强身又健体。

2015年9月23—26日写于义乌

原载2016年第9期《鹿鸣》月刊

老井

　　沿着村前大月塘的弧形石板路走到月弦的中央，往东顺势下七步青石台阶，就到了老井。老井究竟建于什么年代，似乎连我的父亲也没有给我讲清楚过，倘若他老人家还健在的话，今年刚好满一百岁了。

　　老井一共有三口井眼，自西向东一字排开，依次称作头井、二井和三井，相互之间由长满青苔的光滑小石槽相连，泉水汩汩地顺序流过，最后流入井外的水沟和池塘。老井占地长宽各数丈，全由青石板铺成，三口井眼包裹中央，宛如三只黑亮的眼睛。平日里，村人担水、洗菜和洗衣，各就其井，绝不逾越。人多时，甚至可以坐在老井南北两旁的青石条上歇息片刻，抽一袋土烟，或谈几句闲天。

　　老井的景致也很优美，当月塘弧岸上垂柳和苦楝树开花的时候，老井里常常飘着落花。而老井西南角的那棵高大的老柏树，浓密的枝叶更是几乎要把整个老井抱入怀里，即便晴空烈日，村人也能享受它荫庇的清凉。多少年来，老柏树与老井相依相伴，俨然老井的守护神。老井的南北东三面也是紧挨着池塘，当村人担水走过的时候，常会惊动浮动的鱼群，引发一阵阵惊窜入水的响声。再远处，便是广阔的稻田和绵延的群山，时有成群的麻雀黑压压飞过老井，落入附近的稻田；或者孤独的老鹰，在老井上空高高盘旋着，突然俯冲下来叼起一只鸡，旋即腾空而起扑进了远山。

老井年复一年，日复一日，始终如一汩汩地流淌着，即便大旱的年成，也时时刻刻满满地盛装着甘泉。老井是如此的慷慨，哪怕你是一个异乡的行客，渴了，你可以跪在水井的石沿上，径直用嘴咕咕地喝个痛快；累了，你可以在老柏树下的石阶上歇口气；临走时，你甚至可以用竹筒装一筒井水，或者，到老井旁的田埂上摘一片蒲扇大的芋头叶，包上一大包井水，继续着你的行程。

老井的水十分清澈，站在头井边，可以看到里面有大大小小的鲫鱼在无声无息地游动，四面井壁，密密麻麻长着绒毛状的碧绿丝草。当太阳光透过老柏树的枝叶照进水井，一根根光柱直透井底，甚至能清晰地看见沉在井底的硬币，以及井底南壁方形泉眼处游鱼在轻快地进进出出。

当井壁的丝草长了，或者掉进了铜壶瓦罐，或者有人不小心掉进去被拉了上来，村里为头的人一声呼号，便会有男人们自发带着木桶等用具前来洗井。大家齐心协力把井水斛干，有赤膊的青年人下到一丈多深的井底，将泉眼堵住，上上下下把老井四壁和井底清理干净。当泉眼再次恢复涌动，用不了多久，一汪清泉又溢满了老井，汩汩流淌。

我曾好奇地询问父亲：这老井的泉水究竟来自哪里？父亲告诉我，这泉水源头离村子有几里路远，来自村前江流上游一处江中沙洲的大涌泉。许多次，我从井边朝南眺望它的源头，绵延的池塘水田沟坎和河道下面，究竟何处在暗暗流动着这涓涓清泉？为了这口生命之泉，当时的先人该是花了怎样的努力？即便现在看来，也是一项浩大的工程。

数百年来，老井就这样日夜流淌着，养育了一代又一代村人。村中有孩子降生，村人会打来一壶新鲜的井水，煮开后给孩子擦洗，迎接新生命的到来。村里有孩子病痛或者哭夜，村人便会起个大早，趁着天尚未亮，在老井旁的老柏树干上贴一张写有孩子名字和祝词的菱形红纸，在树下摆上供品，点一对蜡烛、三炷香，七片纸钱，一番作揖祷告，算是把孩子寄在老井爷爷和老柏树爷爷的名下，保佑孩子易养易成。听着母亲的嘱咐，我也曾带着家眷从城里来到老井旁，虔诚地做着同样的仪式，先后把女儿黄佳和儿子黄奎都寄到老柏树和老井的名下，别取寄名柏嘉和井奎。

老井日夜流淌着，也送走了一代又一代的村人。当村人寿终正寝，孝子披麻戴孝，敲着小锣，提一个铜壶，跪在老井边，抛几枚硬币，打一壶井水，头也不回地走到家，给至亲最后一次擦洗。我就这样用老井的水擦洗着，送走了我的父母。

老井与村人的一生紧紧相连，以至老井也成了村人心中的圣地。逢年过节，总能看到有村人陆续来到老井旁老柏树下作揖祈福，燃纸焚香，保佑平安。我真切相信，这么熟悉的场景总会一代一代传承下去，就如同这日夜流淌不息的老井的清泉。

四季泉声

四季泉声，是森林的协奏曲，是山村的田园歌。

当山村上空响起了第一声春雷，当漫天的春雨哗哗地浇灌大地，当深黛的山林微染了嫩黄的颜色，是谁打开了春天的大门？山林间，原野上，小河边，无数大大小小的泉眼顿时喷涌而出，汩汩流淌。

山溪活泼起来了，它汇聚了每一棵树下、每一条石缝、每一粒土壤的涓涓清流，千回百转，且行且歌，流经山间，流向沟谷，流过村落。因为包容，山溪越来越阔大，流泉的歌声也越来越响亮。每一道山径，都有溪水漫过；每一个山角落，都能听见流泉的歌。

水井满了，池塘满了，水田满了，水圳满了，小河也满了。小草绿了，杜鹃红了，笋子出了，蛙声响了，燕子也来了。每一片池面，都有鱼儿跳跃；每一个水口，都有泥鳅上溯；每一道河湾，都有鸭子畅游。鸡在打鸣，牛在高哞，孩子在追逐，大人在忙农活……春天因为流泉而生动，每一口气息都能闻到流泉的清香。山村因为春泉而苏醒，春泉是山村无拘无束的孩子，是山村日夜不息的动听歌声。

当油茶山上甜脆的茶耳和茶泡不见了踪影，当路旁山间像开满红玛瑙一样的刺泡已经遁形，当太阳像一团烈火烤着深绿的山山岭岭和稻田原野，夏泉像农家成熟的青年，承担着保护山村的责任。

一口口积泉而成的山塘，深沉而平和，映着云彩，游着群鱼，每一阵来自阔叶和松针的山风"哗啦啦"刮过，都会荡起层层碧波。山塘既是小水库，又是鱼塘，更是稻田的灌溉水源。干旱的日子，打开山塘的一道水坝口，清泉"哗啦啦"一路奔跑，沿着曲曲折折的渠道输入一丘丘干涸的田野，滋润着禾苗和农家的希望。

夏泉也是消暑解渴不可或缺的大自然的馈赠。在山涧流泉里洗个澡，浑身舒泰；舀一竹勺子泉水咕咕灌入肚里，透体通凉。即便在田间干活，在山路行走，累了渴了，找一处泉水，蹲下来，洗洗手，擦擦脸，掬泉而饮，或者干脆俯下身，手撑泉岸，努着嘴插入泉中，一番牛饮，酣畅淋漓。

当沉甸甸的稻穗再一次变黄，当山林的树叶染上了斑斓的色彩，当红得像算盘子一样的野石榴掉落树下茅草丛里，秋泉宛如形清影瘦的隐者，吹着清箫，幽幽而歌。

喧闹和盛年已经不再，剩下的已是澄明和淡泊。每一泓清泉里都沉淀着落叶和衰败的茅草，它知道，那是生命的归根和必然。流泉在慢慢地变小，每一次流淌，都是对故土，对山石，对树木，对田野，对山村，对花草鸟虫的挥别。留下一道道渐渐干涸的溪涧，那是对它们生命的见证。

一口口泉眼关闭了，落满了树叶和茅草，落满了石子和泥土。它们要把千百个自身隐藏起来，汇聚到地下最低处的泉流，不息地涌动。

当漫天飞雪般的油茶花已经白过了，当空荡荡的田野上星星点点的野金菊已经黄过了，当天空终于飞舞纷纷扬扬的鹅毛大雪来了，村前那一口口冒着腾腾热气的老井里，那是冬泉在呼吸，那是冬泉在铮铮淙淙唱着生命的歌，田园的歌，不息的歌。

当大雪融进了山林和大地，新的流泉已经在地下孕育，在蓄积，在期望，在等待来年的第一声春雷和勃发。

结冰盖唧的日子

　　结冰盖唧（方言，结冰盖）的日子，说话都能看见从嘴巴里冒出来白花花的热气，鼻孔里挂着的两条清鼻涕才刚用力吸了进去，立马又滑到了嘴唇边，舌头一舔，抬手擦在了油光发硬的衣袖上。

　　母亲从园子里摘了一菜篮子大青叶菜来，进屋时声音有些发颤："好厚的冰盖唧，手指骨都要断了。"我瞧大青叶子上的冰盖唧还在，从叶上剥下一大片拿在手中玩耍。冰盖唧晶亮剔透，上面印着大青叶的模样，我正要咬下一口，被母亲甩手拍下，洒落了一地，丁零当唧。

　　灶里的柴火烧得呼呼地笑，红彤彤的火光映照着墨黑的老墙。宽阔的长凳上垫上了稻草秆筒，圆圆的，像一张张厚实的大烫皮，更像一个个黄色的大月饼，坐在上面，暖和柔软，隔开了凳板的硬实和冰凉。

结冰盖啷的日子，池塘的水面像盖了一面老大的镜子，从瓦屋里冒出来的顽童们已经笑逐颜开。捡一块碎瓦片甩去，瓦片在冰盖啷上唰唰地飞得老远；握一根长木棍敲打，冰盖啷发出噼噼啪啪的开裂声，一条条白色的裂缝霎时传遍了四面八方；举一个砖头猛力砸下，"哗啦"一声巨响，水花落处，冰盖啷散成了大大小小的碎块浮满了水面。

捞一块冰盖啷放在塘岸上，往裤子上擦干冰凉的水，把一双冻得通红的小手捂在呵气的嘴巴上暖和暖和，随即从口袋里掏出母亲的顶针放在冰盖啷上面，俯下嘴巴对着顶针的圆眼猛吹，只需一小会工夫，冰盖啷吹出了一个溜圆的小孔。随手找来一根稻草，或者一段枯藤，穿进小孔，打一个结，冰盖啷提在了手上，笑容荡在了脸上。

结冰盖啷的日子，屋檐上挂满了一条条长长短短的雪杆，粗的像吹火筒，像犁耙齿，细的像手指，像牙齿，一根根，雪白雪白，通亮通亮。从墙角里抱来一根长竹竿，仰头对着雪杆打去，雪杆摔在巷子里，"啪啪"作响，碎成一节节，一片片，在溜光的青石板上滚动，散开。

屋旁的橘子树，依然绿得深沉，一丝不动，每一片树叶的上面，都包着一片厚厚的冰盖啷，在叶尖上吊着一颗小小的冰坠子，像玉珠，像银丸，圆融，透亮。摘一片冰盖啷，就是一枚玉叶，放入牙齿间一咬，蹦脆，叮当。

结冰盖啷的日子，石板路上已经有人撒上了谷壳，宛如一条黄色的长蛇，游向了老柏树下冒着热气的老井。挑水的人，从井里打了两木桶清亮的井水，用钩挂扁担挑上肩，低着头，小心地走在石板路上，脚下松软的谷壳踩得咕吱咕吱作响。

当肚子里吃饱了红薯和热饭，当胶皮套鞋里垫上了干爽的稻草，当小火桶的瓦钵子里装满了绯红的柴火子，我们，山里的孩子，挂着书包，提着火桶，抹一把鼻涕，走出家门，汇成三三两两的同伴，慢慢悠悠，走在上学的路上。

看田埂上的狗毛草成了一支支冰裹的利箭，看江岸上的小竹子成了一丛丛水晶的珊瑚，看江流从水坝上跌落，打着漩涡，悠悠地流淌。

笑闹追逐，一路把玩，一路踩踏，一路寒风，一路冰盖啷。哈哈哈哈，稚嫩的笑声，伴着冰盖啷的清响，丁零当啷。

结冰盖啷的日子，是山里孩子开心的日子。

第二章

山村朝暮

如豆的灯火

灯盏的红焰

一粒谷，溅满屋。

每当想起这句儿时常挂在嘴边的谜语，脑海里就会不由地浮现这样的场景：柴火在土灶里呼呼燃烧，火舌自锅底窜出，我们姐弟坐在宽板条凳上，烤火，添柴，叽叽喳喳。父亲喂猪去了，黑咕隆咚的狭小屋子里，母亲在黑暗中摸索着，一股浓重的煤油味道弥散开来。一阵响动，拉碗柜箱子的声音，我们知道，母亲在摸索火柴，摸着了。窸窸窣窣，"嗞"的一声，磷光闪动，一根火柴燃着了，把母亲的手掌映红。火柴伸向煤油灯盏，着了，屋子里顿时溅满了昏黄的光，满满当当，把母亲模糊的身影浮现了出来。红焰在灯盏上跳跃，拖着长长黑黑的烟尾巴。母亲轻轻旋转灯盏头上纽扣状的小阀，红焰随着灯芯的伸缩忽高忽低，渐渐稳定，如一粒饱满修长的光豆。罩上中间鼓腹的玻璃罩子，母亲端了煤油灯盏放在木窗台上，黑夜正式登场了。

煤油灯下，是我们闲坐、母亲忙碌的时刻。乌黑的大水锅，水沸，咕咕作响，热气自木甑的圆木盖四周泄出，米饭芳香。母亲洗了沾有煤油气味的粗糙双手，清洗自家菜园里摘来的菜蔬。蒸好的米饭，母亲双手端了木甑，放在窗下宽板条凳的一端。换上乌黑的菜锅子，切菜，炒菜，放盐油佐料，装碗出锅。母亲动作麻利娴熟，我们习惯了观看母亲做饭做菜的过程，习惯了吃母亲做好的饭菜。

有一个细节，数十年来，难以忘怀，也是我们现时还偶尔的笑料。我的二姐贱花，小时候做农活是一把好手。那时，我的大姐出嫁得早，三姐和我都还读书，年幼，二姐自然成了父母的得力帮手，是主要劳动力。二姐脾气好，眼泪浅，吃夜饭若是受了母亲的责备，她不会吵不会闹，只是气呼呼坐在木甑边，满心委屈，流着泪，一碗接一碗大口吃饭，比平常要多吃几碗，以此作为对母亲苛责的报复。

夜饭后，母亲收拾碗筷，洗洗刷刷。父亲顺手从条凳角落摸起他的短烟筒，装了土烟丝，抽了灶台上的火钳，一俯身，夹一粒柴火子，伸向烟斗，吧嗒，吧嗒，呛人的烟气从他的嘴里鼻孔里吐出来，散成一片升腾的云雾，烟斗燃着，一红一暗。这个时候，灯盏可以归我使用了。我从窗台端下来，放在条凳上。拿来书包，掏出书本和作业本子，或膝盖跪地，或坐在矮凳上，后背紧抵着灶身，我伏在条凳上翻书写作业。煤油的气味浓郁，灯罩里黑烟尾巴缭绕。

隔几天，灯罩子就熏得模糊了，尤其是灯罩口的四周，一片乌黑。母亲摘下来，拿一块小布片，洗擦干净，透明的玻璃顿时又光洁明亮。只是这个灯盏后来不小心打碎了，这在当时，是家里的重大财产损失。之后，我们家再没有买这样的灯盏。母亲拿了我的空墨水瓶倒入煤油，找来铁皮盖钉一小口，穿一根灯芯，盖上，就是一个灯盏了。只是，很多次，做作业的时候，稍不留神，我额前的头发就触到了火苗子，烧得嘶嘶作响，焦臭。

在这间老屋子里，我的父亲曾遭受过一次意外的头部受伤，血流得很厉害。那是一个深夜，隔壁邻居的大儿子偷树回来，树尾巴撞落隔墙的一块大土砖，正好砸在熟睡的父亲头上。过后，有村邻先后从河对面的供销社里买了罐头来看望父亲。那些桃子罐头、橘子罐头、杨梅罐头，外面贴了鲜艳的水果纸贴，玻璃瓶里，一瓣瓣果子在汁水中泡得鼓鼓胀胀，密密匝匝，十分诱人。父亲吃罐头的时候，我们姐弟也有机会吃上一瓣两瓣，喝上一点汁水，甜。空罐头瓶子，成了母亲手下的灯盏。母亲手巧，找一截铁丝，做出"凹"形，挂在瓶口，灯芯在瓶内，点燃后，明亮又挡风。瓶口再拧一圈铁丝，加一个铁丝挂钩，既能悬挂高处，还能提着走。曾有好些年，村里流行这种罐头瓶子煤油灯盏。我的母亲喂夜猪，夜里去茅厕，出门串户，常是提着这样的灯盏，一粒微光，在黑暗里游移。

虽说供销社就在村对面，煤油基本上都随时有卖。偶尔的日子，我还是看到母亲向邻居家临时借一点煤油。过后，母亲赶了圩场，卖点自产的菜蔬花生豆子，提了空煤油瓶子，买了煤油还上。还煤油的时候，母亲总是笑呵呵地说着感激的话，多倒上一点。

家贫，不过，我的母亲对我的读书十分在意。母亲常有一句话挂在嘴边："养儿不读书，不如养个猪。"她对我的管束是严厉的，不准我看小人书，不准我跟吊儿郎当的伙伴纠缠在一起，文盲的她偏执地认为，唯有如此，我才不会误入歧途。我读书很为父母争气，小学里，我成绩特好，几乎每年都是三好学生，受奖励的对象。那时，任课老师夜里经常下村家访，昏黄的煤油灯盏下，我家这间又黑又窄的屋子却是老师喜爱停留的地方。黄秋德是一位和善的老师，年轻英俊，爱笑，他教我的数学。我的数学作业本上，经常是一个大大的红钩下，批注两个潇洒的红字和一个红色的惊叹号——"蛮好！"

"蛮好！"——这火红的批注，宛如煤油灯盏上跳动的红焰，它们一齐燃烧着，照亮了一个山村男童对未来朦胧的向往和期许。

黑夜游动的火把

三月的春夜那时黑得真像一面锅底。水田犁耙过了，蓄着一层清清的浅水，阡陌交错，白天看来，宛如一面面连缀着的光亮镜子，插早稻已然临近。在这个时节的漆黑的夜晚，吃过夜饭之后，常有照泥鳅的青壮年男子，腰扎鱼篓，一手提着松柴灯笼，一手握着长柄的泥鳅叉子，在村前阔大的水田间缓缓游移。灯笼的松柴熊熊地燃烧，滴着油脂，火光通红，在无边夜幕的背景下，如豆，如星。

我家的楼上，也有这样的灯笼和叉子，铁锈斑斑。这是我父亲曾经用过的工具，在他青壮年的岁月里，也是一个喜爱照泥鳅的人。父亲成家迟，近40岁才生我的大姐，56岁生下我。因此，在我的童年里，父亲已经是年过花甲的老人，他不再照泥鳅。我也不曾有过亲自提着灯笼在春夜里照泥鳅的经历，只是远远地看着黑夜里游荡的灯笼，充满羡慕。

父亲曾是照泥鳅的好手，尤其是在我大姐童年的时候。父亲视她为掌上明珠，平素的日子，总要设法捉一些鱼虾泥蛙团鱼之类的荤腥，做我大姐碗里的菜肴。父亲左脚的大脚趾，就是在一次春夜里赤脚照泥鳅时，据说是踩着了蛇骨头，中了毒。之后红肿溃烂，无法行走，整整在床上坐了几个月，连脚趾骨头都烂掉了一大块。那段时间，母亲又忙又愁。忙着白天的农活，全家的一日三餐，父亲的护理。愁着父亲的病痛，愁着无钱又无药。为让父亲打发无聊的日子，母亲将上一年收的地里的棉花拿出了，要父亲每日里剥棉花籽。当年，经父亲一双手去籽的棉花足足弹了两床棉被。父亲脚趾好了后，严重变形。

大姐18岁就出嫁了，大姐夫是我父亲相中的，住河对面的小村，为人忠厚老实，当过兵，后来转业做了铁路工人、火车司机。过年的时候，大姐夫探亲回家，到夜里，常过河来我家里喝酒吃饭，有时同我大姐外甥一起过来，有时就单独他一人。大姐夫可称得上是我父亲喝酒的知音，谈谈讲讲，细酌慢咽，自家酿造的红薯土酒，在炉火上热了一砂罐又一砂罐，菜也是凉了又热一热，往往要喝到夜深方罢，灶里的煤炭火渐成灰烬，灯盏芯开着了红星子的灯花。

一条石板路，一座石板桥，就把两个村子连接起来，中间相隔就一两里路。只是在严冬漆黑的深夜，伸手不见拳，独自走在村外，却也阴森可怖。何况，石板桥头两侧河岸，是村人去世后烧遗物床铺的地方，一摊方形的黑灰，常常要数月才消去踪迹，每每见了，心里难免发毛。而谈仙说鬼，也是村人日常的话题。由是，每逢喝酒夜深，大姐和姐夫必要母亲相送。

这个时候，我的母亲已经从楼上拿了几根长长的葵花秆子或烟秆下来，点上火。

葵花秆子和烟秆是村里每户人家必备的照明燃料。夏秋时节，烤烟田里的烟秆顶端开着红白的喇叭花，烟叶收获了最后一茬，砍下青色的烟秆子，一根一根，浸泡在稻田的水稻植株之间，沤烂表皮和内芯。多日后，收了，清洗，晒干，一捆一捆绑扎，堆放家中。深秋里砍了葵花秆子，也是如法炮制。

母亲拿着烟秆，走在前面，有时我也一道相送。大姐抱着外甥，姐夫拿着烟秆，随后跟着。一前一后两只火把，火光熊熊，在呜呜呼叫的寒风里，不时掉落绯红的余烬。村庄寂静空落，石板路上只有我们急促的脚步声、零碎的说话声。光晕随着脚步推进，推开前面厚重的夜色。

送至石桥边，母亲接火又点燃了新的烟秆，火把更加明亮。大姐、姐夫拿了火把走向石桥，在河面投下火光的红影。我们站定，目送他们过了桥，融进无边的漆黑里。一火游动，绕过水田和溪水，上了高坎，直到对面的小村口。如豆的火把停住了，黑夜里传来姐夫的喊声："你们回去吧！"

转过身，我走在前面，母亲举着烟秆火把跟着。

寒风呼呼刮着，火把游动。

点亮的神灯

过节、过年、家人过生日、早稻尝新、肥猪出栏宰杀，这些一年中重要吉祥的日子，母亲必定洗净双手，从厅屋的神台上拿下那只蒙尘的白瓷调羹，添上金色的茶油，一根白色的灯草，重新放回神台搁板中央，点亮。空阔的神台，顿时充满了神秘和凝重。

母亲一脸肃穆，低着头，双手举过头顶，端着一只装肉的大碗，热气缭绕。她恭敬地站立在神灯前，嘴里念念有词，含糊不清。末了，她收手抬头，脸色和悦，端着肉碗，跨过门槛，回堂屋继续做菜做饭。

我曾经问母亲，敬神时嘴里说些什么，母亲微微含笑，说："就是保佑你们啊。"

我也曾无忌地说，神台上是空的，又没有人，碗里的肉也没吃。母亲顿时有了愠色，责备我："要打你蠢子嘴巴！这样说话有过的。奶奶爷爷祖公祖婆都在神台上坐着。你不看见他，他们会看见我们，保佑我们！"

年复一年，母亲恭敬地点亮神灯，从黑发中年，到了头发花白的暮年。我们在母亲肃穆的祝祷中，成长，成家。

2001年暮春，门前的小溪清澈流淌，溪岸一排高过人头的橘子树，开着一树树细小白色的繁花，花气浓郁。曾有一个多月，我不停地往返县城和村庄之间。

这一次母亲病得很重，算是彻底病倒了。她的腹部鼓胀，剧痛。母亲预感时日不多，坚决不肯去县城就医。她担心死在外面，按祖辈传下的说法，这样的人，魂魄归不了家。好在我的大姐是乡村医生，大姐夫也在家。平时，白日里就由他们照料我的母亲，打针，吃药。晚上我父亲陪着母亲。我断断续续在单位上班，随时按照大姐的吩咐，买来针剂和药品。我曾经看到母亲痛得双目紧闭，大汗淋漓，几个小时双腿笔直地伸着，一动不动。我心如刀割，却又无法。我甚至默默地念叨，如果可以，我愿意缩短寿命，换回母亲的健康，少一份痛楚。大姐叫我赶紧去药店买止痛药，说母亲可能已是肝癌晚期。有很长一段时间，母亲的剧痛就靠注射止痛药暂时压下去。

有一天，母亲气色好了很多，在床上躺了差不多一个月后，竟然能起床了，腹部也没那么鼓胀，似乎消了很多，只是脸上依然苍白而憔悴。她要大姐给她梳了头发，背了一条长凳，坐在屋外禾场上晒太阳。母亲虚弱地笑着，说已经好久没看到太阳了。她甚至拿出我买的药品给前来看望她的村邻看，说这些药要五元钱一粒，贵，是我孝纪买来的。"就是我这病啊，"母亲说，"阎王老子要你活好久，簿子上注定了的。"母亲头发花白，笑容平静，在她目光投向的远处，正是村前江对岸的我家的碧绿茂盛的油茶山，我仿佛看到了某种意味深长的暗示。

母亲再一次倒下。几天后，离开了人世。甚至等不及看上我最后一眼。

我是黎明时分，在县城接到父亲的电话。父亲电话中平静又简短地告诉我："你妈妈走了。"我当即呆若木鸡，泪眼模糊。我匆匆赶回家，抱着母亲的遗体，泪流满面，长哭不已。没有守护在母亲弥留时刻，让母亲满含牵挂和思念而走，是我此生无法弥补的遗憾。

母亲的坟墓就在河对岸，我自家的油茶山上，这也是她和父亲事先就看好了的。很多年前，她就曾多次说过，她死后，要葬在自家的油茶山上，这里离家近，我们以后上坟也方便，而且她在山上一眼就能看见家，看见我们，回来也近。母亲每次说这些话的时候，总是满含笑意，一脸平静。地仙择地的那天，我80多岁的老父亲气喘吁吁，还特地跟了去，指定了大致位置。并留下话语，将来他也要葬在母亲身旁。

丧仪严格遵照村里的传统规制。出殡那天，母亲的灵柩停在村前的朝门口。我穿戴白色的长孝衣，抱着母亲的遗像，跪在母亲的灵柩前。黑色的棺木上，骑着一只纸竹扎制的大白鹅，八大金刚在捆绑抬棺的木杠。村人宾客围绕，花圈肃穆。我的身后，跪着一长串我的亲人，孝衣绵延。

三声炮响，喇叭咽鸣，开道锣鼓敲响，时辰已到。一片痛哭。

"妈妈，您慢慢走啊！慢一点啊！"我不停说着，声音细小，只有我和母亲能够听见。我泪眼模糊，站起来，转过身，领着母亲一步一步离开村口。

安葬好母亲，脱下孝衣，一行人下山回家。家里的大门口已换上了红纸对联，厅屋打扫干净，神台前摆放了两张连桌，桌上端放茶果酒杯。按照风俗，司仪的礼生让我们入座，挂红传杯，并迎接母亲的遗像，安放在神台中央，点上了神灯。

白瓷调羹，白色灯草，神灯明亮，如豆，如星，如微小的太阳。

我凝视着母亲略带愁容的遗像，神灯长明。恍惚中，我仿佛又看到了儿时与母亲猜谜的情景。

"白龙过江，头顶一轮红日，是什么？"

"点亮的神灯。"

2015年12月17—19日写于义乌

原载2017年第4期《绿洲》双月刊

石板巷里的旧玩具

风来，风去。因了简陋的玩具，石板巷子里单薄的童年，荡漾着纯真的欢乐。

打啪啪

"啪！"一声脆响。

"啪！"又一声脆响……

我们坐在村前朝门口的石板路上，勾着头，捏手中的黄泥巴，嘴巴叽叽呱呱，没有闲着。伸手向里一探，是满圳的清水。路的外侧，是大池塘，池水深广。塘岸高大的垂柳和白杨，苦楝和柏树，在石板路上投下树干的阴影，一根一根，粗壮，斜直，蹚过水圳，折一道弯，站立了，直直地印在青砖屋墙上。春日的上午，阳光温暖。

有人在塘岸上倒了黄泥巴，是穿过石板巷子，从村后陡坎挖了，竹筛子挑出来的。该是春雨的浸润，塌了红薯窖，这是下雨天常有的事。

一堆软湿的黄泥巴，犹如鸡群眼中的谷堆子，顿时吸引了我们一大群衣袖油黑发亮鼻涕抽进抽出的顽童。每一双小手里，都捏了一团黄泥巴，坐在石板路上，不停地揉，揉，揉成一个圆球。又不停地拍，拍，拍成一个圆鼓。再不停地捏，捏，捏成一个平底的圆碗，碗底中央抹一点水，尽量捏薄，薄而不破。

泥碗端在手里，笑容荡漾在脸上。挑逗的话脱口而出："来呀，来比啊，看哪个打得响！"

猛力一挥，手起碗落。

"啪！"一声脆响。

"啪！"又一声脆响……

青石板上砸下一只只瘪瘪的黄泥巴碗，碗底朝天，碗底中心炸开一个不甚规则的破洞，一如顽童笑咧的缺牙的嘴。

打陀螺

陀螺在急急地旋转，底下磨得光亮的铁钉头子在禾场上发出不间断的"哆哆哆哆"的声音。扬手一棕叶鞭子打下去，"啪"的一声脆响，陀螺疾速飞了出去，划出一道长长的弧线。不及眨眼，陀螺已到了远处，犹如一个慌慌张张的醉汉，几个晃荡，稍稍立稳当了，又"哆哆哆哆"急急地旋转。

曾经有一段长长的岁月，打陀螺是我们每天傍晚的娱乐活动。放学后丢下书包，或者捡柴回来丢下柴捆子，或者放下猪草篮子，从屋里长凳下拿了陀螺和棕鞭，就匆匆往村旁的大禾场上跑。此时，人声鼎沸，孩子，少年，男孩，女孩，手里挥着长长的棕鞭，笑着，闹着，喊着，跑着，追逐自己的陀螺。旧的陀螺乌黑，新的陀螺白亮，小的如鸡蛋般玲珑，大的如竹勺竹筒般高大威猛，形态各个不同，都在急急地旋转，碰撞。

陀螺是用油茶树干做的，村子周边的山岭都是茂密的油茶林，取材十分方便。刚砍下的油茶树干水分足，容易下刀，拿回家后，或砍或锯，成了手掌长的几截子，再仔细地剁成上大下尖的圆锥，锥底钉一颗钉子，砍去钉帽，就成了新陀螺。有时，我们在陀螺的圆面中央洇一滴红墨水以示装饰，旋转起来，眼花缭乱。棕鞭的杆子也是油茶树的笔直的枝条，手指粗，手臂长，前端剁一小缺口，绑上一小扎撕裂成长丝绦一般的棕树叶。

那时候，我们手中最缺乏的就是棕树叶，谁能给我们一点棕树叶，我们就紧密团结在他的周围，百般恭顺。村后有几棵棕树，大的半个人高，小的还刚冒出头不久，是附近人家的。但那深绿色的大叶，总是吸引着馋涎欲滴的顽童整日里若隐若现，鬼鬼祟祟，乘人不备，就猛然冲了上去，一番猛力折断撕扯。结局是，没有多久，村里的棕树消失得没有了踪影。我们的注意力，自然转到了距离我们村子两里路远的小村朽木下。那是一个只有几十户人家的小村，在一处小山坡下，村后傍着公路，一棵需几个人才能合抱的大樟树站在路边，遮天蔽日。那里生长着一大片棕树林，大大小小，高高低低，巨叶繁茂，蔚为大观，是一个出产蓑衣斗笠的地方。这里，成了我们偷折棕叶的乐园。我那时已上小学高年级，但对偷棕叶乐此不疲，常常结伙成群，假装没事的样子，游荡到古樟下，滴溜着眼，伺机而动。见无人时，一窝蜂冲下去，恣意作践，折了棕叶，飞步而逃。

陀螺斗架是我们每天必玩的一个项目。或邀约，或挑逗，或乘人不备，奋力一鞭，抽打着自己的陀螺朝对方撞去。"啪"的一声，两个陀螺一弹，几个跌跌撞撞，两败俱倒。或者个头小的撞飞了，个头大的仍在原地极速旋转，得意洋洋。尤其是那些巨无霸陀螺，总是禾场上的王者，横冲直撞，吸引着无数羡慕的眼光。

不过，能够把巨无霸抽打得稳当自如地旋转，也不是一件容易的事。不光要鞭子粗，力气大，单是发陀螺，让它旋转站立就很难。有时，两手紧握陀螺顺势一旋，尚未来得及拿起放在地下或夹在腋窝的鞭子，陀螺只摇头晃脑几下，就"吧嗒"倒了。发这样的陀螺，需要力量和技巧的完美结合，往往是用一根长绳子紧紧地在陀螺腰身绕上几圈，右手的虎口紧握着陀螺，并勒紧绳子的一头，猛力贴着地面往外平甩，回手一抽绳子，陀螺就稳稳地站立旋转了起来。赶紧拿起棕鞭，用力快速抽打，"啪"，"啪"，一声声鞭响，巨无霸发出不同凡响的"哆哆哆哆"的摩擦声，在禾场上飞旋。

我很自豪，在顽劣的童年，曾经拥有过几个这样的巨无霸。于今忆及，脑海里依然回荡着清脆的鞭声，和它们那睥睨群雄的气概。

滚铁环

那股风是从羊乌小学吹来的，似乎只在突然之间，操场上，上学放学的田埂小径上，村庄的石板巷子里，就流行起了滚铁环。

本村的小学只有一年级和二年级，到了三年级，就要去羊乌完全小学上学，在我们村前小河的上游，约莫两三里路。我那时有两个玩得好的伙伴，一个是住同一个大厅屋的满和，他和我是老庚，一个班的同学。再一个是住大厅屋门外隔壁的群德，比我低一个班。他们一个的爹是民办老师，一个的爹是村里红白喜事的礼生，自然，他俩几乎同时就有了铁环和带了铁丝弯钩的竹撑杆。

早晨上学，我们都斜挎了脏得分不清脸面的布袋书包。不同的是，他们各自手里提了撑杆，撑杆钩子上挂着铁环。几乎出了家门，乌黑的铁环就在石板巷子里滚了起来，他们右手前伸着，握着撑杆，撅着屁股，追逐铁环。铁环在铁丝弯钩的夹控下，在石板上歪歪扭扭地奔跑和跳跃，发出一路清脆的金属的撞击声，叮叮当当。我跟着他们跑，满怀高兴，下坡，过桥，穿过稻田和池塘，上学的路径因此变得十分简短。有时，他们也让我滚上一段，弯弯曲曲的田埂上，也很多次留下了我伸着撑杆追逐铁环的身影。

我也很想能够拥有这样一套滚铁环的玩具。无数次翻箱倒柜，就是寻不到一截做弯钩的废铁丝，更找不到一个铁环，这很让我失望。我的眼光瞄上了家里墙角落的大尿桶，桶腰和桶底各有一根铁丝圈圈，锈迹斑斑，尿迹斑斑，但我不敢敲下来，我担心母亲的耳光，再说这样大的铁丝圈似乎也太大了一点。我又瞄上了喂猪的潲桶，潲桶上倒是箍了两个扁铁圈，尽管粘满了重重叠叠的陈潲，洗洗倒是很合适的铁环，但是我依然不敢敲下来。我无数次把渴望的眼光投向村头巷尾，猪栏、茅厕、阴沟、荒坪，触目所及，我真希望能突然有一个铁环或一截铁丝出现在我面前。我甚至多次设想，乘人不备，从别人家的潲桶上敲下一个桶箍。

后来我终究有了自己的铁环，铁丝弯钩绑扎在一臂长的小竹竿上。我用撑杆提着铁环，仿佛一个提笼架鹰的纨绔子弟。我又像是一名矫健的骑手，操场上，田野间，水圳边，石板巷子里，我驱赶着铁环骨碌碌地奔跑。

滚着铁环，童年变得梦一般飘飞得轻快。

滚珠车

这是个什么东西？

躺在手掌上沉沉的冰凉，油滑，浑身溜光，银亮。里面是一个小圆圈，可以伸进去两三个手指。外面是一个大圆圈，差不多能盖着手掌；两个圆圈之间，是一粒粒紧挨着的圆珠，像大圆豆，又像刚挂果的小李子。稍用力一拨，大圆圈和圆珠子就呼啦啦地转动了起来，顿时吸引了一大堆满含惊异的目光。有小伙伴得意洋洋地说，这是滚珠！钢的！

这东西哪来的？做什么用？钢是什么？钢就是铁吗？就是我们家火钳锄头锅子这样的铁吗？这个滚珠的东西白晃晃的，在太阳下还反光刺眼，不像啊。在闭塞的村庄，滚珠这个新鲜物件，一时让我想破脑壳都弄不明白。

但是不久，整个村庄都知道了滚珠的用处，就是用来做滚珠车。

住我家隔壁的爱德，他姐是我同学，他就有一把滚珠车，是他做木匠的爹做的。一块差不多宽半尺长一尺的厚木板，后缘钉在一根粗壮的木棒上，木棒两端各安装了一个滚珠。前缘的正中，凿了一个圆孔，一根分叉的木棒从圆孔里伸出来，底下只装了一个滚珠。这样的滚珠车，村里又陆续出现了几把，我的同学祥生就有一把，他爹是煤矿工人。

还有一种形状略为不同的滚珠车。厚木板前缘正中，一根拧紧的粗大螺丝杆连接底下能够自如转动的独轮机关，机关另行固定在一根长条小木块上。人坐在滚珠车上，两手抓紧车板两侧，双脚踏在小木块上，身背后仰，稍稍用力交错蹬腿，就能左右控制前进的方向。

滚珠车在石板巷子里，在禾场上，呼啸而来，呼啸而去，横冲直撞，总能呼朋引类，吸引一大群玩伴。一个人躬身缩腿坐在木板上，两手握着木叉，或者两腿蹬着小木块，眼瞪着前方，一人在后面推着他的背猛力奔跑。笔直，转弯，滚珠飞速转动，声音巨大，尖锐刺耳。几把滚珠车一同在禾场上追赶竞技时，车轮声，欢呼声，地面如雷霆滚过，场面称得上壮观。帮着推车，我也曾很多次被人推着，坐着滚珠车狂奔，简直就是一个耀武扬威的骑士。

有时候，一些点子多胆子大的同伴，喜欢到长长的斜坡上，甚至长陡坡，坐滚珠车，刺激，冒险。往往人一刚盘腿坐上去，车就自行往下飞奔，手忙脚乱，高呼大叫，根本管不住方向，车子几晃，摔得车翻人倒。尽管鼻青脸肿，腿破血流，但依然乐此不疲。

滚珠车玩了一些日子，我看见有车的小伙伴就从家里的暗处，拿出一个玻璃罐子，从里面掏一些油脂抹进滚珠里。这黏糊的东西说是黄油，也是一个新鲜的名字，像煮菜的猪板油，但色泽黯淡发黄，浑浊而有异味。抹了黄油的滚珠车，转动起来更加灵活了。

我是上了中学，才逐渐明白滚珠和黄油究竟是什么东西。滚珠就是轴承，是支撑机械的旋转体，黄油能起到润滑轴承和防锈的作用。我一直不曾拥有自己的滚珠车，当我明白这些道理时，我的童年，童年时代的滚珠车，也早没有了踪影。

铁管枪

是的。我向来总是思维愚钝，而且事事落于人后。

比如那根铁管，一端有个纽扣般的小圆帽，修长，笔直，乌黑。握着抵在眼珠上仰望，能看到一粒小黄豆大的白色的天空。但是直到现在，我都不能明白，它是如何结伙成群地抵达了我童年的村庄？与它们一同来的，为什么还有胶皮炮丝？红的，黄的，绿的，蓝的，紫的，五彩缤纷，撩人眼目。为什么总是首先出现在别的同伴手中？出现在有爹当煤矿工人的家中？而不是我的手中，我的家中呢？

临近过年的日子，村庄不时响起零星的爆炸声。那是一群一群的顽童，嬉笑捂耳，在石板巷子里游荡。当中有人得意洋洋举着冒烟的香火棍，从衣服口袋里掏出来，单个地燃放鞭炮。或者是从一张横竖密密麻麻整整齐齐布满炸药点子的红纸上抠下一粒，状如圆豆，色泽金黄，放在石墩上，石板上，一铁锤敲打下去。更有王者风范的，是手中握一把十分扎眼的铁管枪，朝天扣动了扳机。这些声音清脆，响亮，满含硝烟的微香，在这个时节里，无疑有着吸引人心的魔力。

我那时最羡慕的，是也能有一把铁管枪。自从铁管和炮丝出现在我们的视野，似乎没有多久，就有同伴的手里拿上了新奇的铁管枪。枪身是铁丝手工折叠敲打而成，手枪的模样，缠绕着炮丝，色彩亮丽。上面用炮丝绑一截铁管。铁丝做的扳机。铁丝做的枪栓，塞进铁管，套着黑色的弹力胶皮，一拉，挂在枪屁股的突起上。举枪扣动扳机，枪栓尾钩一弹，立刻击发。若是事先捏着枪栓头往铁管嘴子里塞进纸丸子，塞紧实，再填进几粒炸药，开枪，"啪"的一声，甚至能在木板门上打出一个浅浅的小坑，火力十足。

没过多久，同伴中几乎有了铁管枪队。一个个，枪握手中，或别在腰间的绳子上，扮解放军，演抓特务；朝树枝上屋檐上瞄准，打鸟。高呼小叫，冲来冲去，神气活现。

我一直为目标努力着。有玩伴做铁管枪，我就瞪着看，打下手，帮着用小锯片子锯铁管，递炮丝。捡拾他们剩余的长长短短的炮丝。为了一截手掌长的铁管，我费了不少周折，最后靠着打纸板的游戏，积攒了厚厚一沓纸板和碾米机的废皮带，交换得来。铁丝也从我家旧筛子提耳上找到。

过年的时候，我拿着自己的铁管枪，缠着母亲到河对面的供销社买了一张红纸炸药。

"啪！"我朝天开了一枪，声音响亮，硝烟微香。

2015年9月6—18日写于义乌

原载2017年第8期《五台山》月刊

红薯的乡村野史

秧

我是在今年清明节村族祭祖的盛大聚会上，猛然记起，又提出这个问题的。

当我打算给红薯写一篇乡村野史，很多与红薯相关的旧时记忆便纷至沓来。可是，当我渐理出一个头绪，我发现，我已记不起红薯是如何在乡下育秧的了。可谓尚未开始，即卡了壳。

按照农历，这个月我满了四十七周岁。十几年前，我的父母先后去世。他们是做了一辈子农活的乡村老农，经验丰富。只是关于红薯育秧的事情，我已无法向他们询问。我脑海里依稀记得，儿时，生产队的禾场上，乌黑的猪栏淤如同现今国民家中麻将桌上码得整整齐齐的麻将牌，一条条，方方正正，是红薯秧的育床。

现在的情况是，我的这个两三百户人家的故土乡村，早在多年以前，就没有家庭养猪了。所有旧日的猪栏，都在一轮新农村建设热潮中一扫而光。哪里还有污浊的猪粪猪尿？哪里还有稻草浸泡得发黑发臭却肥沃的猪栏淤用来肥田、肥土，做红薯秧的育床？村里的青壮年人，成了飞入城市的候鸟，一年里，只在春节和清明两个重大的节日急匆匆飞返乡村。水田都荒废成了野草丛生的旱地，往日里种植红薯的旱土，谁又还会在意呢？

电话打给我的大姐。她今年六十四岁，虽然多年来一直住在县城带孙子孙女，提起红薯育秧，果然还是记得真切的，甚至还有点兴奋。可以感觉到，那种远逝的生活场景，在她暮年的日子里，荒疏又亲切。她说，红薯育秧是在惊蛰之后，天气晴好，气温暖和。出了猪栏淤，筑成小腿高的育床，铺一层平日烧柴火积存的柴灰火淤，寸把厚。从窖里挑了备留的红薯种，个头适中，表皮要好，腐烂的、老鼠咬烂的，一概不要。红薯头上根下，略微倾斜，搁置火淤之上，密密麻麻，铺满育床，再撒上一层火淤。砍来新鲜的杉树枝叶，覆盖密实。杉树叶密集尖锐，既焐热，又防老鼠偷吃。几天后，揭去杉树枝叶，红薯已经发芽，长出紫红色的嫩茎和嫩叶。

清明节回故乡扫墓，村族举行开村初祖祭祖酒会，席开数十桌，摆满古宗祠的上厅和中厅。我有幸被安排坐在上厅，与村里辈分最高的长者一席。笑语喧哗，气氛热烈。寒暄攀谈中，我猛然记起此行的一个目标话题，关于红薯的育秧。一桌人中，除我之外，都是一辈子务农，且年岁在六十多岁至八十多岁之间。我的问题，引起了他们的热烈回应。几个老人一齐说开，各说各话，脸面生动，以倾吐这件荒疏多年的农活为快事。末了，我又请一个60多岁的老哥复述了一遍。

这位老哥的讲述大体与我大姐讲的一致。不同的是，他说猪栏淤的育床上，先是铺一层秕谷或谷壳，放满红薯种后，再铺一层秕谷或谷壳，这样保温又透气。育床两侧，竹片弯插成拱，盖上薄膜。

到此，我的记忆得到了复原。我仿佛看见，惊蛰时分，青砖黑瓦的村边，一块一块大禾场上，筑满了一条条长方体的黑色的育床，空气中散发猪粪的味道，红薯紫红色的嫩秧，在春风里摇晃，生机勃勃。

有些事情，有些传统，哪怕原本是日常的生活，比如红薯育秧，只要断了一代人的传承，就成了历史，成了恍若隔世的追忆。

插

红薯秧长成十几公分高，就要移栽到园土里。

这个时节，村南一大片沃土，萝卜、白菜、大青叶菜，诸般菜蔬，经过了一冬一春，已然长薹开花。砍了，拔了，翻土，整地，成行，开坑，是此时的主要农活。晴和的日子，园土里、村巷里，奔走勤快的农人，肩上挑着沉重的担子，两个陈旧发白的大木桶一前一后，装满了或稀或稠的大粪。整个村庄，整个原野，春风里飘拂着浓浓的大粪的臭味。

开好的土坑，村人提了粪桶，拿了长柄淤勺，舀了粪汤，弓着身，退着小步子，一一浇上小半勺。后面跟着的人，提一箩筐柴火灰，再一一撒上一把。这项工作，分田到户后，多是夫唱妇随。红薯秧也从育床上拿了下来，小心码放在谷箩筐里，挑到园土。一坑一个，栽上，培土，露出一丛红红嫩嫩的秧苗。

村前的稻田，阡陌交错，放眼所见，一片碧绿。一块一块的水田里，长满了野草和紫云英，开着繁花，粉云一般。到处蛙鸣鸟飞，水流如歌。红薯秧的育床，经过多日的发酵，已是顶好的有机肥。村人赤脚，卷了裤腿，用耙锄挖了，拖进筛子，一担一担，挑到水田里，倒在紫云英的花丛中，撒开。大禾场又再次恢复原状，空空荡荡。旷野里，时闻农夫驱牛犁田的吆喝。健硕的老水牛，拖着木犁和农人，在紫云英的花丛里，缓缓地行走，转圈。

湘南的天气，要雨有雨，要晴有晴。晴晴雨雨之中，红薯秧迅速生长，变化了色彩和形状。藤蔓匍匐，蔓延交错，叶片如撑开的绿伞，铺满了整片园土。

那时候，村里种植冬小麦。山野间的旱土，冬小麦与红薯轮作。端午前夕，小麦金黄。割麦，收麦，打麦，晒麦，卖麦秆，挖麦土，开红薯坑，村庄投入新一轮忙碌之中。

端午节，吃新麦子做的面条、糖包子、馒头。天气自此转入炎热，晴天渐多。不过这段日子，天公总会作美，下上几场及时雨，将开了坑正要插红薯的旱土浇个透湿。

冒着雨，或是乘着雨刚停歇。村人，我的父亲母亲，穿了蓑衣，或缚了薄膜，戴上斗笠，挑了竹筛，拿了镰刀，赶到园土里割红薯藤。红薯藤挑回家，放在屋旁的禾场或檐廊。家家户户，大人孩子，每人一把剪刀，坐在矮凳上剪红薯藤。

拿一根长长的红薯藤蔓，每隔三个枝叶，略于节前剪一刀，长度二十公分左右，大致整齐，叠放竹筛或箩筐里。此时的红薯叶茎，粗壮又嫩，剪剩的、零散的、折断的，收拢了，去叶撕皮，冲洗后，切成指节长，用来清炒，或者和上刚摘下的青辣椒，是农家最时鲜的菜肴。碧绿，脆嫩，甘甜。

天气耽搁不得。这几天，山沟间，山坡上，目光所及的旱土，到处是弓着腰身、屁股翘天的男男女女插红薯的身影。每个土坑丢一截红薯藤，一手抠开坑窝的湿土，一手拿了红薯藤，一插，培上土，一按压，成了。红薯藤直立土坑，枝叶朝上。

太阳一出，刚插的红薯藤，叶片随即蔫了，软塌塌垂了下来，挨着土坑，病人一般。这样的景象，看着惹人担心。不过，担心其实是多余的。红薯命贱，生命力强大，就如同山村的农人，有了泥土的滋养，不经意间，就扎了根，恢复了活力，长得蓬勃起来。

黄黄的土壤，逐渐被浓绿爬满，覆盖。

挖

割了第一茬红薯藤，园土里的红薯种，就算完成了它一生中最重要的使命——传宗接代。以后的日子，任由它们自然生长，藤蔓长了，厚了，轮着一茬一茬地割，用来煮潲喂猪。大集体的时候，大队生产队有饲养场。包产到户，园土成了自留地，家家都养猪。

插下的红薯藤，日生夜长，枝叶茂密，还需要薅一次藤。这件活多是在烈日下进行，因为节气已进入盛夏，晴多雨少。况且，夏日的雨，来得凶，收得快，打在脸面生疼，砸在地上，一粒雨就像盖下了一个大圆章。果断，决绝，绝无春雨的缠绵。薅红薯藤虽不是一件重体力活，却也十分辛苦。低头，屈腰，翘臀，一行一行地缓慢朝前挪步，一双手不停地翻捡红薯的藤蔓，扯断枝节上的根须，薅去杂草。上空烈日如火如烤，浑身汗湿，汗水在脸面上汇聚，滴落。一块红薯土薅下来，腰酸背痛，难以直身。自此以后，一直到霜降挖红薯，这几个月期间，红薯的生长就全凭天然，不需人力了。

不过，烦心的事情还是有的，比如偷红薯藤。偌大的村庄，家家户户养猪。野外的猪草，家家户户有人扯，日复一日有人扯，扯得猪草都疲于生长，难以招架。偷别人家的红薯藤也就十分自然了。只要有可乘之机，管它是园土里，还是红薯地里，或扯或割，下手生猛，匆忙溜走。这种状况总会被主人家细心的主妇发现，虽然逮不着是谁偷的。怒火中烧，总要发泄。骂村巷子，这是已逝岁月的特别印记。主妇，粗着喉咙，大着嗓子，扯着哭腔，祖宗十八代，任何能想到的恶毒的诅咒脏话，脱口而出，沿着所有的村巷，一一骂去。对重点怀疑对象，绕屋三匝地骂，指桑骂槐地骂。骂得唾沫横飞，声嘶力竭，一村颤抖。

相比而言，我们小时候，更喜欢偷红薯吃。放学捡柴的时候，一群伙伴结队上山。山边的红薯地，我们总要大摇大摆走进去光顾一番。长了大红薯的地方，泥土上拱，裂开，露出粗壮的红薯柄。我们用手扣土，或者用小木棒扒，或者用镰刀挖。虽是山野孩子，我们却也懂得不糟蹋，并不将整蔸红薯扯断，只是扒出其中的一个个头大的红薯，甚至还会用土掩盖扒出的孔洞，让其余的小红薯生长。村庄种植的红薯，大体两种，白红薯和黄心红薯。我们只偷吃白红薯，白红薯甘甜汁多，脆嫩爽口，饱肚又解渴。

辣椒下树的时候，暮秋已然来临。园土要翻挖，用来种植冬季的菜蔬，如萝卜、白菜等，故先挖这里的红薯，我们也叫挖红薯婆。这片红薯，累月不停割藤喂猪，结的红薯不会太大，也不会太多，而且这时候的藤蔓也差不多是稀稀拉拉，短而小。挖一蔸红薯，甚至春日里种秧的红薯婆还在，又黑又老又空又烂，没什么用，猪都不吃，扔了。这片园土挖下来，只有大小不一的不多的红薯，一两箩筐就装了。

大面积挖红薯，是在霜降之后。此时，油茶已经摘下山，晚稻也已经收割，整天是晴好的阳光。挖红薯之前，要先割掉红薯藤。全家出动，全村出动。割，缚，挑。地里，路上，全是人。红薯藤湿重细长，成人一担挑两大捆，孩子的扁担每头只能挎上两三扎，一路藤尾扫地，挑回家。单是这项活计，一家人都要耗上好几天。挑回家的红薯藤，或者挂在屋墙外的竹篱子上，或者挂在檐口下的横木，或者堆放在杂屋的楼上，任其风干变黑。漫长冬季，干红薯藤是猪的主饲料，用时，铡刀切碎，与剁好的猪草菜叶同煮。

紧接着就是挖红薯。也是全家全村倾巢出动，扛着三齿锄，挑着箩筐筛子，带着矮凳。清早出去了，要天黑才收工。中午送红薯回家，也是匆匆扒碗饭。挖红薯是一件苦力活，齿锄笨重，挥舞，挖下，一翘，一拖，俯身捡起一兜红薯，磕磕土，顺势丢在身后，全身牵动，十分费力。这件工作，主要靠家中的男劳力完成。年少的时候，我有时也挖红薯，三下五下，一双手掌的指节处，就磨出花生粒大的水泡，水泡穿了，特别痛。而且，我常把红薯挖烂。可见，挖红薯还是一项技术活，瞄准位置，果断挖下，红薯完好，没有长期的功夫不行。捡红薯，摘红薯，是妇孺的事情。坐在小矮凳上，细心地分拣，大小各别，放进不同的箩筐和筛子。粗糙的手掌，满是灰土和薯浆。

累了，饿了，歇一歇，卷一筒烟，喝一碗茶。挑一只红薯，镰刀削皮，大嚼。又甜，又脆，又香。

藏

收获后的红薯怕冻，需要窖藏。相比其他地方而言，我觉得我们村庄的窖藏方式要好一些。

小时候我没有见过竖窖，一个脚盆大的孔洞，笔直钻入地层深处。站在旁边往内看，黑咕隆咚，深不可测，令人战栗。说实话，我还是成年后才真正见识，在我岳父家的村后坡地，密密麻麻，像张开的大嘴，随时准备将从此经过的人吞噬。多年以后，我在报社做记者，就曾遇到过这样一件事情。一个村庄的两个孩子，中午突然不见了。全村人出动寻找，也无踪影，以为是被人贩子拐走了。一个多星期后，才被发现，是掉入废弃的竖窖，侥幸捡回了性命。这样的竖窖，储藏红薯，将红薯取出来，都不甚方便。不但每次都要背梯子上下，而且窖底下二氧化碳浓度高，时常还有缺氧昏厥的危险，甚至丧命。据说，有经验的人，先从窖口拉了绳索，放下一盏煤油灯，燃着，没事。灭了，可不能冒险下去。

在我们村庄，储藏红薯的，是横窖。村庄坐西朝东，在西山的脚下。这是一座红色黏土的山，山脚被人为挖削成笔直陡坡，丈把高。沿着南北走向，是一溜方形孔洞，窑洞一般，高宽不一。这些横窖，入口虽是一个，里面一条主道两侧，是深浅高矮不一的支窖，常常是几户人家共有。从土里挑来红薯，到了横窖洞口，放下。一筐一筐端进去，仔细叠放在自家的支窖。到了傍晚，为防止他人动手脚，在红薯上面撒上石灰，以作记号。挖红薯的这几天，窖里不断添加红薯，一家往往要藏一二十担。横窖洞口有门，能上锁，共用。窖壁下挖有简易小沟，一拳宽，以让窖内土壤渗水流出，保持干燥。严寒的冬日，我曾多次跟随父亲到窖里拿红薯，外面寒风刺骨，里面却十分暖和。

并不是所有的红薯都储藏窖里。在地里分拣好的红薯，麻皮癞脸的，挖烂的，个小的，一律挑回家，倒在厅屋一角，用来喂猪。品相好的，也要挑几担放置堂屋的楼上。楼下是灶台，每日火燎烟熏，红薯少了水分，多了糖分，更好吃，拿取也方便。

老鼠是红薯的大敌。不但窖里的红薯时常有被啃烂的，放在楼上的红薯，更成了老鼠的大餐。那时候，村庄老鼠特别多，晚上熄灯后，木楼板上如同跑马，嚯嚯嚯嚯，嘭嘭嘭嘭，吱吱吱吱，奔跑，磨牙，拖拽，啃咬，让人烦不胜烦。"死耗子！死耗子！"我的母亲时常在黑暗中大声骂，起身顺手拿一根长棍子往楼板上

"咄咄"地撞几下。老鼠顿时安静了下来。不过，刚刚躺下，楼板上又跑马如初。第二天起床一看，红薯又被咬烂了不少。

窖里偷了红薯的事情，也偶有耳闻。乡野山村，人物形形色色，总是难免。不过，抓住了，可不是闹着玩的。村族罚款，抄家，打断手脚，甚至引发家族械斗流血。毕竟，红薯是每一个家庭在冬天养家糊口的命根子。

到了深冬和初春，横窖里湿气重，腐烂的红薯多了起来。窖门口附近，时常看到丢弃的一片烂红薯，看着恶心又可惜。

今年春节，我回老家的时候，特地到旧村的山脚转了转。因为多年前修建高速铁路线，旧村拆得只剩几栋旧瓦房。陡坡上荆棘密布，杂树<u>丛生</u>。昔日那一溜横窖，已无法见其踪影。

食

作为典型的南方人，一日三餐，我还是喜爱米饭。但在乡村生活的岁月里，一年中，总有几个月时间，一家的主食要偏重于红薯。这样的话，可以多节省些稻谷，以备来年春夏之间青黄不接之所需，免得到时告借无门，挨饿。

漫长的冬季，焖红薯几乎每天必吃。灶膛里燃着熊熊柴火，有时，也是炭火。一家人围灶而坐，黑夜，一灯如豆，昏黄，寒风在拍打窗板。灶口乌黑的大鼎罐，有白色的热气窜出，飘荡着浓浓的红薯的芳香。母亲揭开铁盖，一根筷子已能轻易插入薯中，熟了。这是十分寻常的一顿晚餐，热红薯，一碗白菜，或者萝卜。临睡之前，灶内尚有余火。母亲端来篾烘笼置于灶口上，把红薯从鼎罐里拿出来，一一摆放在烘笼里。偶尔，鼎罐里的水焖干了，底上积了一层乌黑的红薯糖，用调羹舀出来，黏稠。每人分吃一点，甜，且有股焦煳味。

村中有喝早茶的习俗，我家也是如此。早上我们起床时，母亲已经烧火泡好了热茶。洗漱后，端上红薯和萝卜条咸菜。一家人烤着火，呼呼地喝茶，大口嚼着红薯咸菜，随意言说，咂嘴有声。在篾笼里烘了一夜的焖红薯，水分收干，流着酱黄色的红薯糖，十分香甜。我们早上去上学，书包里往往也是带上几个焖红薯，边吃边走。

煮红薯汤，一般是中午。大红薯削皮，剖切成拇指大小，四四方方，大煮一锅。红薯汤甘甜，现在想来，是味美又有营养，且已好多年没吃到了。然在少小时候，天天喝红薯汤，喝得愁眉苦脸，还是很想吃米饭。

煨红薯是大人孩子都爱干的一项消闲之事，尤其是在大土灶里烧柴煮潲的时候。拿几个大红薯丢进灶膛里，用长柄炉叉子扒灰掩着。干柴火不断塞进去，火焰猛烈，火星飞溅，哔哔剥剥。不多时，红薯的焦香从灶门口溢出。煨熟了，扒出来，表皮炭化乌黑，灼热。拍拍灰，剥去表皮，色泽金黄，热气浓香扑鼻，令人垂涎欲滴。

许多时候，焖好的红薯吃不完。母亲就逐一把剩下的焖红薯撕去表皮，切成小指厚的红薯片，每日放在火笼上烘烤，黄澄澄的，看着就喜欢。烘好的红薯片，装进瓦瓮里，能存放到来年的夏天。吃的时候，柔软的，糖分足的，可以干吃。坚硬的，蒸软了吃，又甜又香。父母去世后，有好些年，春节去舅舅家拜年，舅妈都会送给我一大包黄澄澄的红薯片。两年前，舅妈患了眼疾，行动不便，年近七旬的舅舅跟随他的儿子女婿去了广东，在一家小厂做了门卫，家里也就没再种植红薯了。

红薯经过加工后，还能做成菜肴。记得小时候，村前的水井旁边，曾有几个砖砌的方池，里面抹了水泥。冬天里，常有村人洗了红薯到机房里打成碎渣，挑到这里来洗浆，过滤，沉淀。反复几次，放干池里的水，得到一层沉浆。铲出来，用木桶提回家，适当加水搅拌均匀，就成了白白的红薯浆。舀一勺浆，在方形的铝皮容器中摊开，放入灶火上的大水锅里，盖上木盖，蒸熟。倒出来，摊在簸箕里，就成了一块黑亮的红薯烫皮。累积成叠，再切成筷子宽的条条，晒干，就成了红薯粉条，我们叫和结。干红薯粉条经年不坏，既可以做汤粉，柔软滑口，也可以与豆腐丝、豆芽、白菜丝同煮，是村人爱吃的一碗大杂烩，昔日村宴酒席的开席菜。

过年的日子，用红薯油炸的美食也挺多。红薯洗净去皮切片，做成油炸红薯片。切成丁，便是油炸红薯丁。刨成丝，粘上糯米浆，炸成圆圆的红薯丝油糍粑，或者炸成因形得名的螃蟹丸子。油是自产的新茶油，薯是堂屋楼上火燎烟熏过的，糖分足，炸出来的美食，又甜又脆又香。

酿

曾有好些年，我的父母在日常生活中拌嘴，都是红薯烧酒的缘故。

　　在母亲看来，要两三百斤红薯才能酿出一百斤好烧酒。母亲给父亲算了一笔账，一日三餐酒，一餐喝一杯，二两，一天下来就半斤多酒，一年三百六十五天，单喝酒就要四五百斤红薯。假如不节制，一天喝了一斤，那该多少红薯？要是没酒瘾，不喝酒，又该节约多少粮食？

　　母亲数落的时候，父亲沉默。父亲喝了一辈子的红薯酒，有酒瘾，就如同母亲有茶瘾一样。没酒就没了胃口，就浑身无力，就会想得流清口水，就干不了农活。这样，母亲看着又心疼了，心软了。父亲就又喝酒了，和容悦色，仿佛换了个人似的，精神十足。就算没酒的日子，母亲也会去别人家借，或者到别人家买，为父亲备办好。不过，母亲已经给父亲定下了规矩，一餐只能喝一杯，而且是母亲特意准备的小盅子。

　　母亲严管父亲的喝酒量，主要是家贫，子女多，生活困难。当然，估计也还与年轻时遭受到的一次惊恐有关。母亲动不动就会翻出几十年前的那件老事来抖一抖。说是一次父亲在外喝醉了酒，回到家中，母亲只责怪了两句，他就拿了菜刀要砍人，吓得母亲慌忙抱着刚生下不久的大姐跑出家门，到别人家躲藏了一夜。而父亲晃着刀，撒着酒疯，在村巷里大喊大叫的，直跑到酒醒。母亲抖父亲这件丑事的时候，父亲往往是面带羞愧的笑容，低头不语。事实上，我从有记忆起，父亲就是一家人中脾气最好的，他性格温和，从没打骂过我们，也从未看见他喝酒醉过。

　　母亲一辈子限制着父亲的喝酒量，父亲也乐于遵守母亲制定的规矩。每年挖了红薯，母亲首先想到的，是给父亲酿红薯烧酒。红薯烧酒，是村庄每户人家的必备。母亲是个心灵手巧的人，酿酒自然是她的拿手活。酒药也是她自己采来药草调配，捣烂后，揉成丸子，装在米筛里晒干，乒乓球大小。

酿红薯烧酒其实也不是一件容易事。先一个过程，是挑选几担好红薯清洗，在谷箩筐里用盾刀盾烂盾碎，一锅一锅煮熟，倒入大瓦缸，拌和酒药粉，捂盖好，发酵多日。这件事多是母亲亲手做，父亲也偶尔帮帮忙。相比而言，蒸酒则细致多了。发酵好的红薯糟舀入清洗后的煮潲大锅子，加水，盖上大木桶状的酒甑，酒甑与锅子接触的地方，用黄泥巴糊严实。酒甑与瓦过缸之间，由一根大竹筒连接，连接处也要糊好。过缸放置在一张矮方桌上，缸里加满凉水。烧火的时候，大锅里酒糟沸腾，酒气顺着竹筒进入过缸底的夹层，被缸里的凉水冷却成酒，流出缸嘴子，落入地面上预备好的酒瓮。火候的掌握也有分寸，火小了，酒出得慢。火大了，酒蒸气来不及液化，从瓦嘴子跑了。酒不停地流出，芳香弥漫。过缸里的水也在不断变热发烫，需要不时更换，把热水舀出来，添加凉水。这项细致活，母亲一般总是独自完成，她不让我们插手，要不怕我们不小心烫着了，要不担心我们碰撞到坛坛罐罐，打碎了。蒸一次红薯酒，往往要几天工夫。装满几个酒坛子，为父亲备办一年半载所需。

母亲是个好客的人，父亲亦是如此。有客人来了，母亲总要设法弄几个好菜。父亲则以陪客之名，多劝客人喝几杯红薯烧酒，自己也笑眯眯地斟上，绝不含糊。每每这时候，母亲只是投去几眼嗔怪的目光，并不刻意阻止。

掏

在乡村的季节里，在旱土里反复掏来掏去，只为了两样东西，花生和红薯。

盛夏烈日，收割了早稻，插下了晚稻，地里的花生也成熟了。在季节的驱使下，扯花生也成了全村性的整体行为，家家户户倾巢出动。花生扯了，多是在土里就摘下。花生苗则扎成小把，堆在土里任其晒干，日后挑回家，做水田的肥料。扯过花生的土里，很快就有村人蜂拥而至，大人、孩子、老人，每人一篮一锄，不停挥锄，掏土，捡拾花生。这样的场景要持续多日，花生土被反复掏过多遍，过滤出遗落的花生。一场暴雨过后，土里会零星冒出花生的嫩芽，白白胖胖的，小指粗。挖出来，既可生吃，也能凑成一碗菜，清炒，又嫩又甜。

相比而言，掏红薯的日子则漫长得多。即便收获后的红薯地里已经被人反复掏过无数遍，长冬农闲，还是有老人整日在周边村庄空荡荡的红薯地里，不停地掏，默默地掏，日复一日。他们往往早晨出去了，要傍晚才回家。他们的箩筐里，总会有或多或少的收获，大红薯、小红薯、烂红薯，甚至红薯根。

我的记忆里定格的最后一个掏红薯的老人，是我的父亲。那是二十世纪九十年代的初期，我已从湖南省建筑学校毕业，分配到一家濒临破产的小厂上班一两年。那个冬天，我失业在家，满面愁容，我的脾气也变得很坏。其时，姐姐们都已出嫁，我才二十岁出头，父亲却已是年近八旬的垂暮老人。我整天闷在家中，母亲小心地侍候我的三餐。父亲则大清早默无声息地出去了，手提一个大菜篮，肩扛一把铁锄，穿一身黑色的旧衣服，身子佝偻。

父亲回来的时候，我已经吃过午饭多时。他提着半篮子红薯回来了，倒在厅屋一角。他拿了两只凉凉的焖红薯吃了，又默默地提了篮子扛了铁锄出门。

我是一个乡土的背叛者，自从跳出了农门，就差不多再也没有亲近过这片土地。那个时候，我们从心底里鄙视乡土，鄙视农民，鄙视农活。我们一心一意想远离乡土，在城市里寻找到一份舒适的工作，实现所谓的人生理想和价值。

如今，乡土的鄙视者还在不断地增加，对乡土的鄙视也在不断加剧。在广大的一如我故乡的乡土，乡土已经无法提供足以维持乡民生存的生活来源。乡土在荒凉，颓败。昔日丰富的物产已然式微。高粱没了，穄子没了，小麦没了，荞麦没了，葵花没了，油茶没了，花生、红薯也行将绝迹。

在义乌车水马龙喧嚣的街头，偶尔有推着推车的小贩放着吆喝的小喇叭："烤红薯，烤红薯……"从旁边路过的时候，一股熟悉的浓香拂来，常不免勾起对遥远岁月和乡土的回望。

2016年4月6—12日写于义乌

老厅屋

老厅屋住着五户人家。

这幢马头墙高耸的百年老宅不知建于何时、由何人所建，青砖黑瓦，前临水圳，宅后和南侧是青石板巷子，北侧建了一厢巴壁屋，也是青砖黑瓦，因此，进出厅屋只有两道门，正大门和南侧门。正大门耸抵檐口，两扇宽厚泛黑的原木门页当有一两丈高，仰头看时，檐口的粉墙上画着像鱼又像龙的怪兽，张牙舞爪，十分吓人。也有些花草、树枝、古装人物的粉画，斑驳灰暗，透着或赤或蓝的颜色。白日里，随着大门榫子嘎嘎唧唧一阵响动，两扇大门页被早起的人拔了门闩，用力推向两侧墙角，形成一个内开的大八字，光线顿时射了进来，汇合中庭天井上口漏下的晨光，一同将原本黑漆漆的大厅屋顿时照得亮堂起来。

老厅屋分为上下两厅，中间隔着一条两臂宽的内巷，把满和家和社平家的房子隔开在天井下。南侧内巷开了一条通往外面青石板巷子的侧门，挨着南和家的门口；北侧内巷尽头封死了，成了黑沉沉的死角，角落上是付和家常年黑咕隆咚的家门。老厅屋最里面是神台，上面摆放着一个个或大或小的菩萨，落满了灰尘，各家的主妇逢时过节在这里烧香焚纸，虔诚颔首念念有词。神台北面开了一条小门，里面是两间常年墨黑的小房子，就是我家。当夜色降临，正大门和侧门关门落闩，厅屋里伸手不见五指，黑如屋面的老瓦。

厅屋里人多，每家都有好几个子女，满和家就有十口。这么多子多女的五户人家同在一个大厅屋里生活，乡里乡亲，也十分融洽，不曾看到各家大人间相互争吵或打架，平日里男人们进进出出，各行其事，见面点头，歇息递烟。女人们缝缝补补，相互间借个针线，叽叽咕咕唠叨一番，或者借升米，借一灯盏煤油，借两调羹盐，也是寻常。谁家有个来客，一厅屋里的人都笑脸相迎，口上响得很。谁家煮个长眼珠子的荤腥，或者做烫皮，满厅屋都闻到香气。要是谁家爆炒辣椒，家家户户都有人陆续哎啾哎啾喷嚏打个不停。厅屋里原本也还算高大宽敞，只是每家都养猪，五户人家各在自家附近的厅屋一角砌了一个四四方方的大砖灶头，上面搁着一口簸箕宽的大铁锅用来煮潲，潲水缸、潲桶、茅柴各摆了一地，鸡窝鸭笼，桌凳农具，也要有处安放，就益发显得逼仄。每天早上煮潲时，整个厅屋里浓烟滚滚，每个大灶口哔哔啪啪燃着熊熊的茅柴火，浓烟夹着纷飞的柴灰顺着天井升腾，在瓦屋面上弥散开去。

逼仄的空间还庇佑着一群生灵，下雨的日子，雨在天井的檐口哗哗地下，形成一根根白色的水柱，直接与下面的池水相连，溅出一朵朵水花，水面在慢慢上涨，这时，往往有几只小乌龟从池边冒出头来，大人们说，这乌龟是从前特地买来扔进去的，用来疏通天井池边那些小小的泄水阴洞。就在我们伸着手臂掬檐口落下的雨水，或者仰头看天井上空落下的一线线密密麻麻的雨点时，一两道黑影倏然从天井上空滑下，窜进厅屋里环飞几圈，发出唧唧的叫声，几只黄嘴的乳燕顿时张开大嘴巴，在燕窝边拼命伸长脖子叽叽喳喳叫唤不停。黑影只在张大的黄嘴边一吻，又闪电般滑上天井上空，在雨中消失了。几条或大或小或黄或黑的公狗母狗也或前或后从大门外跑了进来，前脚一停，身子一耸，甩掉狗毛上的水珠，摇头晃尾在各自的主人面前尽力讨好，或者追逐戏耍一番，或者在潲桶上舔舔猪潲，而后躺在厅屋的地面上，对着大门外或者天井汪汪叫唤几声，吓得啄食的母鸡咯咯叫着远远躲开，公鸡惊魂方定后，高高昂着头声嘶力竭发出长长的一声叫喊，直到头低脖缩几乎要闭过气才止，仿佛发泄对狗吠的不满。当雨渐细渐止，几只老鸭已经迫不及待了，嘭嘭跳进天井石池里，拍着翅膀在水中畅游，嘎嘎的叫声顿时把整个厅屋里塞得满满当当。

鸡鸣狗跳之时，我们这帮在同一屋檐下的孩子也没有闲着，打纸板，折纸飞机，跳毽子，踢田螺壳，或者老鹰捉鸡，或者追追打打，厅屋里不时溢出笑闹之声。

在厅屋里，我和满和是老庚，我们经常一起扯猪草，拾柴火，捡狗屎，有时他碗里有泥鳅，就分一截给我，我兜里有块糖，也掰一半给他。不过，我们也经常吵架，动不动就闹翻了，他骂我，我也骂他。有时他说不准我从大门口过，大门口是他家的，我就说从侧门过，他说侧门那边是他家的墙，也是他家的，我就傻眼了。有一次，我们两个人又闹翻了，那天中午，满和的母亲煨了高粱烫皮喊我母亲喝茶，就坐在他家门口的方桌旁，我其时坐在大门口的石墩子上，看她们津津有味吃着喝着，喉咙咕咕有声。满和妈妈三番五次拿了烫皮给我吃，我就是不要，我想，我和满和是反的，就不吃他家的东西。不过事后我又似乎有点后悔，因为那高粱烫皮的香味实在太诱人。

当我日渐长大的时候，厅屋里的人事也在慢慢发生变化。付和一家是那时候厅屋里最穷的，煮菜是半边锅子，吃饭是粗糙的瓦钵子，很多时候，他奶奶大清早就提一个篮子挂一根棍子出门去，要到傍晚才回来，篮子上盖着一块黑帕子。后来有人说，他奶奶是到外村要饭去了。有一天，他奶奶死了，黑色的棺材就摆放在厅屋的正中央，就在我家的门前。那些日子，厅屋里异常安静，笼罩着恐怖和神秘，夜晚各家早早就关门闭户，不再外出，时有老狗在石板巷子里哀哀地游荡长嚎，母亲说那是狗看见鬼了，她就赶紧熄了油灯，一家人屏声息气，悄悄上床。或者有时瓦屋面上突然响起一片沙沙的声音，母亲说那是鬼打沙子，我就越加害怕起来，埋头躲在被子里。有一天傍晚，我的父母还没有回家，我和姐姐不敢开门到家里去，只在厅屋的侧门边犹犹豫豫，这时不知谁突然喊了声"鬼来了"，吓得我大叫一声，人就扑倒在门口。自此我更加不敢进屋了，每次进出都战战兢兢必须拉着我父母同行。以后的日子，南和奶奶也死了，然后是南和的父亲、社平的父亲，我又一而再再而三地吓过了好几回。

　　各家成年的女子先后嫁出去了，厅屋里似乎宽松了一些。不过没过多久，厅屋里就响起了清脆悠扬的竹笛歌声，那是满和的哥哥建和在日日夜夜吹奏思春的曲子，厅屋里便陆续有了村子内外的女子和媒婆的身影，于是，建和最先在厅屋里娶进了新媳妇。后来，社平的哥哥国平也娶了媳妇。再后来，付和的哥哥周和，也与本村的一个女孩好上了……这个时候，厅屋里其他尚未成年的孩子，包括我，基本上都拖着长鼻涕在不紧不慢地上学读书。只有社平是例外，因为长了一只像煮熟了的田螺肉般灰白的眼珠子，一条小腿肿胀得像个弹花锤，每天只能待在家里剁猪草煮潲喂猪，甚至为他哥哥嫂嫂洗衣洗裤。

　　分田到户之后，村庄兴起了建房的热潮，老厅屋的五户人家先后都在村旁择地建新房，陆续乔迁新居，各自分散在村里的角角落落，独门独户。老厅屋慢慢没有了人气，最终关门上锁，大门紧闭。以后多年，厅屋里旧日的玩伴相继成年，男娶妻，女嫁人，各自天涯，相见日稀。有一天，一个消息传到我的耳里，当年厅屋里年纪最小爱笑爱淘气的心香，满和的妹妹，才初为人妇，就命归黄泉，令人唏嘘。

　　如今，我们的父辈都已不在人世，我因在外成家谋生，往往要清明时节和年底才匆匆回村走走，带着我的孩子到这幢高大的老厅屋外面看看，或徘徊，或驻足。我曾告诉孩子，这就是我当年生活的地方，可是孩子似乎一脸漠然，毫无所动。偶尔，我推开大门，随着木榫子嘎嘎唧唧一阵声响，轻步跨进门槛，厅屋里幽深黯淡，杳无声息，天井的石池里长着青苔和茅草，天井的檐口不再有燕子飞进飞出，便不觉悲怆上涌，想着当日的众人都一个个哪里去了，眼角已然暗滋了润痕。

故园小记

虎尾巴

如果不是这一截小小的东西，无论如何，我也不会相信，我的家乡，眼前这片树木稀少，犹如谢了顶的头颅一样的山山岭岭，连野兔都成了珍稀动物，而仅仅在上一代人，还是老虎出没之地。

两个指节长的短短一截，灰白微黄的绒毛细细密密，轻轻抚摸，光滑又柔软。数十年沿袭使用，已压得扁平，散乱。这轻轻巧巧的东西，放在手掌心，感觉不到一点重量。凑到鼻孔下，闻不到一丝气味。拿在手指间，稍稍用力捏按，绒毛里分明有一根又硬又韧的骨刺，状如钢丝。

这是一截老虎的尾巴。确切地说，是一只年轻的老虎的尾巴尖。

母亲剪下这一截老虎尾巴的时候，长我17岁的大姐还小。这截老虎尾巴作为辟邪的宝物，被我母亲缝进三角形红布小包，系在衣扣眼，与我大姐日夜相伴。

这只老虎，是村里猎户凤财的猎物。在母亲笑眯眯的描述中，那是一个晴好的日子，年轻力壮的猎户凤财，扛了他的那杆火铳和一只打死的老虎进村，身前身后跟着几只汪汪大叫的猎狗，似乎在宣告着胜利的凯旋。这只七八十斤重的老虎，身材细长，大约还没有成年，摆放在凤财屋旁古樟下的空地上，已经没有了王者风范，不再让人畏惧。村人围着看稀奇，议论纷纷。母亲心里一嘀咕，折返家中，拿了剪刀。又重新走进人群，蹲下，剪下一寸多长的虎尾巴尖。

这一截老虎尾巴成了我们家的传家宝，从我大姐传到二姐三姐和我，又从我大姐的孩子，一路传到我的女儿和儿子。红布小包新了又烂了，已经不知更换了多少个，但这一截老虎尾巴一直小心完整地保存了下来。

这应该是村人见过的最后一只本地老虎，因为我的母亲平生只有这一次看到老虎的记忆。我有记忆的时候，凤财已经成了一个老头，身体瘦削矫健，他没有儿女，打猎依然是他日常的工作。晴朗的早晨，一阵狗叫，三两只猎狗率先从石板巷子里冲了出来，后面是穿着草鞋扛着火铳的凤财，头上戴一个无檐的黑帽，腰间挂着装火药的牛角葫芦，一把尖刀。这列人狗组成的热闹队伍，穿稻田，过石桥，融进了远山。傍晚，这列热闹的队伍回来了，火铳上往往吊着一两只野兔野鸡或别的小猎物。

村人曾说，跟着打猎，见者有份。小学里的一个暑假，我和一帮伙伴曾轰轰烈烈地跟着凤财爷赶山，林子里，人喊狗吠，你追我赶，腿脚被树枝荆棘挂得皮开血溅。一天下来，却一个猎物也没打着。这样的打猎场景，差不多成了户外娱乐活动。或者说，巡山打猎不过是日渐老迈的凤财爷无法割舍的生活习惯。现在，野生动物备受保护，早已不能随意猎杀。

如今我的大姐已年过花甲，偶尔聚在一起的日子，我们还谈论起那截庇护过我们的老虎尾巴。只是那只半个多世纪前命丧火铳的年幼老虎，大约不曾想到，它成了它们家族绵延千年万年生息于这片土地上的终结者。它更不会料到，半个多世纪后，它的那一截短短的尾巴尖，依然存在于人世间，还有人对它念念不忘。

金毛狗

这里说的金毛狗，不是长满金色毛发的狗。不过它的形状确实像一只刚出生的可爱小狗，浑身遍布米粒长的细密金毛，金光闪闪。这是一种植物的块根，能不断地生长金毛，是止血生肌的良药。

一个乡下人，无论大人还是孩子，皮开血流实在是一件寻常不过的事。比如说剁猪草的时候，右手拿着明晃晃的菜刀飞快地剁，掐着猪草的左手手指飞快地退缩，稍不留神，"哎哟"一声还没出口，一根手指已是血肉模糊。又比如在池塘水田里抓鱼抓泥鳅，突然脚板一阵撕裂地痛，下面触碰着一块尖锐的玻璃或者瓷片，或者别的什么东西，拔出泥腿，一拐一瘸上了岸，用水洗洗，血水正源源不断从割开的裂口涌出。割禾、割猪草、砍柴……诸如此类的日常农活，都不可避免受伤流血。

止血，办法其实也简单。若是在家里，直接找一块破布，把受伤的手指脚趾包扎起来。布洇红洇湿了，慢慢就不再洇了，痉挛般的疼痛一阵阵抽缩过后，慢慢也就不太感觉痛了。或者从土灶里掏一把柴灰捂住伤口，再行包扎也可。若是在野外，敷伤口的东西也不难找，用刀刮油茶树干表层的粉末、捻成灰尘的黄泥巴、茅草尾巴上如棉如絮的白毛……包扎的话，随便从衣服裤子上撕扯一块旧补丁即可，乡下人的穿着不缺这个。

不过，相比上面这些简易的方法，若是能在伤口敷上金毛狗的金毛，其止血止痛的效果是立竿见影的，不可同日而语。

曾有好些年，我家有一个金毛狗。这是我大姐16岁在郴州卫校读书时，跟随老师到野外深山采药挖来的。我的记忆中，这个金毛狗，我的母亲平素把它放在卧房的立柜里，或者立柜下的地上，因为年岁已久，成了一截又黑又干的木头，上面长着零星块状的金毛。村人伤了手脚或脑袋，往往捂着血淋淋的伤口，急匆匆来我们家讨要金毛。我的母亲赶紧拿出金毛狗，尖着手指拔出一丛丛的金毛，敷在伤口，血很快就止住了。

村里就我们家有金毛狗，又是人所共知。让金毛狗随时保持有长势良好的金毛，以便不时之需，是我母亲的义务。母亲笑着说，隔一些日子，给金毛狗喷几口糯米胡子酒，金毛便长得又快又密又亮。

那时候的乡村，人与人之间的感情非常纯朴，家家户户即便外出干活，也很少闭门落锁。有时我们一家人不在家，村人受伤了，也随时可以推开我家的房门，自己拿出金毛狗拔毛。或者直接拿了去，事后再送回来。

意外最终还是发生了。大约在我上小学的时候，我们家的金毛狗不知被谁给拿走了。母亲曾说，可能是谁急用拿去了，会送来的。过了几十天，几个月，一年，两年，金毛狗再没有送回来。母亲曾特意去村里人家寻访，也没有半点信息。

金毛狗就这样在村庄里消失了。

象牙筷

那双象牙筷，让我们一家人念叨了几十年。

并非仅仅因为这双筷子是象牙做的，就觉得十分珍贵。其实，在我们眼中，它跟一双竹筷子在功用上是完全一样的，它就插在我们家的瓦筷子筒里，跟众多的竹筷子相处在一起。事实上，这双象牙筷子本来就是宗林哥哥专门买给我大姐吃饭用的。只不过，我大姐长大出嫁后，把这双象牙筷子留了下来。这样，在我的童年里，也曾多次用这双象牙筷子夹菜吃饭。这双白色的象牙筷子过于光滑，我倒是觉得竹筷子使起来更稳当。

"廖宗林这个人实在好！"这是我父母和大姐常挂在嘴边的一句话，然后是一阵叹息，或沉默。我没有见过这个叫作宗林的人，他是我大姐的哥哥，当然也是我二姐三姐的哥哥，也是我的哥哥。父母大姐经常念叨他的好，我在小小的童年里，也就十分想见他一面。只不过是，在我出生之前，宗林哥哥就病逝了。

村边的黄氏宗祠高大宽阔又庄严。半个多世纪前，这幢古建筑靠近神台的大厅用土砖临时隔断，做了本村小学的教室。从天井上空射下来的日光，将这两间半封闭式的教室照得十分明亮。教室旁边的木隔墙厢房，是两个外地来的老师宿舍。宗祠外有几块旱土，是老师闲暇时种的菜地，白菜、萝卜、肥菜、辣椒、葱蒜，四时菜蔬，一应齐全。

某日放学之后，我的大姐，九岁的二年级学生，提着篮筐在宗祠边扯猪草，被正在菜地里劳作的年轻老师、二十出头的廖宗林廖老师叫住了，开始了下面简单的对话。

"你叫什么名字？"

"荷花。"

"你有几姊妹？"

"还有个妹妹。"

"你给我做妹妹好吗？"

"好啊！"

"你家住哪里？"

"水圳边厅屋里。"

"晚上去你家坐啊！"

"好啊！"

廖老师从菜地里摘了一大把肥菜叶，装满了女学生的箩筐，作为当日她的猪草，交给她提回了家。

当天晚上，廖老师如约而至，郑重其事向我的父母提出了认亲的请求。我的父母十分高兴，一阵客套之后，当即应承了。

周末从百里之外的他的老家回来后，廖老师高兴地告诉我的父母，他的父母也很高兴认下这个女儿，并要举行一个认亲的仪式。

隔了一段时日，我的父亲，我的九岁的大姐，一同应邀来到百里之外的永兴县城旁边数里的湘永煤矿白鸡洞的一个村子，掀开了两家往来亲如一家的开端。按照风俗，大姐认了亲娘亲爷（干妈干爹）后，亲娘亲爷要送给女儿一双新筷子，一个新碗，一只新调羹，一个新盘子。宗林哥哥带着她的妹妹来到永兴县城逛街，买了新碗新调羹新盘子，又相中了一双象牙筷子，他对他的妹妹说："要买就买一双好筷子！"

我的大姐从此有了一个宗林哥哥。在家排行老二的宗林哥哥除了长兄和三弟之外，也有了一个荷花妹妹。

宗林哥哥在我们村教了两年书后，调到隔壁的羊乌小学，他的妹妹，我的大姐，也到了羊乌小学念四年级和五年级。之后，宗林哥哥调到洋塘中学，他的妹妹，我的大姐，又到了这里上学。

这期间，两家人往来频繁，我的父亲母亲大姐二姐，都到过宗林哥哥家乡多次。宗林哥哥的父母兄弟也来过我们家做客。那年宗林哥哥结婚，是一个下雪的冬天，我的父母家人特地杀了一头肥猪，挑了肉送去作为贺礼。我的三姐出生的时候，宗林哥哥的父母特地做了一张竹子躺椅，送来看望。

宗林哥哥在洋塘中学任教不久，患了肾下垂的重病。他的第二个孩子出生一个多月，他就不幸病逝了，才二十七八岁的年纪。

第二年，宗林哥哥的父亲，我大姐的亲爷，也在丧子之痛中离开了人世。

以后，我的父亲去距离永兴县城还有几十公里远的青山垅修水库，专门绕道去看望宗林哥哥的母亲和孩子。

大姐在郴州卫校上学的时候，曾去探望她的亲娘。回家后，告诉我的父母："亲娘只有一个眼睛能看见了。"

大姐十七岁那年，我出生。童年里，我曾多次用那双象牙筷子吃饭。之后，这双象牙筷子不知所终。但几十年来，这双象牙筷子和宗林哥哥的名字，经常出现在我们一家人的话题里，带着温馨，带着叹息。

2015年11月15—18日写于义乌

土灶记

正灶

我要说的这个正灶，不知村里是否还有？八年前武广高铁修建的时候，村里大多数砖瓦旧房都拆掉了，异地劈山另建了新村，一律瓷砖装修的平顶小楼房，充满了新鲜的时代气息。土气的正灶连同泛黑的宽板长条凳、火钳、吹火筒、旧家具，自然与时新的楼房和生活方式不相适宜，甩手扔进了不屑一顾的旧时光里。

不过，我依然怀想那个传承了千百年、具有浓郁地方特色和烟火气息、温情弥漫的土气粗犷的正灶。

旧时的村里，分家也叫分灶。有家必有灶，有灶才称其为家，无论房舍宽绰还是简陋。在青烟缭绕的瓦檐下，灶是一家之主，奉若神明，必居堂屋，是为正灶。一日三餐，生火，煮饭，煮菜，泡茶，吃饭，烤火，聊天，待客，一律围灶而坐。这是一处神圣的地方，容不得人和畜禽对它有任何亵渎之举：鸡狗上灶必受敲打；人架腿灶上，必遭责骂，视为极端无礼之举，缺失家教的表现。"娇狗上灶，娇儿失教"是村人常挂在嘴边的教条。而"死人倒灶""挖灶头"两句粗俗的话，是最切齿恶毒的咒语。正灶，乃是一个家的象征。

村里的正灶，形制相同，火砖砌成。大底座高于堂屋地面，一角处堂屋中央，边线分别交汇于一角的屋墙，围合成方形，内设横竖相交的灰坑。灶台砌于底座上，高于膝，方体，两个侧面与底座重合，另两个侧面与屋墙隔开二尺许。两条宽板长凳安放其间，一端腿短，交错于墙角落，一端腿高，置于底座外的地面上，犹如紧挨墙壁的一把水平大曲尺。灶台面抹一层泥灰或水泥砂浆，平整光滑。一大一小两个灶口，像张开的圆嘴，下面隔着几根栅栏样的铁炉桥与灰坑相通。大灶口深，内置圆环三腿的铁撑架，形成一个敞口的灶门，延至底座。小灶口浅，灶门为一拳半宽深的凹槽。灶门与墙上的木窗相对，便于采光。

与正灶相配的，是一张粗重的条桌，紧靠灶的背面，高出灶台约莫二尺。条桌里有一层隔板，放洗碗盆、洗菜盆、脸盆。厚实的木砧板搁在桌面上，切菜、剖鱼、剁骨头，稳稳当当。临灶的桌面下，桌腿上横着一根方木条，与桌面间形成一道两指宽的扁槽，平素插菜刀。吃饭喝茶时，插上一块专用的大木板，俗称"接手板"，杉木做成，比灶窄，比灶长，悬于灶台之上，摆上碗筷菜肴酒茶，热气腾腾，众人坐条凳上，围灶而吃，一面笑谈家常

124

闲天。

正灶生火的燃料为柴火和煤炭，与之相伴，必有四样简易工具：双耳火钳、吹火筒、蒲扇、炉钩。宽板条凳下永远塞满干柴火。早晨，母亲折一小把碎柴枝丫和烟秆做生火的引子，置于大灶门口，划一根火柴，点上。火苗渐高，添加柴火。柴干火烈，火光熊熊，顿时将灶口内外映照得通红。青烟升腾，从木窗，从瓦面，袅袅游出。母亲洗鼎罐，烧水，泡茶。一家人陆续穿衣裤起床，烤火，洗脸，漱口，扫屋，放开鸡鸭笼子，剁猪草，到老井挑水，鸡鸣狗吠中，农耕岁月的一天自此开始。

灶口仿佛是永远饥饿的大嘴巴，一日三餐，吞进干柴，吐出烟尘和火光，化为灰坑里日益增多的柴灰。童年和少年时代，作为村中男孩，我们的一项日常工作，就是捡柴，捡拾油茶树枯枝，挖死树兜脑，爬上高高的松树，扳折干枯无叶的松枝，成捆背回家中。便是上学的日子，只要不下雨，放学后，也是成群结队上山。夏秋两季，暑假里，天气晴好，我们更是殷勤捡柴，把正灶楼上层层叠叠塞满，以备寒冬和来年春雨季节所需。

烧炭，于普通农家而言，不是一件轻易事。公路未修通前，挑一担煤炭，要凭脚力来回走几十里山路。我的父亲和姐姐，往往天亮就去了，要傍晚才回来。以后通了车，村里有人跑运输，买一手扶拖拉机煤炭，要花上卖一头肥猪的钱，贵！煤炭买来了，选了天晴的日子，在村前扫一块空坪，倒成一堆，筛出亮晶晶的块子炭。碎炭掺上田泥巴，拌水搅匀，一团一团，拍打成一拳厚脸盆大的糍粑炭，晒满一地。晒干后，收入房内或床底下码成堆，待到过年过节、家有好事、冬春雨雪天气才烧。

夏季天热，生火做饭多在小灶口，用柴最为节省。到了深秋，气温变凉转寒，生火转到了大灶口。一家人围灶而坐，燃着柴火，暖意浓浓。相比树枝干柴，树干树兜的劈柴烧的火焰更炽更旺，也更耐烧，却也难以点燃，常常要鼓着腮帮子，含着竹管火筒呼噜呼噜猛吹风，黑烟熏得眼泪直流。下雨下雪的严寒日子，守着灶火，蜗居在家，打发三餐，以度长闲。时有村邻相访，烤火谈天。偶尔柴火扯着烈焰，发出呼呼笑声，报道将有远客来临。

大灶口烧炭，酷寒已至，春节将临，此时楼上的干柴已经少了很多。生炭火，竖立一砖于灶门口，炉桥上垫一层小石块，灶内用碎柴茶籽壳做引，浓烟弥漫，熏眼呛鼻。以蒲扇扇灰坑，风贯灶内，助燃柴引，火光熊熊。端来炭盆，糍粑炭掰开，成拳头大小方整的炭块，逐一垒放，间或夹杂几块敲碎的青石，用来烧生石灰坯子，面层撒上块子炭。打开门，寒风吹进，带走烟尘。一番清扫，灶台凳下，整洁有序，灶口的炭块跳动蓝色的火苗。关上门，一屋和暖。蒸红薯，蒸饭，炒菜，芳香弥漫。餐后无事，挖一锄头水田的泥巴，火钳夹了，围着灶口糊上一圈，只在中央留一拳大小的豁口。湿泥封火，水汽袅袅，能延长炭的燃烧。收拾停当，母亲端来针线筐，在窗下一针一线缝缝补补。父亲坐在窗边墙角，一明一暗吸自卷的喇叭筒子土烟。我们围坐烤火，或说笑，或看书。乡野静谧。

正灶最繁忙的时刻，当属年关。有时大小两口灶里，都生了炭火。蒸米浆，做年糕，做米粑粑。炖一大鼎罐猪肉。上油锅，油炸兰花梗、油糍粑，套环，薯片，烫皮，炸肉，炸鱼，炸丸子。好些天，家家户户，村头巷尾，哗哗喧响的新茶油响彻日夜，浓香飘拂。

腊月二十三，是送灶王爷上天的日子。除尘，抹灶台，摆上贡品，点香焚纸，放鞭炮，虔诚祝祷，感谢灶王爷一年来的庇佑和辛劳，祈盼新年的平安和美满。

地炉子

过年来了客人，地炉子就派上了用场。

童年里，同住一个大厅屋里有五户人家。我家只有两间房，一间是堂屋，一间是卧房，都十分狭小，且光线暗淡。堂屋里除了正灶、宽板条凳、灶桌，还有瓦水缸、潲水缸、木碗柜。卧房里，曲尺状铺了两铺连头床，一个衣柜，一架木板楼梯，楼梯下两个高大的木尿桶。现在想来，确实拥挤不堪。不过那时，习惯成自然，倒也不觉得有什么不便。

贫寒人家，也有几路穷亲戚，何况我父母待客殷勤。有时客人多，或者是正月里宗祠演大戏，被村里安排演戏班子的派饭，就要开两席吃饭。一席自然是正灶上的接手板，再一席就开在卧房里，把尿桶提到门外巷子里，摆放一张小方桌，两条长凳。此时，我的母亲早准备了大瓦盆，夹了红红的炭火，置于桌下。客人围桌而坐，或坐于凳，或坐于床，喝酒吃饭，其乐融融。

记忆里特别温馨的一次请客吃饭，请的是隔壁邻居湘德和他的父亲。那时我在上小学高年级，正是寒假，每天在家做寒假作业。湘德上耒阳师范，也刚放假回来。他是村里那时唯一一个读书走出了农门的人，是村人教育子弟的榜样。父母特地备办了酒席，就坐在收拾整齐的卧室里。桌下是暖烘烘的一盆炭火，钉了薄膜纸的木窗外下着大雪。父母鼓励我以后要像湘德一样，把书读好。湘德是个很斯文的大哥哥，笑容可掬，十分和善。我就趁机拿出寒假作业，翻开不懂的地方，向他请教。几年后，我上初中二年级时，父母特地帮我转了学，湘德哥哥成了我的班主任老师。

有好些年，我十分羡慕大厅屋的另两个同伴，他们两家在一巷之隔，还各有一间客房，隔墙相连。他们家来了客人，往往在客房里吃饭睡觉，有专门的八仙桌和地炉子。地炉子就是在地面上挖砌一个菜碗口大的圆洞，里面也安放了铁炉桥，旁边一个吹火筒粗细的斜孔与地炉子连通，给炉火通风。地炉子生了炭火，整个一屋子都暖意浓浓。

这样的地炉子，我家是新建了瓦房时才有，那时我已是十二三岁的少年，刚上初中。新瓦房砌正灶的时候，我强烈要求在正灶一侧，砌了一个地炉子。又做了一张饭桌，四条长凳，都上了红油漆，摆放在地炉子上，亮亮堂堂。寒假里，过年的日子，我就坐在饭桌旁看书写作业，地炉子红红的炭火明亮而温暖。

以后走出农门，工作，结婚。有许多年，每到春节，我带了家小回农村过年，我的姐姐姐夫外甥们来拜年，亲戚朋友来做客，母亲在地炉子上生了炭火，一家围坐，挂红传杯，祝贺新年，喝茶喝酒，上菜吃饭，说笑谈天，暖意浓浓，亲情弥漫。

畹灶窝

已经有好些年，村里没有养猪的人家了。那种专门用来煮潲蒸红薯酒的大土灶，想必已无踪影。在尚不久远的农耕时代，几乎家家户户都有这么一口大灶，村人叫作"畹灶窝"。

畹灶窝或建于厅屋一角，或建于柴房里。也有的人家在屋外靠墙而建，用木桩木棍茅草搭一个避雨的简易敞篷，我家新瓦房这边，就是如此。畹灶窝是一口端正的大灶，上面大圆洞永远深深嵌放一口大铁锅，不知何故，村人管这口大锅叫作"皮锅"。大铁锅有盖，杉木做成，中央一条浅弧形的提手，宽大而笨重。锅旁一角，留有碗口粗的通气孔，烧火时，有黑烟火苗蹿出。灶门方形，高宽过于一方砖面。灶膛内宽敞，是能吞纳任何柴火枝叶的大肚子。

人有三餐，猪有三顿。农耕岁月，猪是一家的大财富，养猪是农家日常生活的大事。于我们家而言，父亲起床后的第一件事，往往就是生火、添水、煮潲。一大锅水烧温，母亲姐姐或我，已经把头天傍晚洗好的一大筐猪草剁好了，撮箕撮了，倒入锅内，盖上锅盖，继续添柴烧火。柴火熊熊，烟尘阵阵，水沸气蒸，哗哗作响，潲水潲沫溅出，空气中荡漾草叶清香。猪潲煮成，提了潲桶，拿了潲勺，舀两半桶潲凉凉温，加米糠搅拌均匀。此时，猪在栏里嗷嗷直叫，人一到，仰着嘴脸，晃耳摇尾，已急不可耐。潲一勺一勺倒入食槽，猪低头吃得哗哗有声，津津有味。

煮潲的柴火是一项大的消耗，远比我们平时生火做饭煮菜烤火还要多。好在豌灶窝有着吞纳一切可燃物的肚量，树枝、油茶树的落叶、枞毛、荆棘、茅草，我们平日里悉数从山野间成担成捆挑回家，在禾场空坪堆成垛子。

我的父亲一生爱酒，每餐都要喝上一杯两杯红薯烧酒，喝了酒，干活有劲。若是几餐没酒喝了，就想得很。如此，每年深秋挖红薯后，除了留下几担当饭吃的红薯外，我的母亲要剁几大瓦缸红薯，拌和自制的草叶酒药，捂上盖，发酵。这些瓦缸之大，以至于我们童年里可以站在里面不见了头，打拳踢腿。

蒸酒一般在冬日里晴朗的日子。豌灶窝的大锅子洗刷了，倒入清水和发酵好的酒糟，罩上大酒甑，套上竹筒，连接置于矮木桌上的瓦过缸。过缸里装凉水，缸底出酒的瓦嘴子下面，正对着地上盛酒的坛子。大锅与酒甑，酒甑与竹筒，竹筒与过缸，所有连接处，糊上捏成糊状的黄泥巴，以防漏气。诸般准备妥当，生火添柴。灶口长焰惊窜，灶膛烈火焚烧，柴火烧得噼啪作响，烟尘纷纷。灶门口火光灼人，人需坐远一点，拿着长长的木火叉，不时添柴，或在灶膛里搅拌几下，火星如飞。

不多时，过缸里的水蒸气升腾，伸手指一试，已经温热，空气中已经闻到酒气的芳香。突然，过缸的瓦嘴子流出一线细流，细流清亮，酒香浓浓，流入酒坛。这个时候，笑容已经绽放在我父母的脸上。我的父亲母亲，拿了瓦调羹，接一调羹红薯烧酒，尝尝，嘴巴咂咂响，"好酒！好酒！"我们有时也接一点尝尝。有村人路过，也相邀尝尝，称赞一番："好酒！好酒！"

过缸里的水发烫了，就要舀出来，重新换上冷水。这一天，村里要洗衣服洗被的人，尽管提了木桶子来，装热水，提热水。

冬阳朗照，豌灶窝柴火浓烈，乡野空旷，和暖，芳香。

2015年11月29日写于义乌

山村朝暮

一

　　在鸡鸣和鸟啼声中醒来，我习惯地走到屋旁的禾场上，踢踢腿，松松筋骨。深深地吸口气，啊，多么清新湿润！甜甜的，夹着野花的芳香，和着泥土的气息。四周一片空蒙，万物都沐浴在淡淡的晨雾里，那么安详，静默。天愈见的高远了，那淡淡的白云像水彩大师在蓝色的天幕上信笔掠过，薄薄的，那么轻盈，碧透，仿佛姑娘的纱巾。苍茫起伏的山峦像可爱的孩子，翘着小屁股蛋儿，在母亲的温床上酣睡。嘘！请别惊扰他！也许，他正梦见妈妈的笑呢！

二

太阳还躲在东山背后与情人欢会，早起的农人却已忙碌开了。村前那通往古柏下的老井的石板小径上，朦胧地晃动着挑水的人儿，彼此道声"你早"。碧绿的菜园子里，不少农妇已在浇菜了，弓着腰，捏着长柄的竹筒淤勺，一面大声地谈笑。晒谷的人们正"唰唰"地扫禾场，用长长的梳板梳着谷子。姑娘们拿了小矮凳坐在屋门前剁猪草，老人们担着潲水去柴房煮潲，至于主妇们，则已生火烧水洗脸，泡茶了。

炊烟袅袅，从各家的屋顶上升起，升起，渐渐地连成一片，淡蓝淡蓝的，浮荡在空阔的田野上。像游龙锁住了群山，像玉带联络着各个村落，像仙家的云路神秘莫测，像神女的彩裳飘忽不定，又像弥漫着一曲优美的田园牧歌，那么流畅，那么和谐，那么恬静。

三

不知趣的公鸡终于唤出了沉迷在脉脉温情中的太阳，她红着脸，恋恋不舍地爬上了山梁，面额光洁，柔和，分明是刚出阁的新娘，彩霞是她的洞房，雾霭是她的婚纱。山鸟为她欢呼，流泉为她吟唱，野草向她招手，百花对她微笑。那静静的小河，是她梳妆的镜子，那粼粼的涟漪，是她送给情人的眼波。那绯红的枫叶，是她的熊熊爱火，那洁白的茶花，是她的晶晶爱心。

在太阳的温馨的爱抚里，万物都显得生机勃勃，洋溢着生命的活力。鸡在旷野啄食，鸭在水中游弋，顽童又开始叫喊追逐了，洗衣的村姑呢，正在河边悄悄地哼着恋歌哩！

四

故乡的早茶是多么的香甜哟！故乡人的习俗，早上起来第一件大事就是泡一壶浓浓的热香茶。美美地喝一口，啊，那么甘冽，清凉，舒畅！佐茶的东西也颇丰盛，烤得黄灿灿的红薯，粉粉的，甜甜的，几块米浆做的烫皮，一小盘炒花生米，一碗喷香的咸菜，萝卜条儿，风菜茎儿，姜片儿，拌些红红的辣椒酱儿，哟，多馋人呀！

喝罢早茶，大人们便上工去了，点麦子啦，挖红薯啦，灌菜蒔菜啦，收茶籽割禾啦，刨田埂挖芋仔啦，挑淤放豆子啦，没米煮饭的则赶紧去辗米啦，田野地里，村前巷尾，到处穿梭着繁忙的农人。

五

太阳渐渐地高了，上学的孩子嚷着要妈妈做饭做菜，山村的孩子喜欢端着饭碗串门喊相好的伙伴，或者干脆背着书包坐到后吃饭的伙伴家等，而后三三两两慢慢腾腾一路玩到学校，一面唱歌般地背几句课文。

这当儿，下乡卖肉的屠夫已在村口摆了张案桌张罗买卖了，卖豆腐的师傅也挑着担子在村子里东游西荡吆喝。

"卖魔芋豆腐哎，两角钱一斤。"

"水豆腐水豆腐，一角钱两块。"

"卖油豆腐，一块钱一斤，换豆子一斤半……"

贪嘴的孩子便嚷着要买这买那。父母呢，管他呢，反正是为儿为女，买就买一点吧。一阵煎炒，农舍里飘出诱人的香气。

哦，多富有情趣的农家饭哟！

六

上午，上学的孩子们已经上学了，大人们已去做农活了，有的主妇则趁着天气好农活也不太忙，带着还没有上学的孩子去串亲戚了，村子里边安静多了。老奶奶抱着小孙孙在晒太阳，老爷爷们坐在一块摆龙门阵。

不一会，卖日杂小用品的老头又在村子里叫卖了："洗衣粉肥皂针线牙刷牙膏——"；收破烂的老头儿也鱼贯而至，"烂凉鞋烂解放鞋烂布烂薄膜纸烂铜烂铁酒瓶子——"；补锅的师傅已在村前大槐树下架起炉子生火了，补鞋子的师傅已坐在太阳底下"叽里咕噜"摇着机子缝缝补补。

顽皮的孩子这时已同伙伴在踢毽子跳绳打石子捉迷藏 。不过，他们最感兴趣的要数下田捉泥鳅了。收割已结束了，未撒草籽的田，有的半干半湿，有的湿漉漉的但水不多，这时泥鳅出来晒太阳，藏得浅，最宜于捕捉了。寻个泥鳅眼儿，用右手的食指循着眼儿缓缓地进去，触到滑滑的泥鳅脑袋时便不要动了，随即用左手从后面插入泥鳅所处的位置，双手一端，泥鳅便乖乖地出来了。

鸡在长长地嘶鸣，天未亮就出去拖炭的拖拉机，已"噗突噗突"叫着回来了。

七

夕阳西沉，孩子们放学回家了，大人们也陆续收工回来，山村又热闹起来了。人们忙着收晒在池塘边、菜棚子上的衣服被单，喂夜猪上潲水，鸡进栏了，鸭进窝了，场上的谷子也收拾干净了，年轻的妈妈在叫唤贪玩的孩子，牧童吆喝着赶着一群老水牛和着牛铃的"叮当"声缓缓地从暮色中来了，炊烟又从屋顶荡出来了，蝙蝠在飞舞。

天渐渐沉下来了，凉飕飕的，太阳隐去最后一缕余晖，远近的山峦、村落、田野，也渐渐模糊起来了，农舍灯火，电视已在播放晚间新闻。

月亮悄悄地爬上树梢，轻轻地泻着幽幽的光，溪水闪着银波，柔柔地拍打砂石，低吟浅唱。二胡竹笛也在朦胧的夜空里响起来了，多情的人儿已相约在河畔和小桥上。

劳累一天的农人渐渐安睡，山村静静的，又沉浸在神秘之中了。月亮悄然踩过夜空，一两只夜鸟偶或扑棱棱掠过窗前，发出几声鸣叫。

1990年11月7日，写于八公分村

第三章

奔突者

涵管里的一夜

　　一九九一年，我二十二岁，走出校园参加工作已经两年。我所在的国营小厂——县建材厂，又俗称陶罐厂，时断时续地放假，就像一个临危的重号病人，虽已病入膏肓，依然苟延残喘着，昏迷一段时间，又回光返照，然后再陷入更重的昏迷。我那时对这个分配给我的破单位，已经十分厌倦，要钱没钱用，要饭没饭吃。要么这个"老病号"索性死了，我也算认了命，光身一人离开这个破地方，去闯荡，去碰自己的造化。可这该死的"老病号"就是垂而不死，一会儿放假，一会儿上班，搞得我裤带上仿佛被它绑了一根绳子，到外地打工混饭都不得安心。

　　我已经去广东混过了几回，虽然没混出什么名堂，但肚子里的饭，总算不是家里的米和红薯做成的。在厂里的几个穷工友眼里，我已经是见识过世面的人。比如我隔壁宿舍的方招，有一次放下手中那把黑不溜秋的旧二胡，对我说，下次放长假的时候，也跟我去广东打工。方招比我大几岁，长得标直，从灰蓬蓬的锅炉房下班洗澡后，他总是西装革履，穿得整整齐齐。方招拉得一手好二胡，《二泉映月》是他的拿手戏，笛子吹得也不赖，只是性格有点古怪，爱坐在床上闭着眼打坐运气，轻易不爱理睬谁，大约是老单身固有的毛病。

果然，没过几天，厂里又宣布放长假，那些家在农村的工友，有的回家放鸭，有的回家下井挖煤，有的就回家里干农活。那天，方招收拾了一些简单的行装，跟我来到我家乡，我要母亲去村里借点车费，准备第二天就去广东打工。这个时节，正是暮春，广东的天气已经暖和，除了一床薄线毯、几件单衣裤，用不着带上过多的行李。

抵达广州火车站时，一路在火车上规划好的美好未来，似乎一下子就消失得无踪无影。广场上人来人往，熙熙攘攘，五花八门鼓囊囊的蛇皮袋子提着、背着、扛着、担着，随着黑压压脑袋的人潮而流动，南下进城的农民工，宛如一支浩荡无边的队伍。我们融入这支队伍，如两滴水落进了洪流当中，全然分不清了东南西北。方招说："我们去哪儿呀？"我抬手看了看手表，已是午后。手表是当年我二姐订婚时，我姐夫送给她的，我上中专那年，二姐摘下来送给了我，已经跟随我好几年了。"我们去东莞吧。"我迅速做出了决定，那地方我曾去过一次。广场外的高架桥下，横七竖八停着半新半旧的中巴和小巴，乌黑干瘦的广东人举着牌子，操着粤语，叽里呱啦，卖力招揽客人，一派混乱。我们挤上了一辆开往东莞方向的车，并不了然究竟会到达何处，我也不甚在意，反正脚踩西瓜皮，到了哪里算哪里。

　　窗外的风光和林立的高楼，引不起我多大兴趣，那些都与我无关。我需要的是找一个能购买我劳动力的地方，我把自己的力气卖了，换一笔钱，买饭填饱我的肚子。迷迷糊糊到了一个地方，车上的人沿途下得已没剩几个，司机叫我们下车，说是到了终点站。这地方完全陌生，我从未来过，一问，是一个小镇。一天没吃东西，肚子饿极了，方招一个劲地催促吃饭。我们走进街边一个饭馆，一问，太贵，出来；继续往前走，进去，太贵，又出来。如此三番五次，方招有点不耐烦了，嘴上骂骂咧咧，说实不该跟我来。在他看来，在广东这个捡金子的地方，一下车就该有一份好工作在等他，不应该像现在这样盲目地走，更不能饿肚子的。越走离街越远，饭馆越来越少，原本以为总能找着一家便宜一点的，到头了，连一家饭馆也没有了，方招更加沮丧。

　　问询的结果，虎门就在前方，离这里据说还有十几里路。在一户农家小卖部，我们买了两包饼干，一边吃着，一边向着未知的前方赶去。此时，暮色渐重，天上飘着雨丝，面前又横着一条河，河流宽阔，河水昏黄，河风也大，吹在身上颇有寒意。在靠近岸边的河面上，一艘小舟在随波荡漾，舟的中间坐着一个老妪，满面皱纹，戴着尖角小斗笠，神色平静地收拉渔网，身边不时漂过枯黄的香蕉树干、零零碎碎的残枝烂叶。远处，平野无边，烟雾迷蒙，估计离海边也不远了。我驻足观看老妪的劳作，几乎要被眼前这幅处风浪而不惊的图画所陶醉。方招却在不断催促："还不快走，天要黑了！"

走过又一个村庄的时候，是一片无边无际的香蕉林，一条新修的黄泥巴道路向前方无限地延伸。道路只开挖了路基，路上无人，看不到开工的迹象，偶尔在路边看到一截一截的水泥涵管，散落在香蕉林的边上。涵管很大，约莫能弓着身子走进去。天色越加黑了，雨势也渐加重，我们没有带伞，身上已打得潮湿，雨点飞在眼镜片上，眼前更是一片模糊。摘下眼镜，在衣服上擦擦，戴上，回望来路，看看前方，已是前不着村，后不挨店。两人不免焦急起来，今天晚上可到哪里睡呢？刚才还对香蕉林抱有的一份新鲜劲，已抛在了脑后。方招的抱怨声已带了几分火药味："早知道是这个卵样，打死也不会跟你到广东来打什么卵工！"

黄泥巴路经雨水一搅和，就成了烂泥路，走着走着，步子越来越重，鞋子粘着一层层黄泥，宛如两只沉重的大船。"要不，我们今晚就在涵管里睡吧？"我对方招说，"万一，前面连涵管也没有就更麻烦了。"这个时候，天已黑透，雨在纷飞，方招也只好认了。"跟着你这个背时鬼，算栽到你手上了。"方招嘟嘟囔囔地，跟着我躬身走进了路旁的一截水泥涵管。

水泥涵管圆圆的内壁并不光滑，坑坑洼洼，凸处坐时抵进后背和屁股的肉里，很不舒服。这倒还是其次，最难受的，是长时间的偻腰勾背低头屈膝，把身子缩成一团刺猬，一身作痛。风从涵管的一头灌注进来，又从另一头冲出去，刚才赶路时一身的热汗，顷刻间就成了一片冷汗，浑身起了鸡皮疙瘩。我们把包里的衣服和薄毯全拿了出来，裹在身上，像两只老刺猬，在涵管的正中央，紧紧挨着取暖，时有雨点随风从两端的管口飘进来，更添了寒意。此时方招的抱怨也成了无益的废话，我不理睬他，抱怨越多，只能让他自己更饿。那两包饼干早就连渣也没有了，今夜只能饿着，一点办法也没有。

"哎哟，背好痛啊！"

"哎哟，腿都麻死了！"

"哎哟，好冷啊！"

"哎哟，好饿啊！"

"哎哟，还不天亮啊！"

一夜之中，我们辗转难眠，这几句话是我们嘴里重复最多的。涵管外，天地一片漆黑，只有夜雨打着香蕉林的沙沙声。

在虎门

一个又一个巨大的"押"字，在街边楼宇墙壁上的圆形广告箱中央，闪着夺目的红光，车流如梭，天色昏暗。押宝？押钱？我站在街边一座小桥旁，面对那个抢眼的"押"字，胡乱猜想，茫然不知所措。我侧身扫了一眼身边的这幢大厦，似乎是写着海军某招待所的字样。

中午，方招就气鼓鼓地坐上了回广州火车站的汽车，走了。他发誓说，再也不来广东，宁愿回到湖南，在自己的国营小厂没事做，拉二胡，也比到这里丢钱又受罪要强。他说的也不无道理。我们两个盲流，昨晚在涵管里睡了一夜，受冻挨饿。今天上午在厂区，每看到墙上贴有重重叠叠、红绿白蓝黄五彩缤纷的招工小广告，我们就挤进人群，仰着脑袋，两眼放出贪婪的光，逐条逐句地看，寻找适合自己的机会，用纸笔抄写地址、厂名和联系电话。然后一路问询过去，从一条街道走到另一条街道，从一家厂门走到另一家厂门，走得腿脚发软，问得嘴角起泡，但不是回说已经招满了，就是条件苛刻，比如要先做三个月才发工资，而且要交押金，吃饭也得自己先垫钱，这是我们无论如何都不能接受的。

我们漫无目的地走着，犹如两个饥饿的乞丐。在路旁一间简易的钢棚子门口，有几个广东小青年拿着牌子在招工。我们走过去一问，说是制衣厂招电车工，里面放着几台缝纫机，有几个男女正在埋头操作。"我们没踩过缝纫机。"我如实说。"没关系，"一个为首的小青年说，"培训三天就可以进厂。"方招对这件工作有点动心，说实的，在一无所获之时，能有这么一件工作做，我也是愿意的。只是先要交每天十元的培训费，让我很是纠结。方招没想多久，就掏出三十元交给了小青年，写了收据。"你学不学？"小青年不停催问我。我犹豫着，矛盾着，我只想立即就工作，且不要我交钱。"我不学。"我说。听我说不学，方招也后悔起来，要求退还三十元。那帮小青年当即变了脸，一个个凶恶的样子，哪里还肯退钱？一顿争吵之后，只得自认倒霉。"去你的！"方招脸色铁青，走得远了，嘴里狠狠地吐出一口气来，"再也不来这个鬼地方了！"

送走方招后，我一个人不停地游走问询。我不能回家，我来的车旅费还是母亲借来的，我要打工挣钱。我似乎充满了信心，天地之大，总会有我的容身之地。但在路上闷走时，我内心不停地问自己，我能做什么？我有什么特长吗？我有什么技能吗？这个时候，我真恨自己一无所长，就连我在建筑学校所学的那一点点书本知识，也少得可怜，派不上用场，此刻连一碗饭都换不回来。

肚子饿的时候，我想得最多的，是小时候父亲给我讲的关于仙人的故事。一个穷青年上山砍柴，遇见两个长胡子的仙人正坐在石崖上下棋，穷青年看得入了迷，忘了他正砍在树干上的斧子。仙人的一盘棋下完了，面含笑意，舒展筋骨。穷青年也想起了他砍柴的斧子，一看，那斧子已长在树干里面，只露出一截短短的木柄，他不知道，人间已经过去几代人了。"仙人不饿吗？"我那时懵懂地问我父亲。父亲说："仙人嘴里含着一颗仙丹，因此不会感到饥饿，也不用吃饭。那个穷人闻了仙气，不吃饭也不饿了。"我现在要是也有这样一颗仙丹就好了，或者也如那穷青年闻着仙气，就可以省去一餐一餐的饭来。可现实的情况是，两天的时间里，我只吃了一包饼干、一碗汤面，肚子饿得实在是馋得很了，甚至对路边的野狗啃嚼一块干骨头，都充满了羡慕。一路看到的那些饭馆食铺，尽管香味浓郁，门口的店员招呼得也殷勤，但无论如何都没有走进去的勇气。

在一条河边，我停下了脚步，靠着石栏杆，无神地望望宽阔的江面，又无神地望望身边来来往往的行人，连搁置自己眼光的地方都找不到。这是一条单面的街市，房屋大多不高，平房瓦屋参差不齐，显然是一处城乡接合部。正是吃午饭的时候，饭菜的香味，总是最优先地送入鼻孔，我的喉咙禁不住一阵咕噜咕噜滑动。

一个衣着肮脏的小个子青年走近了我，他的头发蓬蓬乱乱，我立即就有了戒备。"你是想吃饭吗？"他仿佛看穿了我的心思，"那里两元钱一餐，包吃饱。"他友好地笑笑。"是吗？"我漠然地回应了一声，不置可否。"我可以带你去，不远。"他说。而我也看不出他有任何歹意。

我跟着他走，转弯抹角。显然，他是这里的常客。在一条小巷子的当口，有一间低矮的青砖破瓦房，瓦檐口长着高高低低的野草，巷子墙根放着几个塑料筐子，堆满了菜叶剩饭，散发着异味，面前一条仄小的污水沟。这里确实是一处吃饭的地方，店内有不少吃饭的人，看得出都是一些打工流落异乡的人，店主是一位老人，穿着肮脏，但笑容温和，一问，果然是两元一个菜，饭管吃饱。真要感谢这个萍水相逢、给我引路的年轻人，这一顿饱餐，让我又恢复了力气，也让我至少省下了晚餐的开销。

我的脚步又走在了路途上，我的前方不远就是虎门。我在想，或许，虎门街上有我能找到的工作。在一处张贴小广告的墙上，我看到一家广告设计公司招聘广告员的启事。我站在一家小店铺的公用电话旁，花钱打了一个电话，接电话的人告诉我，可以来公司面试。我心中顿时充满了希望，我仿佛看到了这份属于我的崭新的工作。我甚至设想，有了这份工作之后，我要好好努力，虚心向师傅学习，毕竟，这对于我是完全陌生的领域。我在猜想：这份工作，每月能挣多少工资呢？除去吃饭住宿，还能剩下多少钱寄给我的父母呢？

我循着启事上的地址，到了一条大街上。站在街边小桥旁，我分辨不出东南西北，不知该往何处走，茫然不知所措。而街对面闪着鬼眼一样的一个一个大大的"押"字，仿佛要将我吞噬，把我的命运押注进去。我看看昏暗的天色，不免焦急起来。

"到哪里去？"一个戴着头盔、骑着摩托车的人突然停在我的面前。我掏出记在纸上的那个广告公司的地址给他看。"六元钱，送你去。"我虽心有不舍，但这个时候，也只得遵照执行。摩托车载着我在街上转了一个圈子，停下，说是到了。我从车屁股上爬了下来，摩托车司机用手指了指方向，油门一轰，走了。我顺着他指示的方向一看，怎么有点眼熟？小桥旁边的大厦，写着海军某招待所。"去你妈的！"我恶狠狠地大声骂道，想让那摩托车司机听见，但车流滚滚，人声喧嚣，哪里还有他的踪影？

广告公司就在招待所旁边一幢大厦的四楼。推开玻璃门进去，我说明了来意。接待的人也没有过多地询问，就带我进了另一间房子。里面已经有好些人，或蹲或站，各踞一方，正在作画，或临摹雕塑，或绘制房屋透视图，全部徒手作业，他们也全部是来应聘的，有的人据称还是美术学院毕业的。我被要求绘制一张会议室的透视图，这个时候，我真是后悔以前在学校里没有好好学习美术课程。我硬着头皮画了一张，比例失调，线条笨拙，连我自己都不满意，深感羞于示人，结果可想而知。

我低着头走下楼来，漫无目的走在陌生的街市，我该去何处？今夜，我在何处安身？

对面那一个一个大大的"押"字，在暮色里更加刺眼，仿佛一具具血红狰狞的面目，在嘲笑我这个身无长技却还幻想填饱肚子的异乡人。

一元钱

钱是一元一角地从自己的口袋里掏出来，放进了别人的手里，以此换得肚里的饭食、睡觉的床铺。我就像一条流落的野狗，在珠江三角洲一处狭窄的地域里，闷头闷脑地东奔西窜，每一寸路程，都用双脚丈量。那一丛一丛茂密高瘦的江竹，一片一片阔叶舒展的蕉林，一条一条白得晃眼的公路，我渐渐地把它们抛在身后，企图找到一个能贩卖我力气和青春的所在。几天下来，我不得不面对一个现实：衣兜里只有二十元五毛。再继续这样下去，我真要成为珠江边的一条野狗了。

我决定回家。虽然我心有不甘，而且深怀愧疚。来广东找工的盘缠，是我头发染了微霜的母亲赔尽笑脸，在村巷里走东家问西家，用卖红薯、卖谷子、卖花生、卖豆子，甚至卖鸡卖猪作为保证偿还的能力，给我借来的。想到这些，我心里就像有一块刀片，在一刀一刀地割着，嘶嘶作响。可是，父母啊，请原谅我！在这异地他乡，毫无用处的我，真是连一碗饭也找不到。百无一用是书生，我回村里去，给你们捡柴，给你们挑粪，给你们挖土种田吧。

到达广州火车站，正是午后，阳光灿烂，高大光裸的木棉树上，硕花如血。售票厅张着深黑"大嘴"，在它贪婪的嘴前，是密密匝匝的人搓成的五颜六色的"麻花"，一根一根像长蛇一样，弯弯扭扭摆满了整个广场。人形"麻花"缓慢地塞进大嘴，大嘴永远塞得满满的，撑得无法咬合，只在齿缝和嘴角，不时漏出几粒

"麻花"渣子，那大约是买到了车票的旅客，或许是戴着盖头大帽的警察、贼头贼脑的票贩子。

太阳的脚步永远要快过人形"麻花"的蠕动，不管你在广场上站得如何不耐烦，不管你的脖子如何伸得像水蛇般忽前忽后忽左忽右探望得酸痛，不管你如何口无遮拦地咒骂，不管你如何饥肠辘辘，甚至站麻了腿脚，它见惯不怪，板着一张老脸，木然地滑过广场的上空，落到高楼背后去了。下班的时间到了，售票窗口陆续关闭，一个喧嚣的轮回已经结束，不管你愿意离开，还是不愿离开，新的一个轮回需要等到明日早晨才会开始。广场上乌黑的高杆灯柱，灯光渐渐放亮，一片昏黄。人形"麻花"慢慢弥散开来，宛如无头的苍蝇、散乱的蚂蚁。

我在广场上胡乱地走来走去，卖盒饭米粉的、卖鸡蛋鸡腿的、卖包子馒头的，人声嘈杂。一堆一堆的人，或者席地而坐，摆着两条僵直的腿，无声地瞪着面前的行李，心事重重；或者屁股下垫一张废报纸，屈着膝盖，嘴巴一张一合咀嚼饼干或面包；有的干脆蜷缩躺在地上，头枕着包裹，像一条条死狗，全然是百无聊赖，准备在广场上度过长夜的样子。我不敢走得太远，便也随意窜进一堆人里，默默地坐在地上，看高楼上五颜六色的霓虹灯闪闪烁烁，看大街上车灯如流，来来往往。

广场上突然一阵骚动，呼喊和奔跑，脚步杂沓，人堆纷纷站起来，提着、拖着、扛着大大小小的包裹，朝我这边赶过来。我顿时惊慌起来，莫名其妙，提着包裹就跟着人潮走，不知前往何方。

再难熬的夜晚也总会过去。黎明时分，围墙大门的栅栏打开了，一头雾水的我们蜂拥而出，往售票大厅冲去。凭着年轻和腿脚灵光，尽管惊吓了一夜，我还是冲在了前头，气喘吁吁地在一个关闭的窗口前站定，庆幸的是，我的前面仅仅只有十几个人。很快，售票大厅里就挤满了排队的人，一行行扭成麻花状。

光线越来越明亮，我无数次看看手表，每分每秒都是如此缓慢。我盼望着窗口能早点打开，以便早点买到票，登上回家的火车。不时有一些零散的人在"麻花"的缝隙间钻来钻去，在每一个窗口涌动，不息地涌动。

离开窗的时间越来越近，人形"麻花"越加拥挤，已分明能感受到后背传来的一阵一阵的压力。这时，我身旁"麻花"的缝隙里挤进来几个年轻人，叫喊着，气势汹汹："拿钱拿钱！"一听口音，这群不善之徒，就是湖南衡阳人。这群人径直走到窗口，挨个搜身，旁若无人。周围的人群，口呆目瞪，全是沉默的羔羊。从未经历过这样的场面，我也深感畏惧，我把手插进裤兜里，紧握着我的二十元五毛。我想赶紧溜走，但又担心失去了这个好不容易才占到的位置。

"把钱拿出来！"未及多想，我胸口挨了一拳，一阵剧痛。两个人各拉我一条胳膊，在我身上乱搜，我拼命攥紧我手中的钱，使劲扭动。"再动捅死你！"一把闪着寒光的刀子逼住了我。我吓得赶紧松手，呆若木鸡。几个劫匪扬长而去，我才回过神来。"我的钱！"我哭丧着脸叫喊。"你脚下还有五毛钱。"一个声音告诉我。我弯腰去捡，有另一只手倏然抓起了那张皱巴巴的五毛的纸币。"那是我的钱！"我抬头看着那张瘦长的老脸，满含愤怒。

"别人都抢了你的钱，我捡也捡不得？！"老脸说着，把那张票子塞进了衣袋。"啊——！"我一声长长的干嚎，然后仿佛一粒渣子，被深黑"大嘴"一个喷嚏，射到了门外。

广场上光线亮得刺眼，天上一层灰白的云。我停住了脚步，浑身发抖。"怎么办？怎么办？"我头脑里急速思索，"怎么回家？怎么回家？"行人在我面前晃来晃去。

"手表手表！"我抬手看看，手表还在！"把手表卖了！"一个声音在脑中对我说。"对，把手表卖了，换点钱回家！"我迅速作出了决定。我摘下了手表，攥在手里。手表的金属链子发出银光，表盘透明光洁，细长的秒针快速地在时针和分针的上空旋转，掠过一个个熟悉的阿拉伯数字。这块手表是当年求学时，二姐送给我的，已经跟随我几年了，我顿时有些不舍。

我低头低脑，走进广场上的人群中。"我刚才在售票厅买票，钱被抢了，你要不要手表？随便给点钱。"我伸手把我的手表递到人前，"手表绝对是好的，我不是骗子。"一双双眼睛饱含着轻蔑和狐疑。"不要不要！走开走开！"我又走进另一堆人群："我刚才在售票厅买票，钱被抢了，你要不要手表？随便给点钱。"我伸手把我的手表递到人前，"手表绝对是好的，我不是骗子。"得来的依旧是轻蔑和狐疑，甚至躲避。

我有些泄气，这么一个宽阔的广场，人来人往，熙熙攘攘，竟然没有人相信我的遭遇。我不能泄气，我要回家！我停下了脚步，暗暗地想，一面观察着来来往往的行人。一个在报刊亭边驻足的中年男子引起了我的注意，方头大脸，提一个包裹，看他的气质，就像一个吃国家粮的人。"同志你好！"我哈着腰，走到他的跟前，"我刚才在售票厅买票，钱被抢了，你要不要手表？随便给点钱。"他拿过我的手表看看。"手表绝对是好的，我不是骗子。"我说。"手表我不要。"他说。我一下就像泄了气的皮球，而他的衡阳口音，更让我增添了愤懑。"我也是自己厂里没事做，来广东打工。"他说，"我给你一元钱。"他从衣兜里，掏出一张一元钱的红票子给我。我感谢连连。

太阳已经在广场上升得老高，广场上到处游荡着卖盒饭、包子、馒头的摊贩。我走过一家家米粉店，喷香的气味勾得我垂涎欲滴，肚子更加饥饿，我攥紧那一元钱，不敢停留。

"去哪里呢？"我不停地思索。去太和镇，找村里的人！太和镇是广州白云区一个小镇，村里有很多人在那边的乡间干泥水匠的苦力活，这个时候，我只能去找他们了。之前，我曾听村里人说过，从广州火车站下火车后，坐公共汽车到广州动物园下车，再转车就能到太和镇了。

在广场边，我找到了去广州动物园的公共汽车，是一种两层的高大巴士，我是头一次见到这么高大的公共汽车。票价是两元，先上车后买票。我犹豫着，最终硬着头皮走了进去，在第二层最末一个位置坐了下来。我想，售票员要我交两元钱，我就跟她解释一下遭抢的经过，实在要赶我下车的话，我坐一半的路程也好。

我忐忑地坐着，街道两旁的高楼、树木、行人引不起我丝毫兴趣，我真希望售票员永远不要上来。但售票员还是上来了，是一个穿制服的女子，手上拿着一块票板，从前往后，挨个卖票，不停地收钱找零撕票，间或也发出一阵的争吵。我攥紧一元钱，紧张不安。我尽量把身体紧缩，眼朝窗外装作看街景的样子，努力避免着与售票员目光相接。

奇迹往往就在绝望之时发生，我正准备迎接羞辱，女售票员竟然转过后背，往前面走去，下了逼仄的楼梯，不见了。我长舒了一口气，依然紧张地坐着，生怕她再上来。我的担心一直到了广州动物园才放下。我下了车，猛烈地喘气，心怦怦跳。

前面的路，需要我的一双脚一寸一寸丈量，这是我的强项，我不畏惧。我走在公路的边上，一辆一辆公共汽车和大货车呼啸着从我身旁驶过。我不停地走着，紧紧地攥着那一元钱。田野，山峦，江流，树木，房屋，一寸一寸，在我脚后跟退去，又在我面前延伸，太阳朗照。

奔突者

烈日下的田

两张十元的钞票，我的手里递来一张，良忠的手里也递来了一张。此时，刚插完秧苗的水田，远远望去，一片单薄的浅浅的嫩绿。一行行一列列的稻秧，大致也还整齐，尖尖长长的叶片，穿透昏黄的泥水，仿佛要刺向蝙蝠和燕子飞舞的暮天。我们在水田边的水沟里，洗去脚杆上的污泥，扭扭酸痛的腰肢，穿上鞋子，任裤腿卷着，向着村边那个暂住的工地走去。

来广州太和镇几天了，我的堂兄三节已露出了不悦。这也难怪他，他与村里的四五个人一起干着粉刷的泥水活，粉墙的大工，挑沙和浆的小工，都各有其人，各干其事，各自按汗水力气和工分的多寡，谋一口饭食，分一份酬金，我的到来给他徒添烦恼：不收留我，于情亏欠；收留我，可我又干不了什么活，而且也没有可以腾出来给我做小工的位置。三餐吃着他们合伙做的饭菜，晚上胡乱挤在臭烘烘的水泥纸袋和竹子夹板铺成的床铺上，即便他们嘴上不说，我也能分明地体会到那种寄人篱下的滋味。更要命的是，我又带了一个外人来。这个时候，让我深深感受到，读书人真是狗屎不如，所到之处，令人讨嫌。

良忠是我高中同学中的挚友，高中毕业那年，我通过了高考，他却落了榜。他的家在一个偏远的小村，我曾去过几次。他的父亲去世得早，他是长兄，底下弟妹数人，毕业后也就没有再复读。两年后，我中专毕业，分配到县城建材厂工作。一次去他家玩耍，我对他说，最好还是来县城复读一年，努一把力，应该能考上的。他的母亲也很赞成我的意见，这样，良忠来到了县城复读，时常来我的宿舍食宿，亲如兄弟。一年后，良忠考上了郴州师专英语专业，我的工作却加速走上了下坡路，工厂时常放假，到了连吃饭都困难的境地。

他读大一的暑假，来到我的村里，其时，我正闲在家里干农活。他说，也想外出打暑期工挣点学费。我们一拍即合，当即决定去广东我堂兄他们的工地上找活干，或者进厂也行。

在太和镇上走村串巷，转悠了几天，我们没有找到需要招人做短期工的厂子。有的时候，我们走累走饿了，就买点最便宜的包子填填肚子，从清早出来，熬到傍晚才回。但多数时候，还是回到我堂兄的小工地上蹭饭，待他们几个干活的人装了饭之后，我们两个才惴惴地拿个饭碗装点饭，夹一点菜，蹲到远处的角落或屋外的空地上，小心地吃饭。住宿就更加只能仰仗着我堂兄，跟他们挤在一起。

"跟你们找了一个事，明天去给一个寡妇家插秧。"又一个傍晚来临的时分，我的堂兄从附近的集市上，买了一些剩菜残叶回来，说，"十块钱一天，中午还包饭。""好，要得。"我和良忠几乎是异口同声，我的心里顿时轻松了许多。

广州的夏日，天似乎亮得格外早。一幢一幢由我的堂兄这样的外地人粉饰一新的小楼，鲜艳又明亮。阔叶的香蕉，成丛的绿竹，繁茂的荔枝，以及种种花草树木，将这里的农村装扮得十分漂亮。寡妇就住在这个村里，一大早，她就来了我们住地，叫唤我和良忠下田干活。

插秧对我们两人来说，自然都不陌生。只是作为打工挣钱的一项工作，却还是头一遭。寡妇是一个中年妇女，个子矮胖，性情憨厚，不苟言笑，她带着我们一同下田插秧，我们更是不敢马虎。太阳的霞光渐渐染红了田里的浅水，我们的秧苗已插了一大片。有时，我和良忠直起身板，扭扭酸痛的腰肢和腿弯，相对笑笑，说上两句，又低下头去插秧。两脚一前一后，从烂泥里拔出来，后退一步，又踩进烂泥里，漾起一片泥水，几圈波纹。背上的阳光由温热变成炙烤，空气由凉爽变得沉闷，汗珠子不停从额上脸上涌出来，聚滴成串，痒酥酥地滑过脸面，从眼角、从嘴边、从下巴，雨点般滴落，在面前的水面上，砸出花朵，吧嗒吧嗒。背上和前胸，早被汗水浸透，衣服紧紧地贴在身上。

中午在寡妇家吃饭，菜是一锅子煲得黄不拉几的各种蔬菜混杂一起的不温不凉的汤，据说是广东人日常爱吃的。反正相互说话也听不懂，我和良忠就拼命吃饭，汗透的衣服，湿透的裤子，也很快在火热的夏风里干了，结出一片一片花纹状的盐霜，恰如西瓜的皮纹。

稍事歇息一阵，下午依旧是插秧，在白得晃眼的太阳下，田里的水如烫汤，湿气如蒸，我们的衣服很快又由干变湿。几个小时的弯腰驼背，太阳总算被蝙蝠和燕子拖进了如血的暮色里，成群成团的蚊虫开始在头顶上跟着飞舞，忽上忽下，嗡嗡嘤嘤，挥手即去，收手即回，令人心烦。附近田野里插田的男人和妇女，已经陆续收工上岸。

暮色渐重的时候，寡妇开了口，意思是，我们这一天的工作算是结束了。我和良忠如释重负，跟着寡妇上了田埂。寡妇洗洗手，在屁股上擦了擦，从衣服口袋里掏出两张卷在一起的浸着汗水的十元的钞票，摊开，右手的拇指和食指撮成指尖，吧唧一声，沾了一点口水，拧开钞票，数数，拿了一张来，伸手给了我，又拿出剩下的那一张，伸手给了良忠。

我们来到住地时，我堂兄他们也刚刚下工，几个伙计正在收拾灰桶锄头和泥抹子。我堂兄正在门外空地的砖灶上生火烧菜，柴火燃得"啪啪"作响，锅里荡出炒辣椒的香气。堂兄一边炒菜，一边大声对我们说："你们明天回家去吧，这里也没有你们能做的事。"

寻找地缝的人

走出门槛，顿时感到如释重负，向着蒙蒙发亮的天空，我长长嘘了一口气。几天来，在我堂兄的工地上，我和我的同伴良忠就像两个罪犯，或者形象地说，简直就是两名乞丐，为了在他们的锅子里蹭一口粗粝饭，在他们污浊不堪的床被边蹭一处小角落，我们总是低三下四，赔着笑脸，连粗气都不敢喘出来。

头天晚上，堂兄光着膀子坐在床上打纸牌赌博的时候再次下了逐客令，要我们一早就回家，并告诉我们，从太和镇回家，不要去广州火车站坐车了，镇上有公共汽车到花都火车站，在那里上车，要省一点钱，也容易上，运气好还能逃票。

广州真是一个大地方，放眼都是楼房和工厂，可就是没有我们两个人的容身地。在街边的一个僻静处，我和良忠停了一阵脚步。我说，我们把钱藏好，别在车上遭扒了。我放下手提皮箱，拉开拉链，从衣服口袋里掏出昨天插秧得来的十元钱工资，良忠也掏出了他那张十元的钞票，一同叠卷在一起，塞进我那床草绿色旧线毯的隐蔽处，用两人的换洗衣服掩盖一番，重新拉上拉链，紧紧地提在手中，又把两人所剩的几元零钱凑在了一起，由我揣着。

去花都火车站的中巴和大巴似乎不少，我们很轻易地上了一辆私人班车。"海冰朵？"瘦黑的卖票员面无表情地问我们，凭着仅能听懂的一点点简单的粤语，我估摸着他是在问我们去哪里。"花都。"我说，"多少钱？""以蒙。"瘦黑的嘴巴一张，吐出两个字。"一毛？"我有点不相信自己的耳朵，心跳噗噗，突然有了一阵窃喜：这么便宜的车票！我疑惑着，正准备掏出两毛钱来，旁边座位上的旅客已在咕咕作笑，用普通话告诉我："他是说两元。""哦！"我无奈地笑笑，掏出四元钱来，刚才的激动顿时冷却了下去。

姜是老的辣，果然，我们在花都火车站很轻易就跟着人流混上了北上郴州的火车，看来，我的堂兄深谙此道。初来乍到，又处异乡，我原本打算当个顺民，从手提箱里拿出那二十元买票进站，只是这唯一的财产，让我终是有些不舍；况且我们两人一大早出来，还一直饿着肚子，要是能够逃了票钱，到郴州下车后买碗盒饭，或者吃一碗米粉，多好啊。我下定决心，先进站混混看，能混上车更好，万一上不了，买票也不迟。主意一定，尽管心里惴惴不安，我们却也堂而皇之融入了进站的人流，就势挤上了火车。

我想，最能体现国人亲密无间的地方，就是在火车上。火车厢里坐着站着挤满了人，行李架上全是鼓鼓囊囊的箱子提包和蛇皮袋，满耳朵的嘈杂声，从一个个有毛没毛的嘴巴里一张一合吐出来，嗡嗡嘤嘤，也听不清究竟说些什么，哪来的那么多话。我和良忠像两个礼兵，站在厕所边的过道上，窜来窜去的男男女女，我们都要收腹挺胸抬头贴背，让他们擦身过往；大便小便的老老少少，我们都要注目移身，让他们鳊鱼般挤开方便之门进进出出。吸烟的，吐痰的，咳嗽的，打嗝的，放屁的，烟味，汗味，尿臭，粪臭，口臭，狐臭，说下流话的，做猥亵动作的，全都往这里聚集。一个浓妆艳抹散着刺鼻香味的女人从这里挤过时，长发的瘦脸伸出一只手掌在女人的大屁股上狠狠摸了一把，女人反过头白了一眼，血红的嘴巴吐出两个字："流氓！"引起周围一片淫邪的笑声。

火车过了韶关，距离郴州应该也不会太远了。我有点庆幸，这次逃票，马上就要成功了，下车后，两人要好好吃一顿饱饭。这样想着，肚子似乎更加饿了。后面的车厢突然有人接二连三挤过来，行色匆匆。"查票了。"有人说。我和良忠顿时紧张起来，我一下就像掉进了冰窖，这下麻烦了。我们像两只被无形的竹篙驱赶的鸭子，从过道的人缝里往前面的车厢挤去。我的眼光像一把大扫帚，急匆匆往两旁的座位扫来扫去，我此刻真希望能找到一个躲避身体的地方。我看见一个估计也是逃票的中年人，慌乱中往地上一坐，扒开座位上垂下的几只腿脚，仰身一躺，一扭一蹭，硬是把整个身子蜷缩着塞进了座位下逼仄的空隙。我也想如法炮制，几回都被旅客严阵以待的目光和他们绝不动摇的腿脚所驱逐。

惶惶如丧家之犬的逃票人似乎络绎不绝，我们正往前方奔逃时，猛然遇到了一拨人正迎面逃过来。"那头也查过来了。"有人惊恐地说。完了完了，怎么办？我和良忠停止了脚步。马上就要到郴州站了，他们总要让我们下车吧，我这样想着。"我有学生证，在箱子里，应该可以优惠。"良忠说。我把手提箱交给了他。

车厢两端已经看到大盖帽在查票了，包抄之势终成定局，我们这群来回奔突的逃票人已成瓮中之鳖，又恰如遭到巨鲸围猎的鱼群，乱糟糟慌作了一团。此时，火车一阵剧烈摇晃，"喔——"的一声长鸣，郴州站到了。车厢顿时像开了锅的粥，乱成了一团，人群纷纷往两端拥挤。慌乱中，我和良忠也分开了，我朝前面挤过去，他提着手提箱转身挤向了后门。

前门打开，刚才还在查票的几个大盖帽还想拦着逃票的人补票，但人群的力量已成洪水猛兽，势不可当，我这样不由自主地挤着，就从车门上落到了月台。我爬起来，拍拍身上的灰尘，朝后门看去，正看到一个高个大盖帽警察像拎着一只小鸡，把良忠拎着往车站派出所走去。我吓得连忙躲到了一根柱子旁，暗暗喘气。

火车已经开走了，我在月台一角，远远地盯着派出所的大门。许久，良忠终于走了出来，双手抱着我的手提箱，箱子敞开，线毯和衣服散作一团。"怎么了？"我迎着良忠后，不无后怕地问。"他把我抓进去，问我是不是逃票，我说是，我没钱，有大学生证。他搜了我全身，没找到钱，打开箱子，把线毯和衣服一件件提起来搜，那二十元钱被搜走了。"良忠沮丧地说，"我们怎么办呢？回家买汽车票的钱也没有了。"

我们怎么办呢？郴州火车站外面的街道上，太阳如火，街上走着来来往往的人，但我们一个也不认识。我先前"咕咕"作响的肚子，此刻竟然也不记得饿了。

2015年3月1日写于余姚

工友记

浩

浩是哪一天出走的？他去了哪里？就像厂门口便江上的一缕晨雾，明明在光天化日之下，不经意间就蒸发得无影无踪。

他是技校毕业生，也是一九八九年秋天分配来建材厂上班的，比我晚一两个月。那个时候，作为厂里第一批接收的大中专毕业生，我被安排在厂办公室工作。与我一同分配来的另一个中专生，下了生产车间。书记后来说，之所以这样安排，是因为我们两人向厂财务室借支工资的时候，他把"借到"写成了"借倒"。"那还得了啊，把工厂都要借倒，这样的人还能留办公室？"书记在多个场合说到这件事，语气里带着讶异和不屑。浩是技校生，办公室的位置自然轮不上他，根据所学专业，去了机修班。

　　建材厂位于便江北岸一座小山坡上，一条斜长的破旧水泥路从厂门口直通山顶，其前身是陶罐厂。外墙陈旧的红砖厂房和宿舍，依着山势，布置在几级台地上。进了厂门的第一级台地，是一个三合小院，位于进厂道路的西侧，分别是一栋一层的砖瓦房，一栋两层的新建食堂，一栋两层的红砖旧平房。旧平房没有楼梯，利用逐渐抬升的厂道高差，从东侧外廊直接上二楼，并连通食堂二楼的职工会堂。旧平房的二楼是工厂各办公室和化验室，底层是单身宿舍。一间宿舍最多可以靠墙铺四张木板床，中间留一条小通道。宿舍后墙的窗户紧挨着第二级台地，采光基本上靠前墙的门窗。浩的家在县城，却一直住厂单身宿舍。他住东侧厂道下第一间，我住他的隔壁，我们都是与人合住。

　　那时，建材厂从陶罐厂转型不久，从银行贷款，引进新建了一条陶瓷饰面砖生产线。指导技术和实验室工作的，是从沈阳聘请来的工程师，两个中年大胖子。我与厂长、书记、工会主席及这两个工程师，同在一间大办公室。有一天，浩不知是出了什么差错，被一个东北大胖子叫到办公室训话。末了，竟然当着我的面奚落他："你比小黄差远了，你跟他根本不是一个档次的！"浩低头不语，脸色涨红。我觉得胖子说得太过分了。

　　这之后，浩离开了机修班，他的岗位调换到开破碎机。三台破碎机在靠近山顶的第三级台地，安装在一个简易的铁管棚子里，四周没有围护。每天从厂外运来的泥黄色石头原料，倒在棚外的露天堆场，满满的一大片。一块块大石头，需要人力抱起来，丢进破碎机的进料口。当电闸合上，破碎机巨大的撞击声震耳欲聋，灰尘弥漫。在这里上班，即便是戴着猪嘴般的防尘口罩，吐出的口水也是黄色的黏液。头发、脸面、衣服、鞋子，更是没有一处不沾满厚厚的黄尘。这里实行的是早中晚三班制，每班八小时，轮班。显然，比在机修班，要辛苦很多。

浩中等个子，方头大脸，戴一副近视眼镜。他说话是衡阳腔调，"人""神"不分，常成了工友们逗乐的对象："浩，你这个神啊！哈哈哈哈……"起初，浩只是咧嘴一笑，露出满口洁白的牙齿。后来，他已懒得理睬，只拿白多黑少的两只眼睛斜看取笑者一眼，走了。或者进了宿舍，上床，合上白色的蚊帐门，任由别人瞎扯。

浩似乎从不在食堂吃饭，他有一辆旧单车，下了班，洗了澡，换上干净衣服，他就回家。晚上睡觉前必回宿舍。上夜班的日子，他大白天也是三餐回家吃，过后马上又来宿舍，看书或者睡觉。他这样的作息规律常让我感到费解：有家在县城多好啊，为什么不待在家里呢？

我们俩是读书人出身，又住隔壁，自然更谈得来一些。有一次，在他的床上，看到一本诗集。那时我也是一个诗歌爱好者，两人又多了不少共同的话题。一天，浩拿出一本笔记本给我看，里面是他写的很多诗。我记得有一首诗，写的是一个穿白裙子的女孩，他在江边邂逅她，令他心生爱慕。我问他：可是真的？他含笑点点头。说是他每天上下班的路上，在便江河边经常碰见。偶尔两人相互看着笑一下，并不太认识，更不知姓名。浩的诗写得清澈，若能长期坚持，应该可以成为一名诗人。

在厂里，傍晚时分，我与他常在便江河边散步。那时，便江上游还没有建筑水坝和电站，河边是一条坎坷不平的砂石路，长满了各种原生态的大树小树，河水十分清澈，时常有机动木船在河洲两侧的水道往来，或者是有人手持长篙，驾着宽大的木筏、竹筏顺流而下。

有一天晚上，我们散步走到县城中心干劲路，我提出去他家看看。浩略为迟疑了一下，带着我进了一条老街，转个弯，是一处低矮的破旧瓦房。我十分震惊，这就是浩的家。一进门，我头脑的第一个想法就是：尽管我家在农村，但我还从没见过这样破旧逼仄的家。屋子里吊着一个昏黄的白炽灯，墙体黑暗。丁字形摆放了两张床，一个老妇人坐在床上，头发凌乱，傻笑。屋中央一张乌黑且刀痕无数的砍肉桌子，笨重低矮，显然是屠户丢弃的。高低不平的油黑地面上，放着几个大铝盆，分别装着泥鳅、黄鳝、猪内脏。我的到来，显然让他父亲感到意外，手足无措，一脸惊讶。浩的父亲高个子，白头发，身材单薄，一看就是不太善于言辞的诚实老人。浩的家估计不到十平方米，连凳子都没有，我站也不是，坐也不是。我们向他父亲敷衍了几句，就走了。

浩告诉我，他母亲患有精神分裂症。父亲平日里收购泥鳅、黄鳝和猪内脏卖给小餐馆。他还有一个弟弟和一个妹妹。妹妹比弟弟大，以前是睡一铺床，现在妹妹在县招待所当服务员，就不住家里了，弟弟在县二中上学。

县二中与建材厂隔便江相望。有一段时间，浩的弟弟也来厂里跟浩同睡，这样我认识了他弟弟。他弟弟个子比他高，像父亲。而浩样子像母亲。

寻常的日子就这样慢慢过着。工厂的效益不好，经常发不出工资，我们的生活都过得十分拮据。有段时间，浩连续好几天没来上班，也不来宿舍睡觉。我们都感到意外，甚至惊动了工厂领导，说他无故旷工。问浩的弟弟，他也不知道哥哥去了哪里，家人正急着寻找。

一个月过去了。

二个月过去了。

三个月过去了。

浩的弟弟带走了浩的铺盖和衣物。

有几次，我在街上碰见浩的父亲，握着他的手。他摇摇头，没有浩的音信，眼神里饱含风霜和绝望。

多年过去了，建材厂已经倒闭破产。浩的父亲已经满头银发，步态蹒跚，目光迟滞。偶尔碰见，问他，依然是摇摇头。

浩大约已经不在人间了吧。

云

傍晚时分，我提了几瓶啤酒，从街上匆匆往厂里走，陆续碰见三三两两结伴下班回家的工友。"云在等你。"一个圆脸的女工友迎面笑着冲我说，"在你宿舍，叫你晚上看电影呢。"

我有点丈二和尚摸不着头脑，她叫我看电影？为什么？我且走且疑。

　　这时已是参加工作第二年的盛夏，我已离开厂办公室，下到球磨车间上班。办公室的工作轻松又干净，我却越来越感到压抑。每天开了门，扫地、擦桌子、烧开水、接电话，来了领导或客人就倒水端茶，形同杂役。我心高气傲，觉得这不是我该干的活，可又必须得干，为此郁闷不堪。而厂里的单身工友，无论男女，似乎对我都敬而远之。我是厂里唯一坐办公室的年轻人，又是正规科班毕业生，他们与我在无形间保持着距离。我感到了隔阂和孤立。春天里发生的一件事情，让我再也无法忍受在办公室工作。那天早上，县建委一位原副主任出殡，厂长安排几十名职工去殡仪馆参加吊唁，然后背花圈、送葬。我也得去。我觉得这对我简直是奇耻大辱，我与死者毫无瓜葛，凭什么要去给他背花圈送葬？我不去，也没待在办公室。一时冲动，竟然坐了去郴州的班车，在郴州师专门前的河边转悠了一通，那里有我高中的同学，我不想打扰他们，随即又返回。下午，厂长问我为什么不听从安排，我一时气愤，大声说，我不想在办公室干了，宁愿去车间。几天后，我如愿以偿，从干部到了工人。我顿时感到前所未有的轻松。

　　球磨车间在山顶，隔壁是成型车间，对面是滚窑烧结车间。我与云分在一班，也是三班倒。车间是一间砖瓦房，一台巨大的球磨机似乎要把整个屋子塞满。触目所及，墙壁、地面、顶棚、机器、斗车、铁铲，甚至云的鞋子、衣服、帽子、脸面、口罩，全是铁锈红的粉尘。我们每天的任务，是把经过破碎晒干后的陶泥原料，掺和规定分量的化学添加剂和水，磨成粉末，用斗车拉了，送到成型车间。成型车间比球磨车间的粉尘更大更细，即便戴上两层厚厚的纱布口罩，吐出的唾液也是铁红色。环境嘈杂，工作单调乏味又辛苦，让人看不到前景。

身份的转换，消弭了我和工友们以前那种无形的隔膜。我与同住单身宿舍的工友一同上班，一同干着脏活累活，一同在食堂打饭打菜，下了夜班饿鬼一样一同在宿舍外廊烧火煮面条拌辣酱哧溜哧溜吃，没有丝毫分别。我和云也渐渐熟悉起来，球磨机停歇的间隙，我们摘下口罩，聊天说笑。她告诉我，她高中毕业后没再复读。云是个小巧玲珑的女孩，清纯秀气的脸，乌黑的大眼睛。下班换了工装，她经常穿一袭长裙，长发如瀑，或扎一根大辫子，气质高雅。

有一天，我在厂门口的墙壁上，看到一张艺校的招生广告，招生专业有相声、曲艺等。我甚至有了不要这个工作的冲动，去学习曲艺。上班的时候，我和云聊到了这件事。她说她也挺喜欢曲艺的。云说话的声音甜润，如同她的笑脸。那天歇工的时候，我们坐在地上，我说你唱个曲子来听听。"唱得不好，你莫嫌弃啊。"她没有扭怩，随即小声唱了起来，先是一曲黄梅戏唱段，后唱了一段昆曲。她眼睛明亮，眉目含情，唱得真好，这是我先前从没有想到过的。我甚至有点为她没有走向舞台而在这个黄尘弥漫的球磨车间做临时工感到可惜。

夏日里，工休的时候，我们几个住在宿舍的年轻单身汉，常提了桶子下河摸鱼虾摸田螺。厂门外的便江，中央有一个长沙洲，洲上树木繁茂，白鹭时起时落，洲边密布水草。我们游到洲边，踩着光滑的卵石，屈着身子，只把头露出水面，双手在碧绿如绦的水草里摸，常能抓到不少大大小小的黄刺鱼、螃蟹、虾子、田螺。上岸后，我们几个人自己生火做菜，买来白酒啤酒吃喝，亦是人生快事。

那天傍晚，我从街上买啤酒回到厂里，工友们已做好了下酒菜，在院子里摆上桌凳，个个赤膊上阵。他们满脸坏笑，说云来找我，等了很久，走了。"走了就走了呗，找我能有什么事啊？"我们就开酒，喝酒，划拳，笑闹喧哗。

我和云一同上班下班，她似乎没有提起找我看电影的事。我也没有追问的习惯。工间休息，应我的请求，她依然会小声地唱一些戏曲段子给我听。她是一个古典型的人，明眸顾盼之间，能让人明白一些内容。

不久，县建委打来电话，指名抽调我到规划办工作。我在湖南省建筑学校学的就是村镇建设专业，这次终于派上了用场。根据安排，我和规划办的一班人员，在全县的几个建制镇轮流搞调查测绘和总体规划。工资由建委发放，食宿在各镇。

那以后，我极少见到云。工厂正走下坡路，技术不过关，生产的产品次品、废品多，卖不出去。很多时候，连工资都发不出，不得不经常宣布全体工人放长假。再后来，听说云的亲戚另给她找了工作，走了。

有一次，我的年近八旬的老父亲病危。站在他的床前，我十分惭愧，村中他这般年龄，早做了爷爷，而我作为他的独子，二十多岁了，连个女友的影子也没有。闪念间，我想到了云。我甚至武断地设想，假如我找到云，带她来到父亲的床前，就说是我的女友，估计云会同意，至少，会假装同意。

不过，这仅仅是瞬间的闪念而已。

辉

这座连接便江南北两岸的多跨麻石旧拱桥——永兴大桥，人们的口头上，开始并逐渐叫响了另一个名称，南大桥。宽阔的便江从上游深绿的峡谷里流来，被一座新建的大坝——永兴水电站大坝拦腰截住。大坝下，白色的波涛翻滚，水流湍急。站在南大桥上，也能隐隐听到夏日浩荡南风从大坝下带来的水激声。一条怪兽状的挖沙船停在江中长洲边，摩天轮般的挖沙斗，像一个个乌黑的大嘴，不停扑进水里，贪婪地啃一口砂石，从后面钻出水面，吐在宽宽的传送带上，源源不断落入旁边停泊的运砂船。运砂船堆成了砂石山，压着船舷几乎要没入水中，吐着浓烟，发出轰鸣，开往南大桥头南岸的砂场卸货。另一艘则已经放空了肚子，吐着浓烟，发出轰鸣，行驶在前往长洲的江面。长洲在日夜蚕食中变形缩小，洲上的树木七歪八倒，有的浸泡在水里，露出残枝败叶，形同即将被淹死而拼命抬头扑腾挣扎的落水人。浑浊的江水打着漩涡，漂浮着五颜六色的油污带，快速穿过南大桥下的圆拱，流向下游正在兴建的水泥斜拉桥——永兴二大桥，俗称北大桥。

作为急需的城镇规划技术人员，我于一九九三年调入了筹建不久的县经济技术开发区，从北岸跨过南大桥，来到了南岸。从此，我不再为发不出工资挨饿发愁，结束了四处游荡打长工短工的日子。而我原来所在的建材厂，已经沦落到资不抵债宣告破产的命运。那些昔日的工友们，或买断工龄，或另谋生计，树倒猢狲散，大限各自飞。

便江把两岸分成了两重天。北岸是包括建材厂在内的旧县城。南岸是享有特权的经济开发区，征地，拆迁，挖山，修路，开采河沙，平整土地，砍伐沿江原生态树木，修筑便江防护堤，出让土地，招商引资，打桩机、运输车、脚手架、悬臂塔吊，一栋栋楼房拔地而起，整个就是热火朝天的大工地。

我的家住在开发区管委会办公楼的二楼，其时，单位还未建家属楼，我的女儿已快满两岁。那天上午，我头戴草帽，烈日下正在指挥浇筑一条水泥路，有人叫我。我一看，是多年不见的芝。我说你怎么在这啊，她说她老公是国土所的，在这买了房子，住这里了。

芝是我旧日的工友，她是县城郊区的人，曾在建材厂做了一段时间临时工。那时，芝是一个漂亮的女孩，曾是建材厂几个小伙子追求的对象。她有一个好朋友辉，也是一个活泼开朗的漂亮女孩。下了班，她们两人几乎形影不离。

"你还记得辉吗？"芝突然说起辉，"她现在好惨的。"

"怎么啦？"我已有好些年没碰见辉了，对她的情况一概不知。印象中辉留着短发，圆脸，打扮前卫，夏日里有时穿着超短裙，引起厂里的年轻单身汉们阵阵惊叫。辉的母亲是建材厂的老工人，是一个十分木讷寡言的人，工作踏实，衣着朴素。她家住在一个国营公司的家属套房，她父亲是公司职工，她还有一个妹妹。我之所以知道这些情况，是因为有一次曾跟随大龄工友召偶然去过她家里。这样的双职工家庭，又在县城住着套房，在那个时代是令人无比羡慕的。自身都还是老单身汉的召突然对辉的母亲开起了玩笑："把辉辉嫁给孝纪算了，你同不同意啊？"她母亲打着哈哈。我被突如其来的话题羞得脸如火烧，自惭形秽。辉后来上了地区技校，离开了建材厂。尽管以后辉来过厂里几次，我对她的事情却是所知日少，乃至于无。

"她吸毒，放出来了。她老公是个街溜子。现在离了婚，孩子一岁多，给她婆婆带。"

我十分惊讶。芝又滔滔不绝地说起来："她妈妈死了。她妹妹嫁到农村去了。她爸爸摆地摊，她跟她爸爸又搞不来。她现在连穿的衣服都是捡别人的。"

我真的无法想象，仅仅几年时间，辉的家庭竟然变故这么大。

"要不要见见她？她现在在家里。"芝说。

"我现在忙，没时间。要不中午我请你们在南大桥头的军军餐馆吃饭吧，叫上国。"我说。国也是一同在建材厂的工友，中专生，如今也调入了开发区，与我现在是同事，已经结婚生子。

下了班，我和国坐在餐馆包厢里等她们，点了几个菜。我们交谈着辉的命运，不胜唏嘘。在建材厂的时候，我们一帮住单身宿舍的青年单身汉，有中专生、地区技校生、县技校生、复员军人、顶职工人，大家有一个共同的出身，就是农村。因为工厂的效益差，没有一个人能找到女朋友。工厂的单身女工其实也挺多，平时开开玩笑倒是无所谓，但真正谈对象的，几乎没有。我们有时嬉皮笑脸对食堂的鲍大婶说："鲍师傅，麻烦您给我们做个介绍咯！""哎呀！"鲍师傅每每叹口气，"你们都是一帮好小伙子哟，就是呢，人家一听是建材厂的，就摇头，不肯。"

芝带着辉来了。几句寒暄，我们邀她俩入座，上了啤酒和饮料。辉脸色苍白，短发，身材干瘦，穿着明显洗了无数遍、已然泛白的旧牛仔裙，与往日神采飞扬的形象判若两人。辉显得拘谨，很少说话。尽管我们三个想把氛围搞得轻松一些，她依然是那么沉闷。在我们向她敬酒的时候，她才略为一笑，十分勉强。

席间，芝反复说了几次："还是你们两个人好，有文化，现在有了好单位。辉辉当初要是嫁给你们当中哪个，都比现在好。"

我和国笑笑，无言以对。

命运的事情，谁看得透，谁又说得清呢？

2016年5月12—16日写于义乌

出书梦

与饶庆年的一面

　　广州的春天似乎多雨。一九九三年春节一过，我就跟随村里一班人来到广州郊区一个小镇，在一处农贸市场的建筑工地做工。虽然我在湖南省建筑学校学的是村镇建设专业，但干砌砖头的活还是外行，挂线行砖，抹浆勾缝，总是笨手笨脚。有一次，一个巡查的广东包工头来了，看到我砌的砖墙下掉落了不少砂浆，劈头盖脸就把我一顿大骂，好在我听不懂他那广东话，由他去吧。末了，村里为首的人给我换了工作，和砂浆，挑砖头。我们居住的地方就在农贸市场的一角，简易的塑料雨布下，搭起一排木架和木板，草席一铺盖，就是床了。春雨霏霏，我也用不着洗脚洗澡，天亮了起身干活吃饭，天黑后和衣上床睡觉，在灰暗的日子里，不再思考着未来。

那天正在干活的时候，村里来了一个人，捎带一封信给我，说是我母亲交他转我的。信是从武汉寄到村里的，我撕开信封，掏出两张纸来，前一张是手写体方格信纸，后一张是印刷品。那信上漂亮的行草写着："凡子，你好！个人诗集出版活动，由我单位与《青年月报》合作，具体由我负责。大集拜读，觉得作品基本符合出版要求，同意出版。现寄上《事宜》一份，请参阅。若愿出版，请速回函，并速办手续。丛书共出十本，额满为止。"接下来是三条相关事项，末尾署名"饶庆年"。我又一字不漏，将出版事宜看了一遍。

几个月前，我看到一则《青年月报》的征文比赛，就将我自己从打字社打印的一本薄薄的诗集《南游集》寄了过去，笔名署的是"凡子"，就是凡夫俗子的意思。我本早就忘了，不曾想到，这一次投稿竟然有了回信。而且我的诗集受到了肯定，还能出版。那时，我并不知道饶庆年何许人也，是日后才得知，他当时是中国乡土诗人的代表人物。我一整天都处在兴奋当中，喜的是自己的作品有人赏识，终于能够出版。忧的是，那至少六千元的出版费用，让我徒添浩叹。煎熬，辗转难眠。第二天，我跟工地结了账，买了火车票回家。

在永兴县城，我把信给几个同学和朋友看了。听我说打算到武汉去见饶庆年一面，想请求把出版费用减少一点，县民政局一个素昧平生的青年朋友当即拿出一百元给我，说："你去吧，我支持你路费。"对于这一笔雪中送炭的资助，我永生难忘。我是在马田火车站上车去汉口的，临行前夜，住在一个初中同学的单位宿舍，那时天寒料峭，而且我已经有几年没有买过衣服，就借了他的一件红色夹克穿上。

在汉口下火车后，已是上午，我按照出版事宜里的介绍，先去找本次丛书出版的法律顾问谢女士。在靠近长江边的路上行走，风大且冷，路上显得冷清，我已有点饥肠辘辘。摸摸口袋里那点盘缠，不敢轻易花费。又是几个转弯抹角，在一棵大的行道树下，有一个老太太蹲在桶子前卖吃食，我上前一看，是莲藕汤，一问价格便宜，又是武汉特色，就买了一碗，蹲在路边囫囵吞下，淡淡的汤，脆脆的藕，并未感觉到是好吃还是不好吃。

找到谢女士时，已近下班时间。听我讲明此番来访的缘由，她跟饶庆年老师通了电话。告诉我说，饶老师目前在一家报社图书编辑室工作，要下午才有空见我。她也说了一番对我诗集的溢美之词，末了说先安排我到附近的招待所住下，而且住宿费也不贵，下午她带饶老师来看我。

办好住宿，已是午后，我便待在房间里休息。过了一段时间，响起了敲门声。我激动地打开门，果然是谢女士，一同而来的是一个中年男子，个子不高，有点肥胖，甚至可以说是脸面身子都有些浮肿，这就是饶庆年老师。他微笑和我握手，眼里流出温和的光。

我们自然是谈诗，他说我的作品是不错的。也谈到了我目前的处境，四处飘零，生活无着。他对我充满了同情，甚至拿笔写了他的两个朋友的地址，一个在北京，一个在广州，说我若去那些地方，如需要的话，可向他们求得帮助。谢女士问饶老师，能否让我在他们图书编辑室找份临时工作，饶老师说目前人是满的，很难办到。我提到能否将出版费用给我尽量减少一点，压缩三分之一，饶老师答应了，他说等他跟同事们商量后答复我。

不知不觉间就到了吃晚饭的时候，饶老师说，我们到街上去随便吃点。我说我请客吧，说这话，我其时心里没有底气，口袋里只有那么几十元，也全是出于客套。"到了武汉，怎么还能要你请？我请你。"饶老师笑着说。

在一间雅致的小餐厅里，饶老师特地给我点了一个水煮麻辣牛肉，他说我是湖南人，肯定要吃辣的。但麻辣牛肉我却是平生第一次吃到，既辣又麻，麻得舌头发麻发木，连说话仿佛都管不住嘴舌。我之前从没有吃到过这么高档的饭菜，这一餐让我二十多年来一直不曾忘怀。

吃过饭，饶老师又到我房间里谈了一会，我告诉他明日返回。他说他就不来送了，有事经常写信联系。我说我还想去黄鹤楼看看，他便又仔细地告诉了我如何去的路线，还画了简易的图。

第二天一早，我办完手续后，离开了招待所。一路步行，穿街过巷，走上了神往已久的长江大桥。微雨霏霏，长江之上烟雾茫茫，桥下船只往来，两岸高楼林立，车辆穿梭，时有火车鸣叫，从桥上驶过，好一派都市繁华景象。

黄鹤楼就在眼前！一切归于无语。任凭小雨飘洒满身，我静静仰望良久。之后，独自在亭阁曲径间漫游，拾阶登上了黄鹤楼。

站在黄鹤楼高处的观景游廊上，望着烟雨茫茫的江流、城市和天宇，我胸中诗情涌动，是当时心境的流露。

雨中登黄鹤楼

恰似卓尔不群的孤独的天才，
你巍然矗立在这繁嚣的都市。
不知该是你的荣幸还是悲哀，
你平静的目光向着远天凝视。

宽阔的广场精致的亭阁曲径，
到处都是满怀着崇敬的游人。
万古传说让人忘却世俗纷扰，
动人的章句又勾起淡淡古愁。

只是雨雾中你分明暗藏忧虑，
独秀的天才终难逃狂风摧毁。
浩瀚的长江可作千秋的明证，
几度的浩劫曾使你荡然无存。

但天才的美名定将世代传颂，
百般的沧桑过后是万般推崇。

一张老照片

我从一掌宽的小窗孔递进去二十多元钱，脸贴着孔洞激动地说："买一张武昌到湖南马田的票。"窗内一阵窸窸窣窣数钱撕票的声音，一张二指宽的火车票，从一个木脸女人的手指尖，推到了我五指张开的手掌下。我一把紧紧地抓着票，缩回了手掌，心里又是一阵痉挛般的激动，像一条鳊鱼，胸腹粘着窗台，横着两条腿，侧身一用力，扁扁地离开了挤得气闷的队伍。我转过身，望着两旁黑压压购票的人群，顺着一丝人墙窄缝朝门外走去，呼吸顿时畅快了许多。

从黄鹤楼下来，我冒着微雨走到了武昌火车站，立刻就想起了以前在广州火车站遭抢劫的经历，不由地心惊胆战起来。此刻我独自一人，既怀着因昨日与全国著名乡土诗人饶庆年老师的见面而对武汉抱有的亲切记忆，又担心再遇到为非作歹的不善之徒，正所谓一朝被蛇咬，十年怕井绳。我心里反复默默地祷告：奶奶爷爷保佑我平平安安！我怀抱戒备，警惕着我周边的所有之人，在这里的一分一秒，都让我坐站不安。即便在买到火车票之后，走进了候车室，我依然迫切希望能早点坐上火车，离开这样的是非之地。

我购买的车次还要等两三个小时才到点。听着广播一次一次播报进站检票，看着一列一列长长的人流鱼贯通过检票的小铁门，我越发焦躁起来。我突然做出了一个疯狂的决定：混进一列南下的火车，提前离开武昌。当广播再次响起的时候，我已经排在了等待检票的行列，任由脚步跟着队伍细细碎碎地前移。"你的票。"一脚刚跨过小铁门的我，被一个戴大盖帽的女检票员拦了下来。我紧张地拿出我的票给她，眼瞪着就在前方十几二十步开外站台边停着的绿皮火车。"你不是这趟车。"未等她说完，我猛然一扭身，连车票都顾不上要回，飞腿向着站台跑去，几个转弯抹角，混进了人群，挤上了火车。

我随便找了一个位置坐下，心怀忐忑。火车徐徐驶进蒙蒙春雨之中，我的心情渐渐平静，开始为我刚才的疯狂之举害怕起来。我这次来武汉面见饶庆年老师，是为了我的诗集《南游集》出版的事，往返路费还是一个朋友资助了我一百元钱。除去两次购买火车票和一晚住宿的花费，身上所剩不多。虽然我此次买了车票，但此刻我成了一个无票的人，倘若列车员查起票来，我说我是买了票的，有谁会相信呢？我渐生懊悔，不敢往下一步想去。

从武昌到马田，现在的快速列车也需跑将近八个小时。在一九九三年三月那个春雨时节，火车的行驶时间肯定更长。在那个夜晚，我几乎毫无睡意，每有戴大盖帽的乘警和列车员从车厢里走过，我的心头就一阵紧缩，生怕他们查票，甚至把我赶下列车，丢在异乡茫茫的夜色里。我在心里多次设想并预演过，万一发现有查票的苗头，我就躲进厕所里，把门锁别紧不出来，或者，我就钻进座位底下，躲在旅客的屁股下，躲在一双双腿脚、臭鞋以及胡乱塞着的乱七八糟的行李的掩护之下，但愿逃过此劫。我恨不得立即能有缩身术，把自己的身体尽量缩小，缩成一只破鞋，缩成一只乌龟，缩成一粒灰尘，藏身在大盖帽无法看见的地方。

天明的时候，火车一阵剧烈摇晃，随着汽笛一声长鸣，又长长地吐出一口气来，减速，趴下。马田到了，车门洞开，我赶紧跳了下去，宛如逃犯躲过了追捕，仿佛野狗窜进了深林，漏网之鱼游进了深渊。

走在马田的老街上，春雨霏霏，尤有几分寒意。我整整外衣，衣服穿了两天多，也还干净。这件红色的夹克是我的一个在马田工作的初中同学的，临去武汉时，我从他那里借了穿上，换下我自己那件破旧的蓝单衣。现在，我需要把他的红夹克送回去，把我的蓝单衣穿回来。

街上黑瓦房顶的店面已经大门敞开，我走进一家包子店，买了一大碗稀饭、三个肉包子，坐在旧得发白的方桌上，哧溜哧溜狼吞虎咽。我猛然想起，应该去照个相。饶庆年老师跟我说了，回家后，要我再补寄一些诗作和两张寸照给他。稀饭和包子装进肚里，从店门口掬了一把冷水擦了擦脸，疲倦一扫而光。趁着红夹克还穿在身上，赶紧去照相馆。

照相馆在二楼的木板房里，照相的师傅是一个鬼剃头的老头，那三面乱糟糟的头发，就像戴了一个没有顶子的破草帽。老头把我按在一张木条凳上坐着，两只手掌夹着我的脸，左边摆摆，右边挪挪。我正襟危坐，颈脖僵硬，双臂垂放在两条大腿上，挺胸收腹，两眼透过眼镜片，瞪着他瘪嘴上挂着几粒泛着珠光的清鼻涕的乱胡须。"不动！"老头掀开照相机架披挂的红布罩子，钻了进去，一手举握带线的小气囊，哧咕一声，"好了！"老头说。

几天后，我步行三十多里，从村里来到马田圩，拿到了我的用小牛皮纸袋装着的几张黑白寸照。我掏出一张来，仔细端详：浓密的长发差不多按四六的比例两边分开，额头光洁，眉毛稀疏，一副大大的圆眼镜，夸张地架在鼻梁之上；两耳后倾，两眼直视，瞳孔如墨；鼻翼鼓张，两撇黑亮的胡子，恰如大大的八字，从鼻下人中直拖到嘴角；嘴唇闭合，两唇肥厚，下巴微凸，整张脸略呈鸭蛋形。一件过于宽大的白衬衫，尽管扣上了领口，依然松松垮垮地垂着，愈见颈脖笔立，喉管显现，这件几近残破的旧衬衫是从何处捡来的，已不可考。中间套着桃子领的毛线衣，是上高中时，二姐凑了黑红蓝三种毛线给我编织的，黑色的领口过于下沉，只露出浅浅的一角。外面随意敞开襟怀的，就是那件借来的红夹克。总的看来，一副落魄书生气象，虽在穷途，却也精神。

这是我自一九八九年从湖南省建筑学校毕业后，到一九九三年，仅有的一次照相。所幸的是，二十年后，这张照片竟然还保留了下来。前两年，一位远方的好友看到这张照片，调笑说："真有诗人气质。"我笑着回说："诗人已老，他却年轻。"

张欣之的序

取照片的那天，我顺带给张欣之老师邮寄了一封信。我把诗集得到饶庆年赏识并拟将出版的事情在信中跟张老师说了，请他为《南游集》写一篇序。

我与河北作家、诗人张欣之老师的相识，缘于一九八九年毕业分配参加工作后的一场刊授学习。那时我爱上了诗歌，尤其是买了

《叶赛宁诗选》和《中国十四行诗选》两部诗集之后，有了写诗的冲动。有一次，我从一本杂志上看到河北一家刊物举办刊授学习，在报名缴费后，我挑选了学习诗歌。刊授学院有规定，学员的作业寄到学院后，由学院安排人员批改，再寄回学员。若是需要专家批改，则需随信另附两元。这样，我就结识了张欣之老师。张老师对我的作业批改得很细心，且多鼓励，令我十分感动。一来二往，也就成了熟人。我写诗歌的热情日趋浓厚，第二年春天，我的一首十四行诗《早春》获得《湖南文学》杂志征文优秀奖。

我从湖南省建筑学校中专毕业后，几经倒腾，最后分配到永兴县建材厂。这是一家国营小厂，以前的名称叫陶罐厂，是烧窑做陶陶罐罐的。后来又改做釉面砖。这里的工作性质，与我所学的专业风马牛不相及。况且，我来的时候，工厂的前景日趋不妙，或长或短地经常放假。我最初满月的工资是六十元，之后陆续下滑，有时三十元，有时二十元，连日常吃饭都很成问题。一次，我在信中把自己的情况给张老师说了，既想得到他的指教，但两元的专家费我实在难以承受。不久收到张老师的回信，他说，我的诗歌和信以后不必由刊授学院转了，直接寄给他本人，也不必买两元的专家卡。这样，他告诉我他的单位地址，河北省石家庄拖拉机厂办公室。

以后的日子，无论是在刊授学习期间，还是在学习期结束之后，也不管我是在工厂上班，还是放长假回乡下干农活，甚至是外出异乡谋生，我每有新的诗作，总是尽量及时寄给张老师，张老师每信必复，悉心指导。在穷途困境之中，我的诗作一年一年增加。一九九二年底，我把这些诗集中起来，在县城一家打字社打印了二十本。因身处南方，那几年间为了糊口，身如浮萍，游走在南方的城乡之间，就给自己的诗集取了个名字，《南游集》。

大约半个月后，一封笔迹熟悉又亲切的信，来到了我偏远的乡村，是张欣之老师写的一篇热情洋溢的序言。序的全文是这样的。

序

孝纪同志几次来信让我为他的诗集《南游集》写一篇序言。我有点诚惶诚恐。究其原因，觉得自己还不够格儿：其一，我不是大名人，列不进"大家"的行列，只不过是一名小作家、小诗人，这还仅仅是业余而已；其二，我又觉得也是够格儿的，因为我们是河北文学艺术函授学院文学系的师生。虽然我们未曾谋面，但是千里飞鸿，接连不断，从心底里，早已成为熟人了。

孝纪在学习上是勤奋的，在创作上是努力的。尽管其人生不尽如意，并曾一度失业，三下广东做工，但精神的秋实却是颇为丰富的。从他的诗中，可以听到岁月深处的喘息，我怎能不为他举起的缤纷的果实而高兴呢？

孝纪的诗，我是熟悉的。因为，我是看着他一步一步走向诗坛的。应该说，他是一个坚强者。虽然，面对着贫穷和生活无着，他却是用心深爱着这个世界。他用心灵之笔，着意地去描绘南方的乡野，爱那《早春》《纸鸢》，歌那《空寂的河谷》《野金菊》，特别是《算命先生》和《拉胡琴的老者》勾出了文明与愚昧交替的画面……

孝纪的诗是有追求的。正如他多次表达的那样："愿为十四行诗作出大胆的探索。"他在创作中，能够遵循十四行诗的格律，按自己的心灵思考，又不受严格形式的拘谨，取得了自己的存在。这一点，是难能可贵的，也是值得称道的。

当然，这些诗编成诗集出版，就其总体质量而言，还失之于浅露和单薄了些。我希望孝纪同志更加勤奋努力地创作，力争写成无愧于时代的佳作来，并使作品日趋成熟与完美。

以期待为序，愿文坛新人辈出。

张欣之

1993年4月6日初春写于石家庄

不了了之

刘主祠老师恰好在家。我的到来，多少有点让他意外。

永兴县第三中学，坐落在一座独立的山包上，四周水田环抱，一江绕过。山顶削平做了操场，山包的北面是旧的教学楼和宿舍，东面是食堂和礼堂，一律是两层或一层的砖瓦旧房。只有南面建了一栋新的三层平屋顶教学楼，粉刷着黄色的涂料。一九八七年读高三的时候，我们作为理科重点班的学生，就读于新教学楼的三楼。刘老师是我高二高三的班主任兼语文老师，他的宿舍在一楼。这里橘子树、板栗树、竹子繁多，环境幽静。

刘老师的语文课，我非常喜欢。高二分科的时候，虽然我选的是理科，但我却对文学的兴趣日益浓厚。当时班上编一份油印班报，《雏鹰报》这个报名还是我想出来的。有时开班会，刘老师就叫我在黑板上写一副对联。我的语文成绩，哪怕我不看书，别人也休想超过我。不过，我那时的课程有两条"短腿"，一门是英语，一门是物理，最终导致我没有考上理想的大学。

那一年，我们这所农村高中是有史以来第一次有应届生顺利通过了高考，虽然我们班连保送上大学在内只有五人，但我是其中一人。拿高考录取通知书的那天，也是在刘老师的宿舍，我甚至跟他谈到，我其实更想读中文类专业。

曾有几年，我们这些先后通过高考的高中同学，每年春节都会相约来到母校，给刘老师拜年。大家挤在刘老师家里，畅谈学习和理想，喝茶喝酒，心情愉快。

可是，毕业参加工作后，我的处境却一年不如一年，甚至落到四处飘零生活无着的地步。与之相反，我的自卑却一日比一日增长。春节的时候，我羞于见到同学和老师。亦因此，我大约有几年没拜访刘老师了。

我这次特意来刘老师家里，固然有喜悦，毕竟我的诗集可以出版了，这是我梦寐以求的理想。如今这个理想变成现实，似乎就在眼前。这也算我穷途中，唯一可以向老师报告的喜事吧。但出版费用，让我愁得日夜不宁。刘老师提出，看能否向同学们筹借一下。我的心，也为之一动，豁然明亮。

与学校一河之隔，是京广铁路线。那时，有个小站。小站下有一幢旧瓦房，是我高中好友邓大武的家。我不期而至，大武恰好在家。大武高考没有通过，在家务农，他是家中长子，下面弟妹数人，他的父亲在煤矿上班。在寒暄、多次欲言又止过后，我终于鼓足了劲，把大武叫到一边，告知了我打算出书的事情，并要向他借点钱。

对我的处境，大武是知晓的。在这困顿异常的几年中，如果说我只与高中为数不多的几个好友走得最近，大武是其中一个。大武要我等一等，转身进了屋。过了一会，他拿出一百五十元钱，笑吟吟地交给我，并说了诸多祝愿成功的话。

连续几天，我奔走在城乡之间，硬着头皮向几个同学张嘴，却遭拒。退而想想，同学们也刚刚参加工作不久，工资也不高，不借钱也是可以理解的。何况，对于吃饭尚愁下一顿的我，又怎么能不让别人不担心还钱的信用和周期呢？

一九九三年四月十一日，饶庆年老师写给我一封短信，信中说："经与同事商议，你的书印两千册，定价二块六毛，同意你的意见，收款四千元。……交款日期请尽量提前，保持经常性的联系，位子我给你留着。"

即便是四千元，对我而言，也无疑是天文数字啊！我的心渐渐冷了下来，对出版这部诗集已经不抱任何希望。出于羞愧，出于无法履行自己的承诺，我没有写信回复饶老师。我想就此作结，对于我这个人在穷途的不切实际的理想，以不了了之。

之后，张欣之老师曾来信询问出版的事，我同样因羞愧于言已出而行未果，从此无颜面再跟张老师联系。

　　只是，在以后漫长的岁月里，无论我身在何处，我会经常不由地想到在我初涉文学路上，这几位给予我鞭策和帮助的师友，深怀惭愧，深怀感激。

2015年12月13日写于义乌

含羞草的花朵

今年五月，我来到陌生的义乌谋生。来义乌的第一天，公司老总开车带我找房子租住。找了好几个地方，我都感到不太满意。我喜欢住的地方安静点，有个小院子，并且房子要有个阳台，房间光线好，至于房间小点倒无所谓。在午后时分，终于找到了一个住处，一室一厨一卫一阳台，位于三层，距离市中心不远，租价也还地道，住房各方面条件也还基本符合我先前的心理预期。于是，当即签订合同，交了一年的租金和押金后，当天就搬了进来。

房间显然有段时间没住人了，一床一柜一电视落了不少灰尘。在收拾房子的过程中，我在阳台带防护网的砖墙上看到四个小花盆，其中三个瓷器的，一个塑料的。一个浅浅的船形小花盆，里面除了几粒石子和灰尘外，别无他物，估计是前任或者更久以前的租住者养过水仙。另三个小花盆里，土已经干了，已经看不出丝毫生命的迹象。

不过，我还是把三个有泥土的花盆浇了个透。我心想，说不定这干枯的泥土里还深藏着生命的种子，也未尝不是没有这种可能和奇迹！我甚至当时就做了一个古怪的决定：绝不买来花草种养，如果有缘，这三个盆里能长出野花野草，我就把它们当成宝贝！

我每天都要往这三个花盆里浇点水，不经意间，几天过去了。有一天早上，我起床来到阳台上，看到那个因老化而有点破旧的塑料小盆里，竟然冒出来几点绿色的嫩芽。我一阵惊喜！

又是一周过去，嫩芽长成了绿油油的小苗。我已经能认出它的端倪了———一株顽强的吊兰！

在之后的日子里，我依旧每天给这三个盆里浇水。在不经意间，那两个小瓷盆里也长出了小草来。慢慢地，我也能认出它们的模样了！那分明是我儿时在农村再熟悉不过的伙伴，一种田间、地头、山上、河边无处不有的野草！我有种久违的亲切！

两个瓷盆的几棵野草长得很快，一节一节青青的杆子，每个节上长出一片长长的尖叶子。在下雨的天气，叶尖上沾着一颗颗晶莹的水珠，十分可爱。也多次勾引起我对童年生活的追忆，割猪草、打鱼草、吃草根、在草地上打滚……

吊兰也渐渐茂盛起来。有一天，我偶然发现，在那盆吊兰的叶底下，又长出了一种不知名的小植物，木质状的，带小小的叶片。我当初以为，这可能是一株荆棘草或荆棘树，因为它的形状跟我儿时印象中的带刺荆棘太相似了。不过，我想，既然它与我有缘，长出来与我为伴，我就给它水喝。它们的要求不高，就早晚一点水！而于我，也仅仅举手之劳。

日子就这样一天天过去，野草、吊兰和不知名的那棵荆棘草，陪伴我度过了一个又一个孤独的早晨和傍晚。

大约一个多月前，我回湖南家乡一趟。临走前，我把三个盆都浇了个透。那段时间，正是盛夏，太阳如火。几天后，我回来时，那两盆野草都晒干了，只有那吊兰和不知名的荆棘草，依然顽强地活着。我把那两盆干死的野草拔了，我想，既然它们与我的缘分已尽，我只有重新浇水，期待新的奇迹的发生。

就在不久前的一天，我在阳台上取衣服时，偶然触碰到了那棵荆棘草，奇迹发生了，那草的叶子竟然合拢了，长长的叶柄也立即垂了下来。我猛然一惊，是不是我把它碰断了？凝视了一会，发现叶柄并没有断，我才放了心。隔了一阵，待我再次来到阳台时，竟然发现那原先合拢的叶片和垂下的叶柄又恢复了原样！我顿时明白了，这是一株含羞草！我儿时曾经在某个地方见过。我不免为这意外的发现一阵狂喜！

几天前，我在浇水时发现，吊兰叶中抽出了两根茎，茎上长着细小的叶片。我又是一喜！而几乎就在同时，那棵含羞草也越发长得快了，已经超过了吊兰的高度，并且向四周伸出分枝和嫩叶。感谢你们，在我孤寂的岁月常能带给我意外的喜悦！

前两天，我看见含羞草又有了新变化。在顶端枝头，密密地长出来好几个嫩绿色毛茸茸的小球状东西。我以为它又要绽放新叶了！而那两根吊兰的茎似乎有意与含羞草比赛，横着疯长，在风中摇曳生姿。

今天早上，我同往常一样，起床后第一件事就是来到阳台，看看老伙计。突然间，眼前一亮，搁在阳台防护网上的那盆含羞草，竟然开出了一朵球状小花来，红红的，在一丛绿色中十分耀眼！这是我平生第一次看到含羞草开花，感到格外惊喜。在此之前，我原以为，含羞草是不开花的。

天气晴好，阳光明媚。中午下班回宿舍时，那朵含羞花开得更加大而生动了，像一颗红色的珍珠熠熠生辉！而就在这时，我猛然发现，与含羞草共生在一起的那株吊兰，竟然在绿色的长叶下，开出了一朵白色的小花！盛开的花瓣里露出嫩黄的花蕊，那么素洁，那么明丽！在阳光下迎接着满含笑意的我。

我尽情拍摄着我的这盆花草，因为，它们对我，实在是一种令人十分意外的回报！

生活就是这样，往往充满了奇迹！当你用爱善待每一个生命时，哪怕一花一草，它们也会回报你一份又一份惊喜和灿烂！

2011年9月5日写于义乌

原载2015年10月22日《科教新报》"湘韵"副刊

清新的树林

哪怕周围是一片污浊的空气，总有一方清新的树林。

二〇一二年二月六日，南开大学在网上公布自主招生笔试结果，女儿顺利通过，并获得面试资格，面试将于二月十八日在南开大学第二教学楼举行。

这无疑是我们全家开心的消息，女儿所在的学校也不例外。女儿班主任特地给我打来电话，说这次南开大学自主招生，湖南共有八名学生通过笔试获得面试资格，南开大学招生办特致电他们学校，明年自主招生时将在今年只给予一个报考名额的基础上，增加到三至四个。

那几天，班主任跟我的电话联系十分频繁，主要是关于下一步面试的准备工作，可以听出，她的心情也很焦虑。比方说，提醒我们家长提前规划好行程，以免误了时机。比方说，不要对孩子施加压力，要以平常的心态看待考试，有成功，也会有失败，成功固然好，万一没有通过面试，也要做好心理准备。又比方说，要给孩子增加营养，注意饮食安全。全然是苦口婆心。

不过，相比这些可控的注意事项，作为家长，我更加关切的是：是否有必要在面试之前就适当运作一下，以增加成功的几率？因为根据社会上的传言，似乎并不缺乏诸如此类的例子。我想，是不是可以提前去南开大学，设法接触一下分管招生的领导，让他们辅导一下、关照一下？我的这个想法也得到了周围一些人的肯定，有的人甚至给我出主意说："带一些湖南的土特产啊，茶叶啊，烟啊，红包啊，这个时候就不要心疼花钱了。"

我跟妻子商量，她说适当花费一点还可以，多了就算了吧。我又跟几个在大城市工作的朋友说了一下，想征求他们的意见，因为我还从没有经历过这样的事情。有朋友说："为了孩子的前途，花费一点也是应该的。"也有朋友劝慰我说："现在的自主招生制度越来越透明，各个大学也是想招收到优秀的人才，只要子女足够优秀，完全没必要跟风搞那些捕风捉影的事情。"

那几天我的心里七上八下的，一直在盘算：送吧，万一不顶事，不是白搭了吗？不送吧，万一女儿因此而落选，不是太对不起孩子了吗？为了此事，弄得自己心情也十分不快。思考再三，决定给自己和女儿一个干干净净清清白白，不去跟风搞什么联系和运作。

为了搞清楚女儿笔试究竟考得怎样，我试着打通了南开大学招生办的电话。接电话的是一位女士，听我讲明问询的事情，她要我稍等一下，给查查。隔了一阵，她说："你孩子考得不错，在湖南八名学生中，她排名第二。"我的心头感觉到前所未有的轻松，更加坚定了我的决定。

我把问询到的情况告诉了女儿，并跟女儿商量，决定不去搞那些歪门邪道。我说，南开大学今年是第一次离开"北约"集团，单独举行自主招生考试，并且考试日期比别的大学都早，这就说明，南开大学确实想招到优秀的人才。而且，南开大学对待高考的加分，也与其他大学不同，在挑选专业的时候，一切加分都要去掉，只看裸分，就更足以说明南开大学对待真才实学的诚意。只要自己足够优秀，是人才就会有伯乐，赢了，自己心安理得，输了，说明自己还有不足。与其跟风去花那些冤枉钱，还不如坐飞机来回，顺便到北京天安门去看看，给自己一个开心和清白。女儿也很赞成。

我们乘坐早上的飞机从长沙起飞，女儿的位置紧贴舷窗，她一声不响地向窗外凝望，窗外白云如絮，阳光朗照，能见度很好，山峦、湖泊、江流、城市、村庄、道路，迅速从眼底掠过。女儿脸上露着微笑，看得出，第一次坐飞机的她，心里充满新奇和愉悦。两个小时后，飞机在天津降落。走出机场，寒风凛冽，阳光明媚。我们当即叫了一辆出租车，直往天安门广场奔驰。

下午从北京乘坐城际高铁抵达天津后，我们在南开大学附近的一家小旅馆住下，品尝天津麻花、狗不理包子等地方小吃，逛逛周边的街市。

第二天一早，我们吃过早餐后，收拾行李，前往南开大学。站在南开大学的校门前，我的心情格外激动，二十世纪八十年代，这所被誉为中国四大名校之一的著名学府，也曾是我当年参加高考时梦寐以求的理想，只是我没有足够优秀，理想也只成了心底美好的愿望。

走进南开大学，参天大树蔚然成林，阳光透过光裸的树枝，一片一缕地照在枯黄的草地上，晒在幽静的道路上。湖水冻结成厚厚的坚冰，时有学生模样的人骑着自行车从身边路过，留下几声清脆的铃声。树枝间，不时能看到鸟儿扑棱棱飞过，洒下一串串悦耳的鸣叫。空气是如此清新，仿佛一下子就远离了尘嚣，进入了一方庄严而又宁静的境地。面试准时举行，所有家长都隔离在考场之外。趁着这个时间，我又在校园里游览了一番。

一个星期后，面试结果公布，女儿获得南开大学自主招生资格。在当年的高考中，女儿发挥正常，考出了高出南开大学在湖南招生分数线许多分的好成绩，顺利进入南开大学经济学院最热门的专业，实现了她自己当初的愿望。

如今，女儿已经在南开大学度过将近三年的时光，在攻读本专业之余，又辅修了英语专业，通过了英语四六级考试和雅思考试，参加了赴剑桥大学交流学习，课余协助博导翻译研究文献，并成为一项学生科研项目小组的负责人，所有这一切，说明她在南开校园过得充实而饱满。从她日常电话里传来的爽朗的笑声，可以感觉到，在这方树林掩映的土地上，她正在度过她美好愉快的青春年光。

在城乡之间的一些地方，雾霾在日趋严重，空气日渐污浊。人的心灵上的空气，似乎也不容乐观。但我相信，白云蓝天终究是生活的主题，哪怕周围暂时是一片污浊的空气，总有一方又一方清新的树林。

2014年11月26日写于余姚

原载2015年第1期《教育测量与评价》（高考版）月刊

飞吧，枯叶蝶

望着你越飞越远，越飞越高，高过对面楼群屋顶，融入灰白苍茫的天空，变成一点，不见了。我的心，不只是激动和对你前路的祝愿，顷刻间，也有留恋。

早晨，洗漱过后，窗台手纸上黏着的一片黑色残叶引起了我的注意。昨夜的风大，又有雨，对于这无端飘来的叶片，我也没有探究它的来源。

我把纸卷拿来一摇，残叶没动。又一摇，还是没动。这是怎么回事？

我凑近眼前一看，这片残叶竟然是一只虫子！

这无端来临的虫子仿佛一个静物，形状奇特。我摘下它黏附的那点儿小纸团，细细端详。它的身子像一片两三公分长的残缺的叶片，侧立着，尾部一个小小的叶柄，上前沿两个弯曲的豁口，犹如被蚕食过的枯叶。头呈三角形，像猫头鹰的脸，一对黑色的眼圈，依稀密布着细微的红点。它似乎长了一个小鼻子，向上弯曲，如一个蜷曲的叶须。我轻轻转动纸团，虫子依然一动不动，几条钢丝般细长的腿，支撑起这似叶非叶、似鱼非鱼奇形怪状的身体。

这是个什么东西？活的还是死的？

我拿出相机。一手举着纸团，一手对准它不断按下快门，镜头几乎要触着它的身体。前后左右，俯拍仰拍，我变换着角度，足足拍了几分钟。它依然一动不动。

是不是死了？

我把纸团放在窗台上，拿了一只梅花起子，轻轻拨了它一下。它突然飞了起来，瞬间，就冲到了玻璃窗的上沿，极速扇动翅膀，扑打窗户，仿佛挣扎着要冲出去，却又猛然掉了下来。它的翅膀张开，两片黑色的枯叶下，还有一对饰着粗黑曲纹的金黄色翅膀。片刻，它收拢翅膀，又成了窗台上的一片安静的枯叶。

我想起来了，它就是昨晚飞进来的那只蝴蝶。

这段时间，义乌总是下雨。尽管已是十一月，立了冬，依然大雨小雨下个不停，难得有个晴天，甚至连半阴天也少有。

昨晚的风雨也大，我开门时，在门把上似乎触到了一个柔软的东西，一闪，进了屋。日光灯下，是一只黄色花纹的蝴蝶，一圈圈仓皇飞动，带着紧张和陌生。

我站着看了看，心想，真是个不期而至的客人。我也似乎很久没看见过蝴蝶了，由它飞去吧。关灯，歇息。

而现在，我有点儿怀疑，这究竟是不是一只蝴蝶？搜寻我的记忆，可从没有见过这样的蝴蝶。这是不是一只飞蛾？它的枯叶似的身上，有着飞蛾般细微油滑的粉末。我打开电脑，把这只昆虫的照片放进了我的QQ相册。

上午上班的时候，有网友留言，这是一只枯叶蝶。

枯叶蝶？

我在网上搜索这个名字和图片。

原来，它竟然是一只十分珍稀的枯叶蝶！它的珍稀程度大大出乎我的意料。枯叶蝶活体或标本的价格，网络上也有吆喝，有开价数百元的、数千的、上万的，甚至三五万的。这个商业化的社会，已经没有一样东西不按金钱去计价了。

我该如何处置这只枯叶蝶？当我知道了它的来头和身份，心里也犯了嘀咕。通知当地报纸、电视新闻热线，宣传报道一下，再交给有关部门？他们又会如何处置这只枯叶蝶？其实，很多自然资源和珍稀动植物，就是因为新闻宣传，反招致了祸害。如果那样，一只美丽的生灵遭扼杀，是多么令人痛心疾首！也许，只有天空和大自然才值得信赖，才是它的归宿。

中午，天气转阴，略带微微的暖。枯叶蝶依然一动不动地伏在窗台上，像一片静止的残叶。

我轻轻推开窗户，拿梅花起子轻轻触碰它。枯叶蝶打开了两片残叶，露出金黄的里翅，停在窗台上，不停地扇动着。梅花起子又一碰，枯叶蝶腾空而起，疾速飞到窗外，绕过花盆，穿过护窗条的间隙。

我注视着它不断扇动翅膀的身影，在两栋楼间不断地腾空，腾空。它的速度很快，迅速越过了对面的楼顶，也没有留恋楼顶栽植的橘子树，径直往天空深处飞去了。

　　但愿它能飞越金钱气味浓烈的城市上空，飞向远郊的深林。

2015年11月21日写于义乌

原载2015年8月23日《语文周报》高二读写版头版头条

转载于2016年第11期《小品文选刊》月刊

第四章

回乡记

回乡记

我决定腊月二十七回一趟乡下。

这几天来，就像一只连续挨了几鞭子的陀螺，忙得团团转，兴奋又疲乏。年二十三，公司放春节假，早上八点从义乌坐上高铁，六个小时到达郴州。之后，坐市内公交，转城际班车，接着又换乘县城公交。最终，在我家附近步步高超市前的公交站台，车门洞开，我从过于饱胀的车胃里被呕吐了出来，连同我的拖箱和行李包。掏手机一看，已近下午五点。年二十四，小年。年二十五和年二十六，一家人上街购物，买衣服、买鞋子、买福字、买春联、买肉、买鱼、买蔬菜、买瓜子、花生糖果饼干。年二十九就是除夕，只有年二十七和年二十八两天能挤点空。

往年，我差不多也是这个时候回乡下。自从父母去世后，若无特别的事情，一年里，我只在两个特别的日子回乡。清明节，带着妻儿去给二老扫墓，当天即回。除夕前，再去一趟，或者带着家小，或者就我独自去，也是当天就匆匆返回。回乡是为看看新村那栋一年四季空着的房子，打扫一下庭院，在二老的遗像前摆几个供果，鞠个躬，默祷几句，烧几片纸，燃三炷香，点一对蜡烛，放一挂爆竹，在大门上贴上福字和春联。这其实纯粹成了一种仪式，只具有象征的意味。不过，正因为有了这种仪式，我才依然与这片乡土有了联系，才有了还乡的理由。父母的坟墓和这栋长年空置的房屋，就是我在这片日渐疏远和陌生的土地上，还能自称"村里人"的两个标签。

这次回乡下，还有一个目的。

我的二堂兄三节，六十岁，刚符合了五保户的年龄要求，享受了五保户的待遇。这一年，政府在全县范围内排查农村危房和住房特困户，他在榜上。他择地建了一栋面积不得超过四十平方米的平房，经政府部门验收后，可领取财政专项补助。国庆节那天，他住进了新居。当时，他电话告知我。我说，我要等除夕前回乡下，才能当面向他祝贺。早两天，他又打我电话，说政府的这笔补助款还没下来，都快过年了，托我向县里问问，言语里满含了焦急。我电话找人，了解到像他这种情况，每户补助款有两万五千元，刚刚由县财政一并下拨到乡镇民政办，便叫他带身份证和银行卡去领取。第二天一大早，他赶到了乡政府，拿到了这笔款。支付了建房开支，略有剩余，他非常开心，说等我来了，要好好喝几杯。

出发前，我电话告知二堂兄，中午在他家吃饭。

班车从县城出发，四十分钟后，到达高亭乡与洋塘乡的交叉路口，我下车。往年回村，都要从这里转乘私人出租面包车，或者直接坐出租摩托车。不过，这次路口空地上不见等客的面包车，倒是停着一辆崭新的公交车，车门开着，不断有人提着行李上去。一问，果然是去洋塘乡的通乡公交，价格两元，自动投币。这种情况在浙江十分寻常，家乡也有了，心中一喜。

公交行驶在通乡水泥路上，平稳，中速。车上挤满了人和年货，言语嘈杂，脸上溢满兴奋和笑容。窗外群山逶迤，不时有田野村庄和流水，从前方奔来，又匆匆退去。五公里的路程很快到了，我在洋塘乡政府旁下了车。据说，这里已经开通了通村公交，但趟次少，不知要等到何时。一招手，对面一辆出租摩托车冲了过来，去八公分新村，十元。

通村水泥路上，摩托车极速狂奔，上坡下坡转弯抹角，似乎也没有放缓的意思。我提醒师傅慢一点注意安全，右手探向屁股后面握紧冰冷的车架。沿途的松树和桉树又高密了不少，路边一晃而过的村舍，都是装修漂亮的小洋房，天气晴和，清新，幽静。

在新村的十字路口，我让摩托车停下，付了车资。

新村与我家

上了坡，第一眼看到家门口，我的心一沉，顿时有了悲怆之感。

通村水泥路从八公分新村前蜿蜒而过，往南通向沙窝村和羊乌村。我家建在新村的前排，北面的第一户，处在十字路口的东南角。东北角是孝里家四层的气派小楼，底层办了百货店，门口宽阔的水泥空地上，停有几部摩托车，年轻人在此抽烟打桌球。他的屋后，以前是一片旱土，退耕还林时种上的松树，已成高大的乔木，郁郁苍苍。西南角是牛氏塘自然村，一个只有二十几户人家的小村，住着黄、王、雷、刘等杂姓，我的大姐嫁在那里。昔日是一条石板街铺，两旁吊脚木楼，有缝衣铺、打铁铺、杂货铺、供销社，是往来商旅必经之地，歇息投宿的地方。如今，石板街和吊脚楼已毫无踪影，全然是一色的两三层高的漂亮小楼。西北角是村完全小学，近几年校园一再扩容，改建了教学楼，新建了宿舍楼，扩大了运动场，四周建了围墙，更名为明德小学。

新村原是一座独立的小山包。武广高铁修建的时候，路线恰好南北贯穿八公分旧村，有一百六十多户需搬迁，这才挖了这座山包，易地建了新村。新村统一规划，坐东朝西，单家独户，全是林立的漂亮小楼，村内水泥道路纵横交错，村部办公楼、休闲广场、绿化亮化，一应俱全，成了远近闻名的新农村建设示范点。山包高度降低了不少，大致平整，略带斜坡，但整体地势依然突兀。从十字路口到我家，抄近路，不走村前中央的进村大道，就要爬一道植了草皮树木砌了台阶的斜坡。

近乡情怯，心中小有激动。明知家里大门紧闭，没有人在那里候我，还是迫不及待登上了台阶。快步走近家门口，眼前的一幕，让我心头一紧。门廊下堆积着或干或湿的鸡粪、鸟粪、老鼠屎，一大片，肮脏不堪。檐口不断渗水滴水，水泥地上洇湿成细流。这与整体上干净整洁的村容太不协调了。我的这栋房子，是新村里最寒碜的，只建了一层。别人家的房子，都是两层三层或者四层，装修考究。

掏出钥匙，打开双开的不锈钢大门，一股潮湿的气味扑了过来。神台上父母的彩色相框最先映入我的眼帘，他们目光温柔、平静，似乎满含期待。这房屋的平面布置是我当年设计的，限于规定的用地开间和进深，我在正中央设计了一个两米多宽的小厅，进厅的左手是两间卧室，右手是客厅和厨房。从客厅一角穿过厅后的通道，就是卫生间和楼梯间，出一道小门，进入后院。

我扫视了一下房间，简陋的陈设一切如旧。地上、床上、柜子上、沙发上、窗户上、木门上、灶台上、炊具上、餐具上、洗漱池，触目所及，满是厚厚的灰尘。这栋房屋，我们一家只在建成的当年，按照村里的风俗，选了日子，来这里进火住了三天，之后长年累月空置着，一晃已过七八个年头。

我把行李包放在床上，进到楼梯间，打开后门。粉墙上水渍斑驳，有水滴自楼梯踏步滴落，显然是屋面积水倒灌。上到楼面，汪汪的积水淹过我的鞋面，两根泄水胶管已被泥尘杂物堵死。我找了几块烂砖头垫上，踩着积水，从屋面浸泡得发黑的木板木料砖头堆中，找了一节木棍，捅穿了泄水管。两根白色的水流呈抛物线飞泻，哗哗落下，流淌在屋外的水泥地上。

后院的两棵石榴树已经高过楼面，两棵琵琶树也差不多快与围墙平齐，一株手杆粗的葡萄树沿着围墙铺开枝蔓。院子的水泥地上，那一眼圆形的小水池里，积满了枯黄发黑的残叶。这些果木，我一年里与它们相遇两次，从未看到它们开花结果。它们被锁在寂静的庭院里生长，从幼苗到盛年。也不知道，要什么时候，我才能与它们长久相伴。

屋外有人叫我，是二堂兄的声音。

我走出门，从行李包里拿了一包烟递给他。二堂兄气色很好，多肉的脸上泛着红光。他说特地来看我到了没有，已准备了几个菜，只等下锅。我向他表示祝贺，掏出一个红包塞到他的手中。我说，我先把屋子打扫一下，等吃饭的时候，你打我手机。"这样也要得。"二堂兄笑着转过身，下了斜坡的台阶，往老村去了。

山村新迹象

村前的路旁建了一个垃圾亭，两堵墙，一个人字坡顶，贴了瓷砖仿琉璃瓦，一人多高，看起来像个神龛。里面放了几个硕大的橡胶圆桶，黑色的，绿色的，或深或浅，全装了生活垃圾。这是新村指定垃圾倾倒地，有垃圾车不定时来乡间收集清运。

庭院里的落叶、灰尘、修砍的枝条、刨除的杂草，以及敬父母祖先灶王爷燃过的纸烛的灰烬、鞭炮的碎屑，足足清扫了几竹筛，一一提了，倒入垃圾桶。隔壁邻居满文哥嫂一再盛情招呼："孝纪啊，到屋里来喝茶。"

满文哥客厅十分亮堂，雪白的墙、光洁的地面瓷砖、石膏吊顶、水晶吊灯、冰箱、壁挂液晶电视、酒柜、真皮沙发、方桌式电烤火灶，城市家庭拥有的，一应俱全。我洗了手，在门口换了拖鞋进来。此时，围桌坐了几个中年人，有我认识的村人，也有不相识的邻村人，喝着茶，吃着点心，谈兴正浓，我一一递烟。

谈话间，我的手机响起，二堂兄催促吃饭。我邀在座的同去，满文哥爽快应承愿意陪我，他与二堂兄平素很合得来。

我回到家，拿了行李包，在神台前望了望父母，他们态度详蔼，眼含眷恋。我关上大门，银光发亮的不锈钢门两侧，是鲜红的春联，门楣贴着横批，门中央是大福字，已然喜庆的过年景象。

二堂兄住在旧村，与新村相距一公里，中间是田野与小河，一条水泥路连通新旧村，两旁满植香樟。在靠近小河的一处坡地，一间公共厕所尚未完工。满文哥说，村里以前的旧茅厕都挖掉推平了，现在差不多家家户户都用上了自来水，有了卫生间，茅厕也没什么用了。

桥边的河岸上，印着深深的履带痕迹，有挖土机或推土机来过。曲折的堤岸裸露黄土，加宽了不少。靠新村这边的大片田野，新翻垦过，原先交错的阡陌全然不见，成了一整片，宛如北方的平野。我十分疑惑，忙问这是怎么回事。满文哥说，现在乡里在我们村搞土地流转试点，这些土地已经流转给外面的公司，由他们支付租金，负责农业项目的投资。想想这么多年来，昔日肥沃的水田，早已荒芜成杂草丛生的旱地，能够流转出去有人耕耘，也是一件好事。何况土地改良了，田园美化了，别人也抬不走。"明年还要扩大规模。"满文哥指着河对岸那片广阔的田野说。

我拨通了昔日好友、村支书仁录的手机，想邀他来我二堂兄家一起聚聚喝一杯。"你来了！"他电话里声音嘈杂、风声呼呼，"我在红花村打火呢。山上起火了，乡里组织打火。"他说，天干物燥，田野里、山野里茅草厚，经常起火，前几天西冲起了火，连烧了几座山林。

一个女人的抉择

德主打来电话，他说他也到村里来了，在他叔叔家，刚听村里人说，看到我回来了。

德主是我大姐的大儿子，我的大外甥，年纪只比我小四岁。我大姐有两个儿子，两人如今都在广州工作，不同的是，老大在广州郊区的乡镇做粉刷工，偶尔也做做小包工头，老二在广州大学当老师。他们两兄弟均在永兴县城买了房子，孩子放在永兴县城上学，我大姐给他们带孩子。老家这栋兄弟两人共有的两层楼的老瓦房任由空着，风吹雨淋。早几天，德主也是刚从广州回来。

德主说，他来村里是为了还他叔叔四百元钱。"丙之老婆死了，村里年轻人每人捐两百元。"

"丙之老婆不是离家出走了吗？"我有些不解。

今年夏天，大约是端午节前后，当时天气已经很炎热。我大姐在闲谈时曾跟我说，她村里丙之老婆平禾离家出走了，村人找了好几天，找不到。恰好我们村孝里的女儿在郴州电视台做记者，特来采访报道了，也没结果。我后来从网上找到那期节目看了，心里不是滋味。

丙之是牛氏塘自然村的人，实际与八公分新村差不多紧挨着，相隔就几十百把米。他姓雷，是家中长子，比我大十多岁。我青少年时代在村里时，经常看到他的。上次看电视节目，他竟然头发都花白了，毕竟也才五十多岁啊。

他年轻时一直是打单身，四十多岁才讨了老婆平禾。平禾比他小十多岁，是离婚后带着一个十岁的儿子嫁过来的。丙之结婚后，生了一个儿子，已经七八岁了。

平禾离家出走，缘于患有糖尿病。治疗很多年了，花光了家里的积蓄，一贫如洗，大儿子也辍学去了广东做工。她的身体状况一直没有改善，还添了些其他的病。采访中，丙之说，他老婆是不想连累家庭，苦了两个儿子，好几次想离家出走，说是要到一个任何人都找不到的地方去，没想到这次起床没吃早饭，就走了，什么东西都没有带，身上也没有一分钱。电视节目最后，是丙之和小儿子的悲凉呼唤："老婆你快回来吧！""妈妈你快回来吧！"

看到这里，我的眼泪也忍不住地流。

德主告诉我，丙之是在今年霜降摘油茶的时候，才发现他老婆的尸骨。丙之的油茶山在红花村的瓜皮丘，离家四里路。在一棵油茶树下，躺着一具尸骨，长头发，衣服裤子和鞋子已烂掉。他吓了一跳，细细辨认，是老婆平禾离家时的穿着。他回到村里，叫了村里人同来辨认，都认定是他老婆。

这个二十几户人家的杂姓小村发起募捐，年轻人每人捐两百元，给丙之安葬老婆。当时德主在广州，就委托他叔叔把他兄弟二人的钱先垫上。

平禾的尸骨从她家的油茶山上收了回来，放进村旁公路边的棺木。按照我们当地的风俗，死在外面的人，不能进村。

丙之做了十几桌酒席，把他老婆平禾重新安葬在他们自家油茶岭上。

这件事让村子周边的人感叹了很久。

我听后，也是心情沉重。

旧时光的留守者

我的二堂兄三节已在新屋门口迎候，他红光满面，堆着笑容。

二〇〇六年，我们这座一直偏安一隅、有六百多年历史、近千人口的村庄，突然与中国最现代化的高速铁路联系在了一起，从此改变了它的地理和命运。之后的两年里，村庄一分为四：一百六十多户搬迁到了河对面的新村；剩下的房屋和人家形成了三个相隔一定距离的独立组团——村南和村北两个组团是二十世纪八九十年代以来兴建的红砖平顶房，两三层高，如今都已以瓷砖装修；村中央是九栋仅存的青砖黑瓦明清老宅，其中包括我出生的祖屋。

围绕着这几栋老宅子，如今有四户五保户，他们像四个门神，各守一方。东面是仁和哥和他九十岁的老母，西面是单身汉如喜叔，南面是陆陆哥老两口，北面是单身汉我二堂兄三节。二堂兄最年轻，刚过了六十岁不久。在今年全县农村危房改建和无房户建房资助中，他们四户都是受益人。二堂兄以前一直与大堂兄住一起，属于无房户，他的建房补助略高。四户五保户都各自按规定建丁面积四十平方米内的小平房，只有仁和哥母子，因新房尚未粉刷，仍住老宅子。

二堂兄这栋小巧的平房让我眼前一亮。淡黄色的外墙砖、铝合金玻璃窗、不锈钢大门，门口铺了水泥，干净整洁。他说，建房这块地，是花了四千元买了平德家的空宅地。以前，这旁边曾是一大片废弃的猪栏厕所，全部推平，显得十分空旷。二堂兄甚至还种了几棵小树，用废砖头围了一个小菜园，种上了葱蒜青菜。

屋里的设计可谓周全，一厅两室一厨一卫，一律贴了地面砖，四壁及天花顶刷过白色涂料，光线充足。客厅放了一张方形饭桌，进门一角摆了两张仿皮短沙发，每张坐一人正好，两人略挤。对门墙上挂着毛主席画像，下面的矮柜立着一台小彩电，一尊观音菩萨瓷塑。次卧室立一组新买的深色衣柜，主卧置一床一桌，桌上靠墙斜立他本人的彩照相框，神情饱满。二堂兄对现今的生活充满了感念和满足之情。

桌上已经摆好了酒杯碗筷，桌边放了几张红色塑料高方凳，桌上四个大菜，全用大不锈钢碗装得满满：炒牛肉、炒猪肚子、水煮草鱼和酸辣大肠。来客中还有平光哥，他承包了这间房屋的设计和施工。如喜叔、陆陆哥、仁和哥也先后来了。闻得出来，酒是家乡的红薯烧酒。

二堂兄是村庄最早去广东打工的人，几十年来，他一直在广州郊区的乡村辗转，砌砖粉刷。他爱胡吃海喝，与人厮混逍遥，除了落得一把年纪和一身赘肉，两手空空。近年来，在广州做工的村人嫌他年纪大，手脚慢，已不愿与他为伍。他只得打道回府，在村庄周边偶尔做点泥水活，换一些工钱。他今天做的这几个下酒菜，口味倒是不赖。

闲谈的话题，自然扯到了五保户的待遇上。目前的政策，每个月各项补助加起来有差不多三百元。按仁和哥的话："买米买油的钱还是够的。要吃好一点，有个病痛，还是要靠平常挣点。"

他们当中，最困难的当属仁和哥。有瘫痪在床的老母，几十年

215

来，他因此困守家中。往年在插田之余，他还用电瓶打打泥鳅鱼虾，或者上山抓捕，谋一笔收入。现在水田荒芜成了旱地，小河也缩成小溪，哪还有鱼虾泥鳅？我问他平时怎么挣钱，他说，就靠种烤烟的一季，给村人做点零工，挖地、莳苗、摘烟、烤烟，工钱六十元一天。

陆陆哥是四人当中年纪最大的，快七十了。他高度近视，双眼如缝。中年的时候，他走南闯北，浪荡为生，懂得一点草药方子。快六十岁头上才找了个老伴，终于在那间黑咕隆咚的祖屋里安顿下来。我不知道这些年来，他以何谋生。他的那点草药方子，据说偶尔也还有人上门问询。

相比而言，如喜叔挣的是活钱。他是地仙，建房选日子，老人去世择地，都离不开他。四人当中，他挣钱的路数最活泛，因此吃得最好，穿着整齐，看起来也最显年轻。

席间，仁和哥几次起身离开，他不放心床上的老母。这餐酒饭吃了一个多小时，我们也一一起身准备回家。

四个饱经沧桑的老男人，他们一齐在老宅边站立，向我挥手致意。晴好的阳光下，老宅寂静空荡。他们将继续与旧时光相守，或长，或短。

2016年4月17—20日写于义乌

原载2018年第1期《江河文学》双月刊

遍地瓦砾

一

这是咋了？

仿佛，不，分明就是刚刚遭受了一场"浩劫"，遍地断砖烂瓦，一派残骸。

我带着女儿刚转过村北宗祠边的小路，蓦然震住了。正午的阳光明晃晃地照下来，我有些恍惚。这是哪？那些杂屋、猪栏和茅厕呢？我的老屋在哪？

眼前的空旷令我感到陌生，我驻足扶了扶眼镜。我的眼光越过这片苍黄的残骸，只触碰到一丛光裸的苦楝树呆呆地站在废墟中央，显示着它们是唯一残存下来的活物。视野的东侧，有一段残存的石板路，蒙着泥土和残渣，一段残存的水圳也还依稀可辨，已经被断砖残瓦所堆满，干枯得滴水全无。我的老屋在哪？我的眼光越过苦楝丛，被前方三幢自东向西排列的老屋的北墙所阻挡，站在这个角度，我是有生以来第一次如此全面真实地看到这些老屋，几十年来，它们一直被那些绵密起伏的树木、杂屋、猪栏和茅厕遮挡。这果真是我的老屋吗？马头墙，黑青瓦，但墙面不像啊！刷着淡黄的涂料，仿佛包公的脸上贴了一块狗皮膏药，这是谁干的？我定定神，眯着眼仔细端详，这中间的一幢老屋的西角正是我的出生地，我住了十多年的老家啊，没错，就是它！我心里顿时涌起一阵劫后余生的庆幸。只是我的老屋的北墙原本也是青瓦一般乌黑，现在涂成黄不拉几，我这个房屋的老主人怎么不知道呢？

我伸出右手，向女儿指示着老屋的位置，叽叽咕咕地说着，带着她小心地在废墟之间走过去，就如同去面见阔别已久劫后重逢的亲人。

二

一条泛着亮光的青石板路，从我家老屋大门口前游过，与之结伴的，是一圳清澈的流水，时有小鱼浮现、泥鳅探头——这是二十多年前的景象。石板路和流水犹如两个亲密的老友，或者说是一对饱经风雨患难的年老的村夫村妇，穿一身青衣，慢慢又静静地游着，游过老屋的北墙角时，顿时游进了杂屋、猪栏和茅厕对峙的土墙黑瓦的小巷里。在一处陡峭的长满绿藤和花木的池塘边，石板路和流水悠然地向内一弧，再慢慢而又静静游过一片土墙黑瓦的杂屋、猪栏和茅厕，又朝外一弧，游过参天古枫伸展的虬枝的树荫和巍峨宗祠乌黑的西墙，游向村外的田野和树丛去了。

这片杂屋、猪栏和茅厕，曾是这个村庄人丁繁盛的见证。天蒙蒙亮，石板路上已有了"咚咚"的脚步声，内急的人手里拿着几根干稻草，或者一两片小柴片，匆匆地朝自家的茅厕里走。明知故问似乎是村人习以为常的，迎面碰着，总会有一人先招呼一声："去哪里？""出恭。"另一人答应一声，急匆匆地并不停下脚步。"吱呀。"茅厕的木板门推开了。"吱呀。"茅厕的木板门关上了。公鸡打鸣的声音从村里各处高高低低、长长短短地传来，早出的喜鹊黑云一般，一群一群从村后的古枫古樟上腾起，叽叽呀呀，掠过石板路和水圳的上空，朝村前的田野和远山飞去了。老狗小狗沙沙地跑着碎步，跑过石板巷，跑向一棵树下，或者一片空地、一段塘岸，前站后蹲，弓背翘尾，撒一泡尿，拉一坨粪。已有早起的拾粪人，左手提着竹筛子，右手提着长柄刮子，俯着头，一面慢慢地走，一双眼睛像两把扫帚在前面扫来扫去。

喂猪似乎比喂人更重要，一整天，每一个家庭总有老老小小的几个人在为猪栏里那一两头或大或小的土猪忙碌，扯猪草，洗猪草，剁猪草，捡柴火，煮潲，喂猪。人可以一天吃两顿饭，猪却是早、中、晚三顿一顿也不能少。喂猪的时候，人未到，猪已经前脚趴在猪栏门口的木板或矮墙上，粗着脖子竖着耳，一面哼哼一面张望。人提着潲从石板巷子走过，两旁的猪，一路尖着嘴巴行着注目礼。哗啦啦，一勺一勺的潲倒入猪槽里，猪低着头大口大口吃着，潲汤飞溅，啧啧有声，两耳晃荡，尾巴甩成圆圈，很是惬意。此时此景，喂猪的主人脸上也会不自觉地荡开了笑容。

　　杂屋和树木就零散分布在这片猪栏和茅厕之间，小巷小径，纵横交错，曲径通幽。杂屋多是用来堆放干稻草和柴火的灰烬，也用来放置为老人备办的或黑或白的千年屋，或者家里的大型农具。每天烧柴、煮潲、煮饭、煮菜，灶坑里集聚着厚厚的柴灰，隔夜凉透后，掏出来灰白的一筛两筛，堆积在杂屋里，是田里土里用得着的好肥料。干稻草也是农家的宝贝，早稻晚稻收割后，把田野河岸晾晒干爽的稻草挑到杂屋里码放整齐，一家人垫床的草铺，猪栏里一年四季不时需要更替的铺垫，甚至上茅厕擦屁股，全都指望着这些稻草。

　　有一些杂屋是各个房族的公屋，臼屋是其中最重要的公屋。进门的一侧，地面上挖了一个方形的小深坑，一对差不多有大半个成人高的青石柱子立在坑的两边，前方的地上埋着一个光滑溜圆的青石臼，一根纤长厚实的木杆夹在石柱之间，前端长，伸到石臼，后端短而宽，宛如方形木翼，卡在深坑。手扶着青石柱子，一脚一脚，用力往深坑里踩踏木翼，前端的木杆带着竖连着的捣槌，便一次一次高高扬起，又重重落下，石臼里发出一声一声沉闷的捣击声。平素的日子，尤其是过节过年，女人们在这里笑语闲谈，捣米粉、捣高粱粉、捣花麦粉，用来做各种各样的食品或年货。我家老屋旁就有两间臼屋，在一个水塘的岸边，岸边长着高高的柏树和苦楝，一丛丛开花的灌木绿得亮眼。许多时候，尤其是盛夏，母亲在臼屋里捣米粉，我就在树下听高枝上不息的蝉声，或者捉停在树叶上的蜻蜓，时有水蛙鼓荡着几声响亮又深沉的鸣叫。

在这片杂屋、猪栏和茅厕的空坪隙地，村人多会种上几棚苦瓜、丝瓜，或者南瓜、冬瓜，枝蔓攀援，绿叶肥硕，花果累累。烈日下，鸡群在瓜棚下悠闲觅食，或者趴在地上，半闭着眼皮打着瞌睡，或者单腿站立，反转脖子把头插在翅膀下，享受叶荫的凉爽。花叶间，蜂飞蜂落，蝶来蝶往。当严冬来临，雪花纷飞，这些低矮的房子覆盖着厚厚的白雪，檐口垂着亮晶晶的冰挂，常引来一群群村童嬉闹摘取，笑语喧哗。

三

尖锐的啸声呼啸而来，呼啸而去，轰轰滚过，宛若奔雷，是老屋旁边的高墩桥上有高铁驰过，我的心头随着脚下的土地连同这老屋一阵颤动。

十年前，这条青石板路依然伴着一圳流水游过我家老屋的大门口，游过这片杂屋、猪栏和茅厕，只是这栋老屋也同村里一栋一栋的老屋一样。原先住着的几户人家，早就陆续搬离了，住在了村庄两侧新建的砖房瓦屋里，老屋成了空屋，村庄成了空心，石板路已经蒙上了尘土，没有了先前的光亮，流水也瘦瘦浅浅，一眼能看见水底淤积的污泥。这个时候，村后的古樟古枫早已砍伐殆尽，成群的喜鹊早没有了踪影，甚至麻雀也差不多成了稀有的飞禽。猪栏已经空空荡荡，连一头猪也难以看到了，臼屋结满了蛛网，青石臼里积满了灰尘，鸡鸣犬吠也成了过往烟云，只是有一些老茅厕，每天还有固守老屋的老人步态蹒跚，稀稀落落，进进出出。

高铁线路挨着山脚自北向南穿村而过，村庄拆得七零八落。大部分村人跨过村前的小河，在对面的一个小山包建设两三层的楼房，自成新村。这片杂屋、猪栏和茅厕，连同几幢老屋，因为不在拆迁的红线内，残存了下来，有的土墙已露出颓败的迹象，荒草凄凄。一番折腾之后，水圳先青石板路一步，断了流，咽了气。

四

大姐打来电话时，声音有些发颤，显然吓着了。几个月前，我在浙江接到大姐的电话，她说现在村里搞新农村建设，是县里的示范点，乡干部在村里指挥挖屋，杂屋、猪栏和茅厕，推倒挖掉就是了，说是脏乱差，有损新农村形象，有损高铁沿线的形象，但她家的住房，因为多年来，二层一直没有盖楼面，乡领导也下了通牒，限期盖好楼面，或者搭建一个铁皮棚子，否则也会被拆掉。

我安慰她说，国家前几年出台了《物权法》，私人的房屋财产受法律保护，任何人任何单位，都不得随意侵害。"他们哪管这些啊。"大姐说，"你们老屋那边，也在挖呢，墙上还要涂漆，说是美观。"

老屋大门口的两侧，依稀还能辨认出数十年前，铲去原有古旧对联后，刷上石灰，用红色颜料写的两行字："先进更先进，后进赶先进。"木窗下那行大排笔写成的印刷体——"苦战五年，实现农业机械化"。尽管经过长年风吹雨淋而字迹模糊，也还能窥视全貌。如今，老屋的外墙又刷上了黄色的新涂料，仿佛一张二皮脸。老屋静静地蹲在地上，它的面前，是遍地瓦砾，空旷的废墟。

　　面对这一切，老屋是哑巴。老屋在想什么？我不知道。

2015年3月9日写于余姚

家猪

大公猪和猪婆

晴好的天气，村前的黄泥巴公路上，偶尔有一高一矮两个身影缓缓走过。有时，他们沿着山脚，渐渐远了。有时，他们拐下一条泥径小道，过了石拱桥，向着村里来了。

他们是一对搭档。高个走在后面，手里拿一枝没有叶片的干竹丫，不时晃动几下，哼哼几声。矮个走在前面，大耳朵，俯着头，眯缝着眼，身量肥硕，屁股后面挂着一个大得出奇的皮囊，包裹了两枚竖立的大蛋，步态蹒跚，显示出行走艰难的模样。长长的大嘴巴咧开，似喜似笑，不时有一串白沫跌落，也哼哼几声，以示回应。

他们是来给猪婆配种的，并非村里的常客。自然，当赶猪人和大公猪一摇一晃走进村口，立马就吸引了一大群村童，围观，跟随，笑闹，指点，惊呼："猪卵子好大啊！"赶猪人也笑咧了嘴："有什么好看的，你老子也有！"

平日里，我们看惯了公狗和母狗的把戏。几条公狗跟着一条母狗跑来跑去，舔屁股，争抢，打斗，跟屁虫一般，从一条石板巷子跑到另一条巷子，兴致勃勃。我们知道接下来要发生什么事情，也兴味盎然跟着追，看，一面捡拾棍棒。最终，一条身强体壮的公狗占了上风，两条前腿搭在了站立不动的母狗身上，狗屁股狗腿不停抖动。我们的棍棒突然打在狗身上，狗受了惊吓，倏然转过身，一头朝前，一头朝后，企图逃跑。无奈两个狗屁股连接在一起，拔也拔不脱，只是在原地一前一后地拖曳着，目光惊恐。有时，我们拿了长木棍竹篙，从狗屁股下面穿过去，两端抬起来，狗屁股狗腿就到了空中，胡乱挣扎，哀号不停，我们哈哈大笑。

大公猪是如何给猪婆配种的，我们其实都没有真正看过。只是听大人说，大公猪要骑在猪婆身上，还要赶猪人一双手扶着帮忙才成。这样语焉不详的说辞，越发激起我们的好奇兴致。

赶猪人和大公猪最终在一个猪栏外的空地上停下，空地上顿时站满了人，仿佛一场盛大喜悦的聚会。猪婆在窄小低矮的猪栏里转圈，哼哼，地上新铺了干稻草，婚床一般。男主人拆了猪栏门槛上半人高的土砖，赶猪人驱赶着大公猪强行撞了进去。猪栏里传出嘈杂的猪叫声和人声，一片慌乱。有村童企图走近观看，被猪栏里的呵斥声阻止："看什么看，跟你老子娘一样的！"

挨刀的疼痛

一头猪的记忆里，不会有父亲的形象。

那头大公猪，在一场强暴似的快乐后，带着满足的神情，疲惫的步态，一路哼哼，一摇一晃随同赶猪人走了。数月后，它的一大群子女降生。

睁开眼，一只初生的猪崽看到的，是它的母亲，那头温和的大猪婆，还有它的兄弟姐妹。在它看来，这间粪尿气味浓郁的土砖瓦舍就是它温馨的家。多数时候，它的母亲贴着地面，侧身躺着，两排乳头饱胀，目光温柔。它们一哄而上，争抢着乳头，跪着，趴着，含着，吸着，眼光清亮。吃饱喝足之后，它们打闹，追逐，拱进新铺的干稻草里，宛如披上了疏松的蓑衣。偶有路人经过，或者驻足观望，它们的母亲就发出粗重的哼哼声。它们也立时停止了游戏，站着，鼻翼翕动，目光齐刷刷射向来人，满含惊讶和狐疑。

这段时间，主人家的侍候也十分殷勤。煮潲时，猪草里多掺放些米、糠、红薯，以便让猪婆营养丰富，奶水充足。猪栏里浸泡粪尿的稻草也及时清理，换新。猪崽们不负双重关爱，毛色光亮，健康活泼，体重迅速增加。

天晴的日子，猪婆总爱带着它的子女们越过门上的砖坎子，到栏舍外游荡。墙角边、空地上、瓜架下、田边、土边、山边，它们的时光过得愉快又轻松。

只是一个月的时间很快就过去了。猪崽满月，意味着它们这种天伦生活的终结。猪婆的哀号和不舍，留不住它的子女。在惊恐和号叫中，猪崽被塞进了篾猪笼，或者被村里的人家买走，或者被主人家挑到集市上卖掉。它们从此各奔东西，被扔进陌生空荡的猪栏，孤独地走向各自的宿命。

那时村里经常有一个高个子的中年人出入，肩膀上挂一个棕色的小方箱，外侧的箱皮中央，红色的十字尤为醒目。他是公社的兽医，我们称他阉猪的。我家每年基本上要养两头猪，每次家里买了猪崽，要不了多久，那个阉猪的人就来了。

阉猪选在晴朗的日子。二三十斤重的猪崽被提着腿脚从猪栏里抓出来，横按在空地上，不住地蹬腿，哀号。阉猪的打开箱子，拿出一把锋利的小刀，横咬牙间。俯下身，一双宽大有力的脚板，一脚踩住猪崽的后腿，一脚踩着猪脖子。此时，猪崽已是动弹不得。

刀片在猪崽的腹部游动，划开，一股血水涌出。阉猪人的手指扒开血口，带钩的刀柄伸进去，掏，搅动，探索，寻找目标。猪崽痛苦哀号，声嘶力竭。一团灰白的东西，从血口里翻了出来，刀片割下，丢在面前的空地上。

猪崽被重新扔进猪栏里，带着伤口的皮毛挂着血迹。它萎缩在猪栏的一角，浑身发抖，眼含恐惧，不住地呻吟。

栏舍里

单从食物的健康和丰盛程度来说，做一头昔日里乡村的猪，也算是幸福的。

一头生长在南方农家的猪，一年四季都有青草可食。田埂上、溪河边、荒土里、山脚下，青草种类繁多，高的、矮的、胖的、瘦的、针叶的、阔叶的，无所不有，无处不在，一律是大自然的恩物，没有人会施肥撒药。家家户户都可以采来，割来，到溪水里洗洗、剁碎，煮潲喂猪。

除此之外，一年里，冬春的萝卜、白菜诸般青菜，夏秋的土豆藤、红薯藤、花生藤、瓜藤豆叶，一户农家的菜蔬藤叶，差不多有多半是进了猪的肠胃。

于今看来，猪和人的饮食，差不多颠倒过来了。现在的城市人、有钱人，崇尚吃各种野菜，吃偏远乡村里难得不施化肥农药种植的诸般菜蔬，宁愿花费高价钱。猪呢，则过上了以前城市人才享有的生活，住好房子，喝自来水，打针吃药，吃各种精心调配的谷物饲料、鱼粉骨粉。只是现在的人，不光是嫌弃猪肉的味道不如从前，更担心的是吃这样的猪肉是否会损害身体健康。倘若猪会说话，肯定也会像人常挂在嘴边的那样，宁愿过以前简朴的日子。

阉割后的猪崽，伤口慢慢复原。它的天性从此沉埋，已然分不出是公是母。它失去了生殖功能，没有了性欲的冲动和念想。它变得顺良起来，像一个被拐卖的女子，或如黑砖窑的奴工，惨遭折磨后，从此把这禁锢身心的异地当作故乡，不再作任何非分之想。它发现，它其实也不是孤单的，虽然臭气烘烘粪水漫漶的栏舍里只住它一个。这四壁透光漏风的简陋之所，左邻右舍都是它的同类。偶尔，它们从孔洞里相互瞧上几眼，尖着嘴巴拱一拱，哼哼几声，互通安慰。

它基本上不会再走出这条门，这道砌了半人高的土砖坎。一旦它今后有一天被几个人抓住拖曳出来，它的生命也即告终止。没有人会告诉它，它也想不到会有这么一天。但这一天迟早会来，这是定数。它似乎也从邻居偶尔传出的尖锐号叫，以及孔洞里呈现的新面孔，预感到了某种不祥。但它不会深究，它的头脑里已被饥饿和睡眠两种欲望塞满，不会再想其他的事情。它心宽体胖，神情安然。

长条形的青石食槽搁在门槛下，粘满了隔夜的陈潲，重重叠叠，成了一层干垢。一日三顿，男主人，或者女主人，或者主人家的儿女，提一桶热潲，出现在圈外。猪跑过来，抬头仰望，嗷嗷直叫。热潲一勺一勺临空落入食槽，荡开，热气腾腾。猪把嘴巴鼻子拱入潲中，口味大开，摇尾扇耳，哗哗有声。间或抬头，它发现，主人投来温柔鼓励的目光、和善的笑容。这一刻，它脑里有一个遥远模糊的记忆，一闪而过。它重新低下头，大口吞咽。

有的时候，猪从热潲里吃出了跟平素不一样的口味，更开胃，更香甜。不过，它说不出那是什么东西。那是主人家从自己嘴里节省下来的稻米、红薯、酒糟。

在未来的数月里，猪安静地过着日子，吃潲，睡觉。它的体重在不断增加，眯眼如缝，身渐肥硕，步愈蹒跚。

春节正悄声往人间走着……

凌晨前的尖叫

"哇——哇——",锐利急促的猪的尖叫,猛然刺破漆黑的夜空,刺破寒风,刺破青砖黑瓦的村庄,刺破各家的木门和木窗,一直刺进大人孩子深深浅浅的腊月梦里。

"谁家杀猪了。"母亲的话在黑夜里荡开。"是的。"父亲含糊的话,从被窝那头传了过来。"呜——呜——",猪的尖叫变成了低沉急促的哀鸣,显然是屠户的长尖刀已经从猪脖子里抽了出来,一双大手用力掐住了猪的长嘴巴,不让它喊。"猪是喊痛吗?"有醒来的孩子怯怯地问,紧紧地靠着母亲。"猪又不是人,怎么会喊痛呢?"母亲说,"猪生成是要挨刀子的,它上辈子做了恶事,这辈子就要挨刀子、让人吃肉,下辈子投胎就做好人了。"

临近过年的那段日子,村子里每一个漆黑严寒的后半夜,都能听到猪的尖叫,然后是狗在巷子里奔跑打斗和龇牙咆哮,时而传出挨了棍棒的惨叫。接着能听到人的杂沓脚步在村巷里来来往往,或者咳嗽两三声,或者模模糊糊说一两句话,公鸡在远远近近地打鸣。杀了猪的人家,在猪栏门口点了一串短挂子,"噼噼啪啪"一阵脆响,保佑来年六畜兴旺。

天明了,围观剖猪砍肉是我们儿时一项最爱。仄仄的石板巷子里,一根结实的杂木柴枪,一头插进木窗的格子,一头搁在两根木叉斜撑而成的人字形木架上。刨光了一身猪毛的大肥猪,此刻两条后腿向上斜着张开,挂着铁钩子,绑在柴枪的两端。雪白溜光的大屁股和那根尖长弯曲的尾巴朝着天空，两条前腿向下垂张，长长的猪嘴巴几乎挨着石板。猪的腹部，上空下落，肚子满胀如鼓，一滴一滴的淤血从张开的猪嘴里滴下来，聚成殷红的一摊。几只狗在人群里钻进穿出，龇牙咧嘴，伸着长长的红舌头，贪婪地舔舐地上的血迹，两眼侧视，放出凶光，警告着胆敢抢夺的同类。

尖刀从猪的裆部豁开了一个口子，刀锋自上而下游走，仿佛一条拉链"嘶嘶"拉开，一股白色的热气从猪的腹腔窜出。刀锋停处，"哧溜"一声，一包肥硕的大肠顿时冲出体外，鼓鼓囊囊，一节一节，交错成青色的一堆，悬挂在雪亮的胸腔外。"来接肠子。"屠户嘴里冒出一声。主人家的男子端来一个米筛子，抵住猪的胸腔，屠户双手和刀尖在猪腹腔里一阵翻动，一大堆猪肠猪肚就满满地盛在了米筛里。

猪肠的大粪、猪肚的食料，"哗哗"地落进巷子旁边的一个木粪桶，热气腾腾，浊臭弥散。清洗干净，翻了个里朝外的猪肠和猪肚，扔进了厅屋角落正燃着熊熊柴火的大铁锅里。屠户继续着接下来的程序：换了一把大砍刀，半蹲着马步，用力砍开猪的胸口和嘴巴，掏出一副猪肝、一副猪肺、一个猪心，连同长长的猪舌头。又站起身，从猪的两侧，"唰唰"撕下两块亮晃晃的板油。全部扔进了洗刷干净的箩筐里。

大砍刀再次抢起，咔嚓，肛门处先挨了，猪尾巴歪向了一侧。猪的脊骨被一劈为二，一刀一刀，骨头咔咔作响，屠户嘴里哼哼有声，用力，悬挑的柴枪和木叉子也刺啦刺啦不住地颤抖和摇晃。大肥猪最终成了里红外白的两边猪肉，孤零零地在柴枪两端各悬一边。又被屠户从铁钩子上摘下来，一边一边，抱着放进了厅屋里的箩筐里、案桌上。任凭村里那些大狗小狗，在污渍斑斑的巷子里，不停地舔舐和打斗。

送年菜是村里流传下来的古老习俗。各家都会砍几块猪肉，大方气概的三四斤一块，家道贫寒的一斤半两斤一块，用稻草扎了，打个结，长条条地提着。由大人或者派懂事的孩子，过村越岭送到外婆或舅舅家，顺便说定春节拜年的日子。在除夕之前的几个日子里，村里村外的大路小路上，到处能碰见来来往往送年菜的人。

并不是每户人家都会宰杀年猪，有的人家，猪栏里的猪还没有长大；有的人家，打算开春下田再宰杀；有的人家，栏里的大肥猪要专门用来备办某项喜事大事。不打算宰杀年猪的人家，早早地就已经探听清楚哪一家会杀年猪，说妥了在哪一家买肉，连同自己过年和送年菜，说定了大概的斤两。杀年猪的人家，也早问清楚了有哪些人家要买肉，除了自己家留下的外，剩下的一概卖掉。因此，当屠户把剖边的猪肉摔在案板上时，厅屋里已经围着一圈子提着竹篮篮来买猪肉的男子和妇女。"嗨呀，这个猪起码有两百多斤！""嗨呀，这层冬瓜子肥肉起码三寸厚！"买肉的人，七嘴八舌，品评着正在瓜分的猪肉，脸带笑容，口出赞叹，一面提醒正挥刀砍肉的屠户："肉要剁好啊，秤要称足呢！"主人家也是打着哈哈算数和收钱："我这头猪啊，每窝潲都要放两大勺子糠、一勺子米，油水是没得说。哈哈，你们吃了就晓得。"

不足半个时辰，一头大肥猪就四分五裂，装进了家家户户的竹篮筐。然后稍作停留和分拣，一部分又走出各家的家门，走出村庄，行进在通往四面八方送年菜的路上。村庄的锅子和饭碗，飘荡出新鲜的肉香。

推倒的猪栏

村里成片的猪栏，是在三年前集中推倒的。

那时，我们近千人口的村庄，早已没有一户人家养猪。那些往昔留下来的猪栏，年久失修，或墙体开裂，或顶盖坍塌，成了废弃的遗迹。相反，新建的住房一栋比一栋漂亮，瓷砖装修，厨卫齐全。其时，村庄作为县里新农村建设的样本点、参观点，这些成片旧猪栏厕所的存在，自然有碍观瞻和村貌。乡政府一道令下，挖掘机推土机开进，一律将猪栏厕所全部铲平，腾出空地。尽管不少村民曾有反对的言词，却也无法阻止。

从童年到而立，从乡村成长到城市工作，父母健在的那些年，他们每年都会在农村养一两头家猪，等待我们回家过节过年。杀年猪那天，我三个姐姐全家都会赶过来，一同分享父母喂养大的猪肉——父母积攒一年的好盼望。

父母去世后，曾有几年，临近过年的时候，我的堂兄便从乡下打来电话："明天杀家猪了，你过来称肉哎，要几十斤啊？"第二天一早，我坐汽车，然后租摩托车，辗转来到堂兄家。猪已宰杀，正在剁肉。有时，猪肉有点剩余，堂兄想多卖几个钱，就说："你多买点哎。""要得，剩下的都给我吧。"我说。喝过酒，吃过中饭，我挑着两麻皮袋子猪肉，回县城去。每年我都要买三四十斤，再加上我三个姐姐家送给我的年菜，猪肉将我家的大大小小的脸盆和冰箱塞得满满的。我们将一部分瘦肉割下来，剁成肉泥，做成油炸肉丸子。将大部分肉切成一团一团，放进大锅里熬熟，捞出来抹上酱油水，炸成通红喷香的油炸肉，撒上盐，往往要两三个月才能吃完。

如今，我已经多年没有吃到家猪肉了。就像这个时代诸多消失的老物件，家猪肉的味道，连同"家猪"这个名词，已在故乡的土地上彻底消失，恐怕再也不会重现。与之相连的诸如送年菜之类的老传统，也日渐式微。

近些年偶尔回到故乡，已然不闻鸡犬之声。新楼房多则多矣，却少人迹。村庄空阔，田园荒乱。昔日里诱人的种种猪草，到处都是，翠嫩绵密，任由疯长，无人问津。

记得小时候曾经有一个笑话，一个村人进城看到火车，惊讶地问："这火车是吃饭长大的还是吃红薯长大的？"也许若干年后，村里的孩子会同样惊讶地向他们的父母问起："猪是什么样子？猪是住在城里吗？猪是吃方便面吃快餐吃烧烤长大的吗？"

那片简陋低矮的猪栏，那一头头或站在栏门口仰望，或躺在地上沉睡的家猪，不会再现了，不会再现了呀。

2016年3月27—28日写于义乌

原载2016年第11期《佛山文艺》月刊

柏树的记忆

油榨坊的古柏

一棵柏树长成需一两个成人才能合抱，不知要多少年月？

今年夏天，仿佛受了某种感召，村人突然兴师动众，要给开村的第一代祖先重修墓园墓碑，嘱我撰写碑文和碑联。通过电子邮件传来信息，查黄纸老族谱，开村的先祖出生于明洪武二十二年（1389年），二十来岁的时候，来到这个地方。由此算来，我出生的这个名叫八公分的村庄，已有六百多年的历史。村北油榨坊的四棵古柏，也必定是这六百年多中的某一天，由某个人栽种下去的，或者是它们各自在某个时候，从泥土里自生自长了出来。这已经无法确知，也无关紧要。四棵古柏已经彻底从这个村庄消失多年，它们差不多是同一天，或者是在连续的几天内，相继轰然倒下的。

现在想来，那真是一个美丽的所在。四棵古柏散在一块平地里，树皮粗糙，枝叶交错。一条光滑发亮的石板小径从中穿过，连接广阔的稻田和黑瓦的村庄。满圳的水流自此一分为二，一道流向稻田，一道流向油榨坊的大轱辘。油榨坊是一幢青砖黑瓦的院落，一年中多数日子是院门紧闭。冬天榨油茶的几个月里，这里便成了热闹的场所，院门洞开，挑油茶籽的、挑茶油的、送柴火的、洗菜做饭的，人来人往，空气中弥漫浓浓的油茶芳香，原野上传递着榨油的木槌相互撞击的回响，"哒，哒⋯⋯"，均和，从容，极具穿透力。

童年里，我与它们的相处，已无法用次数来统计。在古柏下，我捡拾过黑绿的枝叶间掉落下来的种子，又黑又硬的球丸，比指头还大。我把脸仰得像曲尺一样，也望不见树顶，只看见从浓密的枝叶间漏下的零星天空。盛夏烈日，这里凉风习习。严寒的冬日，这里的风大，特别冷，吹得枝叶摇晃，发出尖锐的呼啸，远远就能听见。

四棵古柏不是死在一九八一年的冬天，就是死在一九八二年。我之所以敢这样肯定，是因为我的书房抽屉里，保存一张写于一九八一年农历九月二十一的宅基地申请书。当时我是刚上初一的中学生，作为家里最高学历的读书人，从作业本上撕下一张纸，拿着刚刚用上不久的水笔，在父亲、母亲、二姐、三姐一共四张嘴巴的联合口授下，我似懂非懂地写下了这份家庭历史文书。申请书由我父亲带着，到生产队，到大队，到公社，几天时间，就签下了几行歪歪斜斜的同意审批之类的潦草文字，并盖了不同的红色图章。接下来就听到了信息，生产队解散，分田到户，四棵古柏作为整个村庄的公共财产，全部砍了，伐成木料卖钱。我的父母凑了钱，买下一副大门架子的柏木料，浑身通白，平滑又致密，芳香浓郁。

我不曾看见古柏轰然倒下的情景。但我却亲眼看到过村人伐宗祠后的一棵古枫，先是两人的大锯在四周拉，木屑在推来拉去中纷纷扬扬落满一地，宛如厚厚的白雪。接着是大斧子砍，一块一块大过巴掌的木片从锯痕处斜斜劈下。这样折腾了两天，古枫终于轰然倒下，扬起高高的尘土，整个天空顿时亮了许多，明晃晃的，让人一下子无法适应。

我上初中的那几年，依然要从油榨坊的石板小径来来去去。四棵古柏的树桩先前还在，之后，成了四个大坑。油榨坊的黑墙上刷上了白底红字的大标语："苦战五年，实现农业机械化。"

我家的新瓦房在一九八二年底建成了，作为大门架子，不知是哪一棵古柏的一部分枝干，与我家房屋融为了一体。二十六年后，武广高速铁路经过村庄。同村里大多数瓦房一样，我家的瓦房也在拆迁范围，被夷为平地。那副在风吹雨飘中已经有点腐朽开裂的古柏大门，作为废料，也消失得无影无踪。

如今，村庄的田野不但没有实现机械化，反而愈见荒芜。那句刷在墙上的标语，连同油榨坊的院落，整个湮灭在村庄的大地上，就如同那四棵曾经比邻而居的古柏。

我没有兴趣向村人追问，为什么突然想起要给开村的先祖修葺墓园。是他们不自觉地感到，已经距离先祖太远，太陌生？还是因这方土地荒芜得面目全非而心惊，需要祈求先祖的荫庇？我不知道他们当中，那些当年毫不犹豫操锯抢斧的人，如今是否对那些在他们手下轰然倒下的、一辈辈的祖先们留下来的、曾经庇佑村庄和土地的古枫古柏，有了一丝后悔和愧意？

柏树挂灯

我们总是毫不犹豫摧毁一片又一片森林，却又喜爱挖几棵小树小苗装点自己的庭院。

柏树挂灯，就是这样摧毁的，就如同村北的那一片茂密的枞山，那片春日里白花招展的桐树坪。

我自小就对这个山名心存疑问，现在依然，只是我却不愿再想去向村人问个明白。估计除了年纪比我大很多的老人还能说个一二三四，而同我一般年纪，甚至比我还小的人，问了也是白问。

柏树挂灯在村庄最北的山边，靠近河流的转弯处。沿着山脚河边的石板小径拐过石头嶙峋的山嘴，过了一座凉亭和一个石灰窑，就到了另一个叫西冲的村庄。柏树挂灯是我们村庄与西冲的分界岭，我们童年里的脚步边界。这是一座遍布石头的荒山，零散地长着大大小小的柏树，远远地看来，就是一座柏树山。这片山上，曾许多次留下过我细小的脚印和高呼小叫。春夏里，我与伙伴们在林间蜿蜒而下的一尺来宽的浅溪踩水，捉上溯的蝌蚪、小鱼、小泥鳅，采摘溪岸边丛生的火红的杜鹃的喇叭花吃。

一九八〇年前后，村庄变化很大，一座座碉堡一样的砖窑在大地上耸立，一栋栋新的红砖瓦房次第建起。扩张的速度迅速加快，饲养场推倒了，古墓群挖平了，古枫古樟砍了，种植高粱穆子的旱田旱土占了，椆树坪没了，桐树坪没了，之后是整个枞山也没了。与此同时，建筑物也在村南的旱田菜园里恣意扩张，最终下了水田，才慢慢停了下来。这个时候，时间已经过去了二十多年。与时间一同消亡的，是茂密的森林和流泉，当然包括柏树挂灯那一团团大大小小的浓绿。村庄像一片巨大的溃疡，赫然呈现在光裸的大地上，杂乱又刺眼。

柏树挂灯还在，柏树没有了。那些柏树去了哪里？是做了房梁椽子？还是在疯狂的挖掘中断了成活的希望被当场弃尸荒野？或者是移栽中干枯死了？村庄偶尔也能看见柏树的身影，但那是零星的，孤独的。那些一团一团的如墨般的浓绿究竟哪里去了呢？

我的眼前，仿佛飞舞着刃口光亮的刀斧和镬头。

河岸遍布的柏树

有河必有岸，有岸必有柏树。

村前的小河从上游的上游流来，蜿蜒流过我们村庄，又向着下游的下游一路流去。在我们村前两道长长的弯弯扭扭的河岸上，那时遍布着大大小小的柏树，大的如腰杆，小的也胜过粗胳膊大腿，间杂着高耸的白杨，阔叶的梧桐，把一河满满的流水遮盖得严严实实，碧绿如染。

河的两岸，是大片的水田。小时候，村庄周边的山山岭岭，泉眼广布，溪流潺潺，一条条溪渠支江宽宽窄窄曲曲折折而来，汇聚入河，水量丰沛，再干旱的年成，这里的稻田也是灌溉无虞。倒是每年的春夏之交，雨天频繁，常有山洪暴发，淹过河岸，淹没两岸附近的稻田，冲走村前两墩三跨的木板桥。黄汤漫漫之中，唯有两行突兀高耸的苍柏高杨和梧桐，断续地标记着河道的走向。洪水退去，粗大的树干上印着差不多一人高的水痕，挂着干枯的残枝杂草，宛如胡乱系在颈脖上的烂丝巾。

木桥边有一眼老水井，井台低于河岸，长宽各一丈有余，满嵌着青石板。沿河岸及南北两面筑着比成人还高的三道青石条围墙，十余级青石台阶自井台平缓地延伸而上，通过一条笔直的石板路，与村庄连接起来。水井的外围，是一圈高大的柏树。地势低，这眼水井每年都被洪水带来的泥沙掩埋。尽管村前还有一口水井足以供给一村的饮用，但这眼井的泉水特别甘冽又清凉，每次洪水过后，村人都要花费几天工夫，将全部的泥沙清除干净。一眼洁净的泉水又汩汩流淌，清澈见底。

一河秀水深树，成了飞禽和鱼虾的天堂。时有白鹭沿着河面一路飞过，宽大的翅膀有力地扇动，一沉一浮，不急不慢。灰黑的野鸭停在水面上，像一只静止的鞋，突然间如同受了惊吓，身子一提，两蹼点水，飞速向前面滑去不见了。尖嘴又小巧的翠鸟，冷不防从树枝间俯冲入水，旋即冲水而去，叼一条腰尾摇晃的小鱼，窜进了树上，只在河面留下一圈圈细细的波纹。麻雀成群结队，像一阵疾风，呼呼啦啦，忽而落下稻田，忽而弹向空中，扑进河岸的深树隐藏了起来。天晴的日子，常有山外的煤矿工人，戴着白草帽，提着鱼篓和装了鱼饵的竹筒，肩膀扛几根细长的竹子鱼竿，三五成群，来这里钓鱼。因了好奇的吸引，我们常围去观看，那细长的丝线，一沉一浮的红白相间的浮标，让我们的童年充满了神往。大概是嫌我们吵闹，他们有时就把我们驱赶开。我们的嘴里便有了骂这些钓鱼工人的歌谣："钓鱼的钓鱼的你不要来，钓一条花花蛇。钓鱼的钓鱼的你不要丑，钓一只花花手。"隔着稻田远远地喊。

夏日里，碧空如洗，南风阵阵。一朵一朵的白云，是如此之低，仿佛就在柏树的枝头上，似乎只要一个弹跳，就能伸手抓住。亮晃晃的碧绿稻田，快速掠过巨大的阴影，寂然无声。也有巨大的阴影长久地停留在河岸两旁的稻田上，那便是深树的影子。太阳东升，浓厚的树影倒向河面和西岸的稻田；太阳西斜，又重重地倒过去。因此，在早稻和晚稻收割的时候，岸边的禾苗总是熟得晚，黄得迟。

这个原因，成人是明白的，并且深知它的危害性。当时是大集体，这点轻微的危害被忽略了，谁也不会在意。可是一旦到了分田到户，就不能再对这危害无动于衷，谁家也不愿自己的水稻受树影的影响而少了收成。办法是有的，谁家都能想到，谁都不会手软，拿了刀斧，砍树。

河岸上的深树，是哪一棵最先倒下？又是哪一棵殿后？谁也不曾留意，谁也不会关心，就像我们浑浑噩噩间就过去了的乡村岁月。

插柏的呻吟

听着哗哗剥剥断折的声音，看着修长苍翠的树干树叶被一寸寸碾碎填埋，我的心头一阵阵紧缩，难受。二十多年的缘分，尽了。

我家的新瓦房建成那年，我十三岁。对我来说，最兴奋的事情，莫过于终于有了我的专属地方，能够栽种树木了。之前，我家蜗居在老厅屋的一角，前后左右不是连着别人家的房子，就是紧挨着石板巷子。每年春上，看到别的伙伴到河边砍杨树枝，到柏树挂灯挖柏树苗，种在自己的庭院或者房前屋后，我只有羡慕的份。

第二年的春上，我迫不及待砍了杨树枝条，密密地插在房前的溪岸和房侧禾场边的塘岸。当年就长得绿叶如掌，亭亭玉立。

有一年，舅舅来到我家。看到这些杨树，他说塘岸边最好种一些柏树，四季青色，大了，既挡风护屋，又风景好。过了些日子，他带来了一些柏树的小枝条。我们正疑惑间，他说，这是他村里的插柏，很稀少，插在泥土里就能活，一年四季都能插活，就是长得慢，日后长高长大了，树形很漂亮，就可以砍掉这些杨树。依照舅舅的话，我把插柏的小枝剪一斜口，密密地插在杨树间的缝隙里。一年下来，插柏的成活率并不高，大多数死了。但终究有几棵绿油油的，活了下来。

插柏实在是长得太慢，就像被钉子钉住了一样，好几年了，还没有我的屁股高，分开的枝丫倒是长了一丛。我们生怕别人知道后，或明或偷来剪枝，一家人守口如瓶，从不在村人面前提及，因为这是村里从没有过的新树种。

但村人最终还是知道了这个秘密。大约是我的姐姐来剪枝的时候，或者是我剪插枝条的时候，无意间被邻居发现了，我们也就只得实说，不再隐瞒。从此，这几棵插柏遭了殃，时常有大人孩子趁我们不在家，偷偷来剪枝，有一棵被剪得光光秃秃，有两棵先后被折断了主干，死了。最后只剩下塘岸正中的三棵插柏，正对着我家瓦房的侧门。

又过了多年，我们把塘岸一排高杨砍了，腾出空间，以便这三棵插柏恣意生长。我在塘岸两端，各栽了一棵苦楝的幼苗，期待日后苦楝长大了，护卫在三棵插柏的左右。

二〇〇八年秋，高速铁路线巨大的水泥桥墩，有如两根巨大的脊骨，更像两条灰白饥饿的巨蟒，由南北两端，向着瘫坐一团发出最后喘息的村庄围猎。村庄加速了拆迁的进程，我家的瓦房在村庄南端，首当其冲。这个时候，我的父母已先后辞世。塘岸的两棵苦楝高过了瓦面，干粗如腿。三棵插柏笔立清瘦，干修如臂。

瓦房拆下了，一地狼藉。两棵高大的苦楝没有护卫住三棵依然弱小的插柏，作为没有用处的木材，倒是先被砍了。工程队的挖掘机发出巨大的轰鸣，迫不及待开了过来，前后左右乱哄哄地站满了地方各级指指点点大喊大叫的人员和看热闹的村人。我心里急得打鼓，我想要挖掘机师傅帮个忙，小心地挖出这三棵插柏，以便能够移栽。可是能栽到哪里去呢？到处都在施工，安置的建房宅基又还没有落实好。连树带土那么重的东西，怎么移？怎么送？面对不断的催促、强大的气场，我手足无措，无能为力。

挖掘机发出怒吼，伸展巨臂和挖斗。三棵苍翠的插柏，在挖斗下一挖一提，轻易就倒在地上。它们像突然遭到致命扼杀的菁华少年，向我这个老主人投来最后含混的一眼。宽大的履带沉重地推进，传来哔哔剥剥断折的声音，分明是插柏无力绝望的呻吟。

村庄最后一棵老柏

国皇是有福的，他的名字至少将与水井边这棵村庄里唯一幸存下来的老柏同在。我之所以称这棵柏树为老柏，是因为这棵树是国皇年少时栽的，这是他一生中最得意的事情，经常挂在嘴边炫耀，几十年了，讲得村人大多耳朵都起了老茧。倘若国皇还健在，也该有八十来岁，老得满脸皱纹，步态蹒跚，勾头曲背像一株熟透的老禾了吧。可他亲手所栽的这棵老柏，至今依然挺挺直直，枝繁叶茂。

这棵老柏也是有福的，它被有福之手带到了一个合适的地点。它没有生长在油榨坊，没有生长在柏树挂灯，没有生长在河岸，也没有生长在如今已成拆迁废墟的房前屋后。它就生长在村前的水井边，与水井、与青石台阶和井台日夜相伴，无干旱洪灾之患，也无被砍伐之忧。即便它是国皇栽的，也已经不属于国皇个人所有，它是整个村庄的灵魂所在。它的粗糙的树干上，几十年来，一直不断地有人贴上菱形的红纸，写着保佑孩子平安的祷词。它的树根处，四时八节，总有人摆上供品，虔诚鞠躬，焚纸插香。整个村庄，只有这一处小地方，公与私不甚分明，贪婪与算计暂且遗忘。

仍然要说，这棵老柏是有福的。它见证了这个村庄的繁盛与败落，多少不断涌现的房屋最终化作了尘土。它见证了它的所有的同伴和同类，比它高寿的古柏，比它年幼的插柏，没有一棵享尽天年。老柏是幸运的，它成了村庄最后一棵柏树。

曾经有几年，我对老柏深怀担忧。武广高铁修建的时候，巨大的桥墩在看不见的地下阻断了水井的泉流。水井干涸，像大地骷髅空洞的眼。村庄里谁也没有想到要疏通泉流，大家都忙于挣钱数钱，忙于在新村建新房，便是没有搬迁的人家，也在各自的庭院和房前打压水井。每次回到村庄，我隐隐地忧虑，长此下去，这棵老柏终将不保。让我释怀的是，两年前，村庄终于有人记起了这口水井，大家一齐努力，找到了泉流截断的地方，重新挖掘接通了。水井又恢复了咕咕流淌，充满了生命的活力。劫后余生的老柏，也愈见苍翠和挺拔。

在这片日渐荒芜的土地上，老柏孤独吗？它能尽享天年吗？

我不能确信。唯有祈求。

2015年10月13—16日写于义乌

原载2017年第10期《牡丹》月刊

送葬记

二月初五

没想到岳母走得竟这么快。

晚上八点刚过，我的手机响了，妻子的号码。"大哥打来电话，妈妈死了，就刚才。"妻子喉头发涩，我也一下愣了。此时，妻子在湖南永兴县城，我在浙江义乌市，大妻嫂在深圳伺候才几个月的外孙，二妻兄一家人在广东中山市打工的出租屋，只有大妻兄大妻姐二妻姐仨在北岸村一间旧瓦屋里，陪着刚刚离世的他们的生母，我的岳母。

妻子下午才从北岸村返回县城，她原本也想陪着住一晚，但同去的涯儿闹着要回家。妻子向我描述当天看到的状况，我觉得岳母应该还不会很快就走。她一大早火急火燎到菜市场买了一大包肉鱼蔬菜，又到超市买了两大包成年人纸尿裤，约了她大姐，一齐从县城出发，坐公交，搭出租摩托车，两个小时后，赶到了村里。其时，岳母躺在床上，面色如常，像熟睡了一般，不能言语，不能进食，偶尔右边的手脚能动一下。妻子俯身喊了几声妈妈，涯儿连喊了十几声外婆，一溜泪水倏然从岳母眼角滑下。他们兄妹给母亲擦洗了身子，换上干净的衣服，撬开牙关，喂了几调羹温开水。

岳母是昨天突然出的事。那时我刚吃过午饭，接到妻子电话，说岳母摔着了，是邻居发现的，情况很严重，景和、二妹已经赶过去了。

岳母正月十七在县城刚过了七十七周岁。三年前，岳父去世。他们一共有两儿三女五个子女，老大景和早年从县烟草公司买断了工龄，现已办理退休；老三二妹从煤矿职工医院退休多年。他们两家与我家都在县城买了房子，住县城。老二细妹前些年从农村来到县城，找了份环卫工的活，租住在她所清扫路段的一间民房。只有老四景亮，带着老婆孩子常年在广东打工，在县城郊区煤矿沉陷安置区买的一套指标房，打算今年装修入住。岳父原是国营煤矿工人，在世的时候，他的退休工资足够老两口在农村生活的日常开支。他去世后，我们五家一合计，用他的积蓄为岳母买了一份煤矿职工配偶政策性保险。这样，做了一辈子农活的岳母，在晚年还拿上了每月一千多元的"工资"。这三年来，岳母大多数日子一个人居住在村里的老屋，她说住村里习惯些，四处走走，跟老人聊聊天，弄三顿饭，晚上大门一关，一天就过去了。为了随时了解她的状况，我们给她买了一个老年手机，她不识字，好不容易才学会了接电话。过节过年或者有病痛，她才会来到县城，在我们三家住上一阵。这次摔倒，离她从县城回村还不足一个星期。

我电话询问景和哥。"这次可能不行了。"他说，"妈妈现在是左边手脚不能动了，不停呕吐黏液，屎尿在身上，不得了。"发现岳母摔倒的是前排老屋的一个老人，早上九点多钟，岳母吃了早饭，下来跟她聊了一阵。十一点多钟，她上去找岳母，喊了几声没答应。进屋一看，吓了一跳，岳母靠墙瘫坐在卧室门边，耷拉着头，已不省人事。她慌忙喊来了周边的老人，七手八脚把岳母抬放在床上。住在后排老屋六十多岁的堂兄景晴哥，赶紧打通了景和哥的电话。

我把这一情况电话咨询了我的一个医生同学，又向我的做了几十年乡村医生的大姐说了，他们一致的判断是脑溢血，已导致半边瘫痪。"严重的话，难熬过三天。否则，就是救了过来，也是瘫痪。"我的大姐甚至下了断语。

我将了解到的告诉景和哥，他说刚才叫了村医来看了，村医摇摇头走了，不肯打针用药。我问是否考虑叫救护车到县城去抢救，他担心岳母上了手术台就下不来了，那样的话，死在外面进不了村，更麻烦。"先观察两天看看。"他说。他是家中长子，主见自然由他来拿。

事后谈起二月初四夜里的事，二妹姐可吓坏了。二妹姐今年五十岁，这栋残破不堪的瓦房，是她十几岁时建的。这些年来，好在岳父岳母一直居住在这栋老屋，偶尔维护一下，安全尚无大碍。与之相邻的两栋瓦屋，因户主带着家人多年在外打工不曾回来，已经坍塌得不成样子。村里夜晚黑得早，周边都是老房子，黑咕隆咚，人声静寂。她和大哥临时在岳母卧室隔壁的房里铺了一张床，两人轮流看护，一盏昏黄的白炽灯下，她值下半夜。"妈妈的右手不停地往空中挥舞，好像要抓什么一样。我当时想，是不是爸爸来喊她了？全身一下就起了鸡皮疙瘩。"二妹姐说，妈妈的手又朝头上摩挲，竟然还在鼻梁上夹出了一条红痧。这些昏迷状态下的奇怪动作，令二妹姐吓到瑟瑟发抖。

我想，这一定是岳母在本能地挣扎，她脑袋里血管破裂，痛苦不堪。

春节前后

几姊妹有点抱怨大哥景和，说要是他早几天能及时定下来陪护母亲的事情，让邻村那个老人过来，与母亲吃住一起，就不会发生这个事了。至少，即便摔着了，也能及时发现、呼救。

除夕前大约一个月，岳母从村里打来电话，说手脚无力，病了。景和哥将她接了来，送到县中医院住院治疗。经检测，内脏正常，没有大碍。岳母享受医保，需个人承担的那一部分医疗费用不成问题，医院乐于接收这样的病人长住，每天上午测测体温、量量血压，挂几瓶盐水葡萄糖液这类营养药物。作为家属，也愿意当作疗养一样，让她住着，尽量恢复健康。只是几天后，岳母就闹着要出院，原因是她跟同住一室的老太太发生了争吵。听妻子说，那老太太是个很慈祥的人，这些日子她去探望，老太太都很有礼貌，多半是岳母小心眼。

岳母出了院，妻子将她直接带到了我们家。妻子这么做，自有道理。这个时候，景和哥只是他一人在家，大妻嫂新燕一直在深圳，帮着她大女儿带不满半岁的外孙，她的二女儿也在深圳工作，儿子在昆明读大学。二妹姐的独生女刚生了儿子才几天，她正忙着护理。细妹姐租住的是旧房，简陋狭小，既不便，岳母也不愿意去。考虑到这些因素，元旦节回家的时候，我就与妻子特地买了一张一米二宽的实木新床，靠窗安放在我的书房，将电脑桌移到了阳台。往年春节前后，岳母来我们家住，儿子就要让出他的床铺，跟他姐姐挤在一床。如今女儿大学快毕业了，儿子也上初中了，姐弟不愿再睡一床。而岳母睡过的床铺，有一股浓烈的老人味道。

岳母已经十分迟钝。我春节在家的日子里，感觉她比去年又老了不少，偶尔摘下毛线帽子，头发已然雪白。她原本身材高大，现在走路的时候，左手往后靠在腰间，背驼得像一把曲尺，脚步细碎。她不爱活动，早上起床后，除了洗脸和上厕所，就坐在沙发中央，掀起电烤火桌上的罩布往身上一拢，整天不会起身。有时我们上街，妻子顺口喊一声"妈妈你去不去"，她就笑着说也想走走。下楼梯、走路，她都需要搀扶着，驼着背，走起来十分吃力、缓慢。她时常说，腿没有力，拖不动。这一年来，听说她已经摔倒了好几回。妻子说，前几天在我们家上厕所的时候，也摔过一次，坐在地上起不来，听到喊声，才赶紧跑来拉起她。她的记忆力严重衰退，刚刚发生的事，说过的话，一下就忘了。

除夕前几天，景和哥原本冷清的家，又热闹起来，全家人都回来了，而且大女婿、外孙也来过年。景和哥到我家，把岳母接了去。

正月初一，按照往年的惯例，我们在城里居住的两家，一同到景和哥家拜年。酒席间谈到，过了元宵节，新燕嫂依然要去深圳带外孙。景和哥也想去，毕竟他退休无事，家人又多在那边。但岳母的安置不解决，他走也不是，不走也不是。这些年来，景亮哥身体差，做了两次心脏搭桥手术，每月要药物维持，如今好不容易在广东进厂找了一份保安的工作，要他家照顾岳母，显然靠不住。细妹姐也困难，一个儿子身体有严重缺陷，常年吃药。她一个人从农村进城，孤零零地多年坚持这份辛苦又薪水微薄的环卫工作，就是冲着这工作买养老保险，指望老来有一份生活保障。平时，岳母有病痛，需要摊派费用，我们也从不让细妹姐承担。说来说去，方案有三个：其一，由我们在城居住的三家轮养，一家一月或一季；其二，进县城养老院；其三，依然回村，在瓦房里砌一个卫生间，从村里雇一个人专门照顾。后两个方案所涉及费用，除细妹姐外，四家平摊。我提出并赞同第一方案，他们更倾向后两者。吃过午饭，太阳晴好，我拿出相机，建议大家到楼下的草地上照张全家福。刚站着拍完，岳母一个趔趄，又在草地上摔倒了。扶她起来坐在花池边，她揉着膝盖，表情痛苦。

接下来的日子，岳母有开心，有笑容，有满足，她看到了儿孙满堂、家道兴旺。让她牵肠挂肚的二儿子景亮也带着家人来看她，得知他如今不打牌赌博了，有了三千元的月工资，她无比欣慰。岳母也有忧伤和落寞，在短暂团聚的日子里，她嫌大儿媳新燕在家整日泡在牌桌上，或者出门打牌至深夜方归。她心疼钱，爱唠叨，数落，以至于婆媳间相互看不顺眼。在她的二女儿家，她抱怨女儿不跟她说话，让她一个人嘴闭得发臭，要么一说话就噎她。在我家，她说住着安逸，可我的儿子又不爱叫她。但她似乎从未反思过，我的几个儿女，自出生以来，她从未带过一天，也从未吃到过她主动买上门哄他们嘴巴的哪怕一粒糖果，以致缺少了婆孙之间骨子里的亲热。她渴望成为众人关注的中心，被宠着、顺着，可每一家都不能令她完全满意。为此，她偶尔会扯起衣角擦眼，说老人呢，还是早点去了好。

我是元宵节几天后，在义乌上班时，接到妻子电话，说岳母去了县养老院。早几天，他们兄妹几人同去考察过，生活设施挺完善，环境也幽静，每人一间居室，住了不少老人，有的甚至是老两口。每个月的生活护理费是一千元左右，用岳母的那笔"退休工资"刚好可以支付。据说岳母居然被做通了思想工作，愿意去住一两个月试试看。我当时把妻子数落了一顿，我说这是你们兄妹最不该做的一件事，会让老人多么寒心！果然，当天午后才交了费把岳母送去，傍晚养老院的电话就来了，说岳母死活不肯住，闹着要走。没办法，景和哥只好把岳母接回了家。

经过这次折腾，岳母坚持要回村居住。担心她生活不便，有个闪失，几兄妹最后决定平摊出资，在村里雇请一个身体健康年轻一点的老人同吃住。起初，本村一个老太太愿意干，工资是一千五百元一个月，隔天后，可能是在她家人的阻止下推辞了。最终，细妹姐从她村里找了一个老人。那老人六十多岁，十分乐意，并几次打来电话希望尽快说定这事。景和哥犹疑着，说过几天他回村里一趟，顺带找人在瓦屋砌一个卫生间。

二月初三，妻子给岳母打了一个电话，问吃了饭没有，交谈了一阵。这一天，是岳母从县城回村的第五天。

隔一天，岳母与我们已是阴阳两隔。

二月十一

我们一家人乘坐的两辆出租摩托车在北岸村一条水泥巷道停下。从通乡公交终点站三塘乡政府门口到这里的车费一共是十六元。我拿着伞形的花圈走在前面，妻子女儿儿子后面跟着。两旁是墙体剥落的红砖旧瓦房，前方一眼就能看到那栋熟悉的房屋。二十多年来，这块被称为"永兴县的西伯利亚"的高寒山区贫瘠边地，我不知来过多少次。就在去年的中秋节，我们还一同来到这栋熟悉的老屋，与岳母一同过节，分享阳光下柴火做的饭菜和欢乐。不同的是，此刻，屋前的街檐搭建了塑料布雨棚，扎了白色纸花，有戴着白孝的人在门口进出。

大门两侧贴了白纸黑字对联。厅屋被分成前后两堂，隔着用木头临时搭建起来糊了白纸的屏风，上面写着诸如"音容宛在"之类的毛笔大字，挂着大小不一的纸花，两侧留有门洞。岳母在屏风前旧方桌上的相框里，她戴着那顶旧毛线帽子，眼光平和，皱纹分明。她的身边是一盆沙土，插了五色彩纸做的古装小人和幡旗，面前一个小香炉，青烟缭绕。方桌两旁，条凳上各坐两位师公，中老年人。他们是附近村庄的农民，此刻身份转变，戴着黑色道士方帽，外套一件脏兮兮的红色团花长袍，一人吹喇叭，一人拉二胡，一人敲小鼓，一人拿着话筒，翻着桌沿上的手抄书，嘴里长一声短一声唱经，如同戏台班子。嘈杂的声音将屋子塞满，通过扩音喇叭，撒向整个村庄和天宇。

我手上的花圈已被人接去。跨过门槛，我们在桌前地上的稻草蒲团跪下，三叩首。起身，走进后堂。岳母的黑棺木瘦长，搁在两张条凳上，竖放厅屋中央，棺盖上骑一只白纸扎的大凤鸟。厅屋一角放一大盆，里面满是黑色的纸灰。我们蹲下，燃烛点香焚纸。火光烟尘之中，妻子在小声地招呼岳母岳父来多领钱，并告诉他们，我和女儿昨天分别从浙江和天津赶来了，女儿刚考上了研究生。

厅屋里人来人往，十分拥挤。南侧两间房子原是岳父分给景亮哥的，他一家人经年在外，关门落锁。不过此刻，屋门敞开，里面生了火炉，摆了桌凳，开了床铺，箩筐碗筷热水瓶水桶摆了一地，一派凌乱。二妹姐从门口出来，笑着向我们招呼了一声，抱怨随即脱口而出。她说大礼堂的厨房是今天才进场，早两天一直是她在屋里弄几桌人的饭菜，她两个姒娌又不管，天天为着钱的事，为着请人买东西的事情争吵，烦透了。

我们来到北面的房间，这是分给景和哥的，岳父母在世时一直住着。外面一间摆了一张方桌，放着墨水毛笔。堂兄景维正在折裁白纸，他是村里毛笔字写得最好的人，也是刚从广东打工的厂里请假回来。地仙侯道松老哥戴着老花眼镜在翻看一本毛了边的旧书，他是隔壁侯家村的，是新燕嫂的亲长兄。我们径直走进里间，新燕嫂正在裁剪白布，或长或短，用来戴孝。她是王熙凤式的人物，性格开朗，善于交际，这场白喜事，她是总管。见我们一家人都来了，她很高兴，拿了孝布，给我们一一戴在头上。并笑着告诉我们，她是二月初六从深圳赶来的，她的三个子女丽丽、平平、卫卫，要今天下午才到。

已过了吃午饭的时间，见我们还没吃，二妻嫂小英带我们去村礼堂。一路上，她叽叽咕咕，说新燕嫂事事专断，听不进她的意见，很多东西买得贵，尽是家长里短，鸡毛蒜皮。礼堂在村边，毗邻村小学，宽敞明亮，是前几年集资兴建的。里面摆了几十席空位，一律是暗红的八仙桌，几个老人在收拾。我们潦草吃了一点剩饭剩菜。

北岸村如今宗族思想严重，各房族不团结。一个房族的白喜事，别的房族一概不参与。除了师公、地仙和乐队需要请外村的专业人士，包括厨房、礼客、放鞭炮、抬棺材种种事务，全靠本房出工出力。岳母的这场白喜事，由本房的雄英哥为首担任礼客师，堂兄景晴哥的儿子海勇做他的助手。雄英哥多年来在郴州做着防治白蚁蟑螂的生意，这次他和老婆特地开了车回到村里。

下午，我们几个稍懂文墨的人，围坐一桌，专门商量明后两天主宴席及接待岳母外家人的礼仪。雄英哥说，他从没搞过这样的事。海勇是年轻人，更加不懂。他们一致要我出主意，说我来自大村，礼仪之乡，懂得的。我自然不能推脱，将我们村沿袭下来的那套接客仪程凭记忆列了出来，又参考了大家的共识，进行增删调整，力图周全简练又符合乡俗。最后誊写清楚，让雄英哥反复演练了几次，并提醒他声音洪亮，语速平稳。雄英哥十分满意，他笑着说，以后这套仪式，要作为规制在本房族中固定下来，传承下去。

二月十二

像一个巨型棋盘，又像智力游戏书上的迷宫，村前月塘边的小禾场上，石灰线画出的这个招魂道场充满了神秘。四方各一入口，里面回环往复，每个转折处另画一小三角，内置一个蜂窝煤球，插一面三角小旗，由五色彩纸做成。中央一张旧竹椅，端坐岳母的替身，它是稻草扎的人形，穿了过于宽大的衣裤，戴着帽子，白纸蒙面，画了眉目，粗略一看，令人心惊。

上午的这场仪式，村人叫"窜黄河"，据称是为亡人解罪，主角自然是那四位师公。为首者手执一面绣有阴阳八卦的金黄长幡，在前面引路，一面唱经。另三个师公也各执法器，敲小锣，唱经应和。大妻兄景和双手抱着岳母相框紧随其后。我们一干后裔子孙数十人之众，头戴白孝，手拿一根或两根糊了细丝白纸的哭丧棒跟着，从道场的一个开口处鱼贯而入，低头徐行。师公在替身前稍停，作揖，我们也一一如法炮制，表情肃穆。一些三五岁的孩子，觉得有趣，嘻嘻哈哈地笑着，甚至拔小旗，用脚踩踢煤球，被父母牵了手警告，或者带到场外玩耍。转圈，循环往复地转圈，不明就里地转圈，逐一从四方开口入，从不同的开口出，小小的禾场上摩肩接踵，首尾相连。道场外的老瓦房檐下，站着几个形容佝偻的老头老太，他们与池塘边仅存的一棵枯了主干的老柏树一道，木然地看着我们漫长的表演。

临近中饭，我摘下头上的孝布，带着家人来大礼堂吃饭。礼堂门口的公路边上，站了一群人，在大声吵闹。雄英哥显然正生着气，满脸通红，他大步走向那辆贴着灭杀白蚁蟑螂广告彩纸的黑色轿车，拉开了门，嘴里气呼呼地说不干了，要走。他的老婆，一个穿着时尚的中年妇女也在大声数落："七十多岁的老人，都在厨房里做事了，还要怎么样？他们都在说了，别人家有事，你们家一个人也没来厨房帮过忙。"旁边，新燕嫂子也火气正旺，高声说话："塑料碗就不得买！不是小气几百块钱的事。那么好的不锈钢碗，摆着几好啊，就硬是要另外买。厨房里二十多个人，两餐饭的碗也洗不出来吗？"

我们走过去，好言相劝。这时，来吃饭的人越来越多，在大家的劝解下，生气的几个人都平和了下来。事后我问新燕嫂子是怎么回事，她说，村里的大礼堂，本身就配置了几十桌公共碗筷，饭碗一律是不锈钢的，厨房里的人嫌难洗碗，要求今晚和明早两餐正餐用一次性的塑料饭碗。房族人少，连七十多岁的老人都来做杂事，确实辛苦，但是厨房里已安排了那么多人，洗两餐碗还是没有问题的。"雄英两口子闹着要走，他们走就是了。他们家也还有老娘，我看他们以后一家人能把老娘背上山不？"新燕嫂子显然余气未消。

下午两点十八分，是"地仙"选定掀棺的时辰。我以为，掀棺是一项需要革除的陋习，极不卫生。这项旧习的起源，据说是为了给远道赶来的亲人见亡人最后一面。根据"地仙"的推算，对猪、马两个生肖年出生的亲人有冲克，需要回避。我让女儿和儿子也到一边去，在我看来，让孩子们在记忆中保存外婆生前的形象，比记住一具逝去多日的遗体要好。黑色的棺盖被几个成人掀开，抬放在墙边。众人围拢过来，岳母的三个女儿扶着棺木号啕恸哭。岳母躺在狭小的棺木里，戴着那顶旧毛线帽子，身上盖着一床绿缎，嘴唇收缩，露出几颗惨白的门牙，已略显狰狞之状。新燕嫂探手扯了扯绿缎，盖住岳母的嘴巴。我刻意嗅了嗅空气，庆幸的是，这里地处高寒山区，尽管岳母去世一周，尚无明显异味。棺盖重新盖上，钉上铁钉，缝隙处刷了糨糊，贴了白纸条。

乐队班子也请来了，厅屋内外更加喧闹和拥挤。明天是出殡的日子，远近的吊客正陆续来临。鞭炮声、喇叭声、锣鼓声、哀乐声，不时响起，经久不息。雄英哥带着他的礼客班子，行色匆匆，忙里忙外。吊客来了，引至灵堂前行跪拜礼，扶起长跪灵柩旁的孝子孝孙，之后到账房上礼金，领取纪念毛巾，安排妥住宿的人家和床铺，带往礼堂就座。

岳母外家人的到来，迎接的礼数最为隆重。孝子、礼客班子、乐队要出村口候迎，一路鞭炮不断，乐鼓齐鸣。岳母虽然是独生女，外家人依然来了数十人之多，花圈开道，抬着三牲奠仪。一时间，灵堂里人头攒动。举行祭奠仪式后，一行人被引领到礼堂，在那里，礼客班子还要专门为他们摆开联席，举行敬酒和挂红仪式。

开餐的礼炮在礼堂上空炸响，夜色里开放着一串串夺目的焰火。礼堂里灯火通明，座无虚席，人声嘈杂。

突然，扩音器里传来洪亮的男高音："肃静——！"我一听，正是雄英哥。

"奏乐——！"

"白鹤仙师升座——请——！"

…………

雄英哥正按照昨日制定的那套仪程有条不紊地司仪，中气十足。

晚餐菜肴丰盛，羊肉、牛肉、全鸡、全鸭、肘子、墨鱼、草鱼，十几个荤菜，碗大量足，堪称奢华。

夜里九时许，灵堂里举行家祭，行三献九跪之礼，献香献酒献牲。此时，暴雨大作，雷鸣电闪。

二月十三

冷寂的深夜突然传来礼花的鸣响，"嘭，嘭，嘭……"急促，震撼，直捣梦境。

我从床上爬了起来，穿了衣裤，拿着手电和雨伞，出了借宿人家的门口。此时是凌晨二时许，距离出柩的时辰还有十几分钟。暴雨已经停歇，漆黑的夜空飞着毛雨，空气潮湿，独自走在没有鸡鸣狗吠的旧村巷还真有些胆怯。

灵堂里已经聚集了一大群睡眼惺忪的人，有的在拆屏风拆雨棚，扯掉白纸纸花白对联，将一根根卸下的木头堆在厅外街檐下。香案木桌已经撤下，花圈一律移到了门外。厅堂一下子宽阔了许多，高功率的电灯泡将浓密的黑夜驱逐出门，阻止在街檐之外，单将岳母黑亮的棺材突兀呈现。众人在棺材两端套上了手臂粗大的棕绳，随着地仙一声"吉时已到"，将棺材抬上了肩膀。

鞭炮开道，鼓乐齐鸣。棺材缓缓出了厅屋，在曲折逼仄的村巷里移动。手电、矿灯、停电宝，发出惨白的亮光，一同撕开浓墨的夜幕。转折，下台阶，再转折，淋湿了雨水的石板小径，小心翼翼引导着嘈杂的队伍，向着月塘边画了招魂道场的小禾场行进。

棺材在禾场的中央放下，稳稳地搁在两条长凳上。此时毛雨已无，夜风浩荡。喧嚣与灯光渐渐散去，黑夜裹着黑棺材，将孤独的岳母紧紧包裹。

早晨，隆重丰盛的早宴端上最后一道菜，孝子在哀乐中拄着哭丧棒已逐桌拜毕。在村礼堂通往月塘边的路上，吊客络绎，他们来送岳母最后一程。

出殡的时辰定在早上九点多钟，墓地就在村庄对面的小山包，中间隔着一垄水田一条溪涧，一两里路的样子。这是村前最热闹的时刻，礼花炸响，鞭炮不息，鼓乐雷动。灵柩已绑扎了粗大的抬杠，众人簇拥，高声喧哗。前后四人抬着，甩开手脚，三进两退，抬着摆丧，脸上满是兴奋或笑容。灵柩一左一右一沉一浮不住地摇晃，与抬杠棕绳相摩擦，发出叽咕叽咕的响声；纸扎的大凤鸟，张开一双大翅膀，修长的颈脖频频点头。一溜长长的子孙后裔，头戴白孝，在灵柩前且跪且行。前方泥泞的田埂上，撒纸钱开路的、举花圈的、挑着箩筐放礼花的、放鞭炮的，各自尽着职责。田野上空，硝烟弥漫。

在溪涧小石桥上举行路祭仪式后，走的是一段上坡土路，抬棺的队伍明显加快了步伐，一鼓作气，将灵柩抬放在了墓坑边。之后，在择定的时辰，下葬，掩土，圆坟。众人陆续下山回村。

厅屋大门口已贴上了红纸对联，堂上清扫干净，摆了四桌联席，放了糖果饼干红枣。众人围桌而立，密密匝匝，端着一次性塑料酒杯。雄英哥指挥他的礼客班子，拿了一条长长的红布将众人围起来，祝酒四杯，吉言四句。礼成，各自散去。

岳母的相框放置在堂前神台上，与岳父靠在了一起。在二老的注视下，兄妹五家开了一个简短的会议。新燕嫂子口头通报了这场白喜事的开销，总共花了五万多元，收到包括我们三个女婿在内的礼金三万多元，加上岳父去世时由她家保存的一部分存款及三年来岳母"工资"剩余，基本上收支相抵。至于今后从国家领取的安葬费，看大家的意见怎么分。各人心里都有一把秤，意见不尽相同。为免引起争执，我率先亮明观点："财产的事情，你们两兄弟处理好，没有矛盾就行了。我不介入，也不需要，这也是乡俗。"新燕嫂子笑着说："既然你们三姊妹高姿态不要，那就由我们两兄弟分。"

我和家人收拾行李准备当即回县城。我和女儿买的是明天的火车票，我去浙江，她去天津。

景和哥说，他按照村里的习俗，守孝三天后，也将去深圳。

景亮哥说，他已经超了假期，要赶紧回厂上班，明天上一次坟就走，当做清明节扫墓。

此刻，岳母在黄土里安睡，她是地府的新人，她的名字叫邓友莲。

2016年4月25—5月6日写于义乌

油榨坊

　　就如同村里那些古旧的老宅子，传到我们这一代时，几乎已经没有人能说得清建于何年何月。村北的油榨坊也是这样，从我小时候第一眼看见它，就是那副模样：黑墙黑瓦，古旧孤独，但不残破。能够知道它的年岁的，大约只有它身旁那几棵需一两个成人合抱才能围住的古枫古柏，只可惜古枫古柏并不像董永遇到的老槐荫树那样长个嘴巴能开口说话。几十年来，油榨坊一直如此，仿佛风雨霜雪于它没有任何变化，直到有一天它突然凭空就消失得无影无踪，就如同那古枫古柏在分田到户的时候，突然就倒在了斧锯之下，了无痕迹。

　　我的家乡是二三百户人家的黄姓大村，油榨坊的规模，在方圆数里，算是顶呱呱的，周边的几个小村，也一直共用着这个油榨坊。每年的农历十月到春节之前，是打茶油的日子，那段时间，油榨坊外面那架老水车终日不缓不急不停转动着。"哒-哒，哒-

哒，哒—哒……"一声高一声低，均匀而有力的打油声不缓不急地重复着，从油榨坊里传出来，越过树丛，越过田野，越过江流，越过村落，极具穿透力，即便三四里路之外，也能听得分明，震撼人心。虚空里的每一丝空气，仿佛都被新茶油的芳香所浸润，每呼吸一口气，都清香无比，心旷神怡。我上高中的时候，在周末步行几十里路回家时，远远看到苍柏红枫掩映下青砖黑瓦的油榨坊，听到这熟悉的打油声，闻着这熟悉的芳香，亲切和沉醉就会自心底油然而生，步履也轻快了许多。

油榨坊是典型的院落式布局，北面是主体建筑，东南西三面是一圈烘房，院门朝西，主体建筑高烘房矮，一如众星拱月，在中间围成一个方形的大院子。整座油榨坊独立于村北一块低洼平地，与村子之间由一条数百米长的石板路连接，那时确实是一个风光美丽的所在：院落东面临江岸水坝，江流自南蜿蜒而来，至此遇一石砌平坝，水流漫过坝顶，像一面巨幅白布，跌入落差数米的坝底，拍打着突兀的江石，水花飞溅，白沫翻腾，终日水声激越；南北两面是广阔的稻田，随季节交替变化着碧绿和金黄，一条宽阔的水圳自南向北从村前稻田间流来，在流经院西时，满满的一圳清水一分为二，一支依然向北流去，一支则折转向东，沿着北墙根，在通过一架长满青苔的木槽后，冲击宛如巨轮的水车不停旋转，水花水柱腾跃跌落，发出"哗哗"的响声，在水车下面的深沟里打着漩涡，泛出白沫，汇入江中。西北角的五六棵耸入云天的古柏和古枫，枝繁叶茂，风过声远，似乎争相着要把整个油榨坊拥入怀中。

油榨坊主体建筑分隔为西、中、东三间，西间稍窄，中东两间宽，虽然是一层的人字双坡瓦房，室内却显得十分高旷。

西间用来做厨房饭室，兼临时存储茶油，里面有砖砌的灶台，油黑笨重的八仙桌和长凳，泥土地面和墙壁，也一律地油黑。记得小时候生产队打茶油的日子，厨房里的砖灶添上了炭火，火光通红，扯着一伸一缩的蓝色火舌，油黑的大油锅里新茶油"哗哗"直响，这个时候，附近的田土里有的是红薯和萝卜，掌厨的人常一大筐一大筐地洗净后挑到厨房里来，油炸红薯片，油炸萝卜丝，各种各样的油炸土产食品一大篓一大篓的。我们常被这种芳香所吸引，来油榨坊玩，东瞧西望，或者干脆瞪着这些令人垂涎欲滴的美味不到手不走。打油的日子，厨房里的伙食当然是出奇地好，平常难见到的一大串一大串的新鲜猪肉和新鲜草鱼、鲢鱼，直提到厨房里来，酒自然是村里的红薯土酒，一坛一坛搬了来，大块吃肉，大碗喝酒，粗犷的笑声和油腻的香气混合着，从木窗里不住地溢出来，传得老远。包产到户之后，厨房的砖灶就很少开火了，那些粗粝的食物和大吃大喝的场景也不再有。代之的，是轮到哪家打油，就由这户人家提供酒食饭菜，往往，在开饭之前，连同碗筷茶水，在家里做好之后，一担谷箩筐挑了来。食品自然是精致又丰富，只是远没有了以往的豪气。

榨头是油榨坊的核心，位于居中的一间，整个南面洞开没有墙体，直与院子相连，光线明亮，异常宽敞。榨头是一截直径约两米、长约五六米的圆樟木，横亘着架在粗大的原木基座之上，榨头中央横向开凿了一口长方形的大孔，孔内上下是圆形的暗槽，下槽凿有一个竖向的漏油口，打油的时候，金黄色的茶油"哗啦啦"从漏油口里流下来，地上放了油篓子或者油桶接住。榨头的一旁，依次是一口用来蒸油茶粉的大砖灶、一口储油茶粉的砖池、一口水池。水池紧挨着北墙，水流从北墙外的水沟引入，需要时扒开水塞子，清水穿墙而过自动流进水池。

由榨头、砖灶、池子围成的一个大空间，便是打油的专门场地。高高的屋梁上吊着木杆和绳索，连着下面一根粗圆的椆木撞杆，暗红修长，前端嵌着光亮的钢盔，并扎着一段拳头粗的麻绳。没打油的时候，撞杆头着地尾上翘，如同一杆巨秤。靠近榨头的地上，堆着长长短短大大小小的椆树方木，油光红亮，有的大方木一端收缩成圆形，仿佛一个巨大的酒瓶，也嵌着光亮厚实的钢盔。

大砖灶整日柴火熊熊，干柴不停地塞进去，红红的火焰卷起黑烟，呼呼有声，长长的火舌从灶门口窜出来，热浪灼人。严寒的冬天，这里总是聚集着人群，或坐或站，笑语闲谈。掌火的人，拿一根长火叉不时伸进灶里翻动，火星飞溅中，扒出烧过的柴灰，堆在面前宽大而深的灰坑里。柴灰火热，忽明忽暗，里面常常透出烤红薯的焦香。大灶台上永远搁着那口阔大的巨锅，锅里竖着一口差不多有大半个成年人高的大木甑，木甑里蒸着油茶粉，热气浓浓，香气扑鼻。

蒸油茶粉的时候，打油的汉子们也没有闲着，打稻草衣是他们的本分。稻草衣用梳理掉乱叶后的一小扎稻草杆扎制，稻草尾打一个结，从中央将稻杆散成一个圆面，用来踩油茶饼。踩油茶饼不仅需要勇气，也是件技巧活。稻草衣铺在地上，上面叠放两个铮亮的大钢环，滚烫的油茶粉从甑里盛出来，倒入钢环内的稻草衣上，打油汉子的一双赤脚随即踩上去，不停踩踏，脚板边踩边扫边走，身子也随之不停转动，神情自若，灵巧地将稻草衣与油茶粉踩成一体，把油茶粉全部包裹起来，最终踩成一个结实的茶枯饼。有时也有年轻人看似十分轻松，想学踩油茶饼，一只脚板刚踏上去，就烫得大叫大喊，跳了下来。踩好的油茶饼随即侧立着塞进榨头的孔槽里，一个一个紧挨着，挤压密实，直到这一甑的油茶粉全部踩完。之后，孔槽的一端有序地加塞进一根根大小不一的红稠方木。

打油是最令人震撼的时刻。赤膊赤脚的汉子们两两对面弓步跨立，站在前面的两人中，一个是经验丰富的掌榨人，当他们双手提起撞杆的粗绳，粗长的撞杆顿时横了起来，排站在撞杆中部紧握吊杆的人也摆开了架势。"起——"掌榨人一声喊，撞杆随着汉子们的身手急速后甩，尾部上扬，在半空中划出一道弧线。"嗨！"一声呐喊从汉子们胸中迸出，撞杆以雷霆万钧之势，飞一般荡回，对着大方木的钢盔撞去，"哒"的一声巨响，震耳欲聋，榨头摇晃，房屋震动。围观者无不屏声息气，心跳加快，血气上涌。顷刻之间，琥珀色一般澄黄茶油哗哗流淌，芳香四溢。惯性中，汉子们曲紧的双臂展开后甩，随即荡回，"哒"的又是一声，榨头摇动，大方木又楔进了些许。这一声，比先前一声低沉，分明是一张一弛，积蓄着力量，迎接下一个回合。打油的汉子多是中年人，身强力壮，即便大雪纷飞天寒地冻，几个回合下来，已是热汗淋漓，激情飞扬。

碾房在东间，一架大圆碾盘几乎塞满了整间房子。碾盘主要构件全部由木材制成，周边是碾槽，深深的木槽底镶嵌着光滑的钢槽。四个脸盆大的钢轮雪白发亮，各居一方，成十字交叉，分别嵌在巨大的正方形实木构架四角的牛腿上。碾盘中央是巨大的盘状木齿轮以及竖向横向的大木轴，与北墙外的水车相连。水车转动，带动一系列的机构运转，驱动四面大钢轮在碾槽不停奔跑。小时候，我们双手攀着牛腿外凸的木榫子，缩身缩腿，挂在牛腿上不停旋转，曾是村童热爱的游戏。

碾房北墙开一口大窗，用以采光，并观察水车的运转。旁边又开一小口，正对外面的水槽，一根拉杆连着截水板，不用碾油茶籽的时候，往外推出拉杆，水流截断，水车停止；用时则拉回拉杆，水车转动。烘干的油茶籽刚倒入碾槽时，钢轮走得缓慢，油茶籽在碾压下发出"哔哔啵啵"的响声。随着油茶籽越碾越碎，钢轮也越跑越快，因此，在不停旋转的钢轮底下，把油茶粉铲出来，不是一件轻易的事。我的父亲是打油的老把式，即便年岁已高，依然能轻松把油茶粉铲出来。他曾多次教我，铲粉的时候，要蹲成马步，左手紧搂着笋笸，笸底抵着左大腿，笸沿抵着碾盘，右手拿槽铲，面朝碾盘，顺着钢轮转动的方向一步一步移动，眼疾手快，每走一步，迅速铲一槽，顺势收臂倒入笸内，待后面的钢轮飞速经过，又迅速一铲。油茶粉越铲越少，钢轮旋转如飞，与钢槽相撞，发出锐利呼啸的响声。铲好的油茶粉，我们用力搬上隔墙的孔洞，倒入隔壁储油茶粉的砖池中。

烘房是一种独特的建筑形式，一律单坡屋顶，内高外低，雨水顺着瓦槽流向外面的小径和田野。从院落内看，烘房的墙体低矮，与瓦面之间有一段较大的空隙，空隙间烟尘湿气缭绕。院内一共有十几间烘房，每间烘房有一扇小门，门口挂一床草席。掀开草席需弓腰而入，烘房内四壁焦黑，不能直身，头顶是一焦黑的篾席，地面正中央是一堆正在燃着的油茶籽壳，或者是一堆燃过后发白的灰烬。烘房外放着几架木板楼梯，烘烤的时候，把挑来的油茶籽一筐筐端着爬上楼梯，倒在篾席上，篾席之上的四周墙体还有两三尺高，把油茶籽倒满后，即可在烘房内生火焐门。烘油茶籽要掌握好火候和时间，油茶籽过嫩或过老都会影响茶油的产量，记忆里，每次我家里烘油茶籽的时候，我的父亲常爬上爬下，翻看油茶籽的成色。要是油茶籽"出汗"了，父亲说，好了，可以熄火，上碾盘了。在寒冷的夜晚，熄火后的烘房，打油人铺一床草席，盖一床旧被，就能酣然入睡。

一筐筐，一担担，黑亮的油茶籽从四面的村子汇聚到油榨坊。一篓篓，一桶桶，金黄的新茶油挑回村，挑回家。多少年来，这样的场景周而复始。逢年过节我们都能吃上新茶油炸的油豆腐，还有炸红薯片、兰花根、油糍粑、套环、花片、丸子、油炸肉、油炸鱼。便是平常的日子，煎炒有腥味的菜肴，如炒田螺、煎泥鳅，也要放一点新茶油才香才好吃。大人或孩子，磕磕绊绊摔伤了手脚或脑袋，涂一点新茶油，既消毒又消淤化肿，是村人四时不可或缺的良方。

田土山分产到户，仿佛一夜之间，人们的自私和短视全都激发出来了，每一件共有的东西似乎都要分光变卖干净才解气，村里众多的古木先后砍伐殆尽，油榨坊旁边的那几棵古枫古柏也无一幸免。先前的几年，漫山遍野的油茶树也还郁郁葱葱，每年开榨打油的时节，油榨坊盛况如前。只是没有人会料到，仅仅过了一二十年，村庄原本密密匝匝的油茶林，竟然在不知不觉之间消失了，那栋古老的油榨坊也随之拆除，灰飞烟灭。

如今，油榨坊早已是一块空坪，一处遗址。当年打油的汉子们，也都成了爷爷辈，或者年高，或者作古。那些习俗与时令、欢乐与艰辛、香与甜、汗与笑，一切转瞬就成了过眼云烟，不真实得让人疑为梦境。与之一同消失的，又何止是一座油榨坊呢？

父母的坟

母亲还在世的时候，就指定了她将来埋葬的地方。有一回，她坐在我们家瓦房北侧自家禾场上歇凉，说来说去，就说到了这件事情上。母亲用手一指，眼角满含笑意说："我将来死了就葬在那里，我们自家油茶岭那个山坡上，又当阳，离家又近，我时时刻刻能够看到家里。你们以后清明节来挂坟，也少走些路。"

油茶山与我家瓦房的直线距离也就两里路左右，就在村子的正前面，与村子之间只隔着一条弯曲的小河和一垄水田，郁郁苍苍的，生长着村里最好的一片油茶林。说起这片油茶山，可以说与我父母结下了一生的缘分。父亲曾经多次讲过，这片山以前是一片杂树林，中华人民共和国刚刚成立那年，我的母亲嫁了过来，在以后的岁月里，他们两双手长年累月在山上砍树开荒，硬是把那片山全部种上了油茶树。集体化的时候，这片油茶山归了生产队。我初有记忆时，就曾跟随父母、姐姐和生产队的社员一同到这片山上摘茶籽，油茶树的树干比腿脚还粗，高高大大，枝繁叶茂，遮天蔽日，很多树上密密麻麻的茶胚大如油桐子。分山到户时，抓阄那天晚上，母亲非常焦急，嘴里不停地念叨，十分担忧这片油茶岭被别人家分走，我们全家为此都惶惶不安。母亲怕父亲的手气不好，想让我们姐弟去抓，最后还是不放心，由她去抓阄，竟然一把抓中了！这片油茶山又回到了父母的手中。当晚是全家最开心激动的时刻，母亲为此在神台前点纸烧香，说是祖宗保佑，上天有眼。

以后的二十多年中，父母与这片油茶山相依相伴。为了让油茶树多结果，父亲成天在山上刨山挖山，修枝拔草，把一棵棵油茶树侍弄得活活泼泼、乌青油亮。油茶林也给了我们家丰厚的回报，每年都能出产二三百斤茶油。山脚下的平缓处，父母又开垦了一大片旱土，轮番种植花生、红薯、辣椒、豆角和黄花菜，曾让多少村人好不羡慕。

母亲病危的那一年，有一天，父亲告诉我，他知道母亲的日子不多了。那天大清早，天还未大亮，父亲从老家出发，挑了一些红薯白菜之类的东西准备来县城我的家里。当他从我家的油茶山一个拐弯处经过时，朦胧中似乎看到一个人影从山坡的一条小山谄卜下来，分明母亲的模样。父亲吓了一大跳，睁大眼睛看时，那影子渐渐不见了。而其时，母亲正在我们家瓦房里还没起床。

那以后，父亲便很留意为母亲在我们家的油茶山上选择千年安息之处。最终，他也很满意母亲原先看中的那个山坡，说他以后死了，也要与母亲葬在一处。他说，这个地方，地势高而开阔，龙脉也好，山下是河湾，河两岸是水田，以后他们的魂魄沿河岸过了木桥回家也很近，又是熟悉的路。

二〇〇一年暮春时节，母亲在一场重病后，竟然精神好了起来，在床上躺了差不多一个多月后能下床了，只是身体明显瘦了，脸色苍白。那是一个晴朗的上午，门前的几棵橘子树开着满树雪白的繁花，芳香四散。我拿了一条长凳扶着母亲坐着屋旁的禾场上，她脸上露出了久违的笑容，不时看看前方远处我们家的油茶山，言语很少，却十分安详。那天之后，母亲再一次躺倒在床上，再也没有起来。

为母亲择地的时候，父亲执意要一同去。在父亲的指引下，我和"地仙"德阳老人等一行人很快就到了我家油茶山父母原先看中的那个山坡，摆下罗盘调整了方向，德阳老人说，这地方很好，朝向远，远处为笔架山，后人发达有出息，好！把桃木树桩一打，就定好了母亲千年归宿之所。

出殡的那天，每当哀乐响起，我的眼泪就一行行止不住滴落。在一路跪拜和哀乐声中，母亲的灵柩最终抬上了山，缓缓放在新开的黄土墓坑旁。在庄严的仪式下，司仪在墓穴里烧了麻秆，杀了一只半活的公鸡扔进墓坑里，又丢进去一挂燃着的鞭炮。公鸡在墓穴里挣扎跳跃几下，留下几处血迹，死了。之后，由我下墓穴，把公鸡扔了上来，我双膝跪着，又在墓穴四角烧了纸钱，深深跪拜，最后把墓穴中央的一抔黄土捧了出来。母亲的灵柩按照村里的习俗安葬后，培上黄土，成了一座长长高高的黄土新坟，四周覆盖着花圈，在周围深绿的油茶林里甚是抢眼。说来也巧，就在我们带着母亲的遗像下山回家时，原本晴朗的天空，突然乌云翻滚，不多时，一场大雨像自天垂下的瀑布，由远及近，铺天盖地而来，将整个油茶山和村落笼盖在"哗哗"的雨幕里。

诸事安顿之后，我带着父亲和家小离开了村庄。就在关门落锁的那一刻，一股无法抑制的悲凉袭上心头，泪水倏然而下。那天回到县城后，我写下了这样一首七绝："锁门携眷含悲去，从此烟消任雨淋。他日相思回故里，何人檐下笑相迎？"

第二年，我女儿黄佳八岁，我的儿子黄奎诞生。母亲去世满三年的那年清明节，我带着家小给母亲扫墓，并立了一块青石墓碑，碑上刻着我三年前写的这首七言绝句。

二〇〇五年农历五月十五，父亲走完了他九十二年的人生历程。遵照父亲的遗愿，我将父亲葬在了母亲的身旁。也就在这一年，一场突发的山火，将我家的这片油茶林烧得干干净净。父亲年轻时卖身顶替上战场，英勇杀敌抗击日寇，身上多处负伤，作为当年国民党军队七十三军十五师四十三团五营一名普通的抗日士兵，他一直是我心中仰慕的英雄，尽管他一生默默无闻，就像山岗上的一棵油茶树，或一株小青草。父亲去世满三年的那年清明节，我带着家小回到故乡，也给父亲立了一块青石墓碑，碑上也刻着我写的一首七绝："当年奋力战沙场，倭寇弹留处处伤。今看家园春意盛，思情如草满山岗。"